할머니가 된 누님과

엄마가 된 누이와

사랑하고 미안한 그대에게

사이버시대의
시적 현실과 상상력

‖ 백인덕 지음 ‖

보고사

책머리에

한때 '학문적 상상력'과 '시적 상상력' 중에서 어느 것이 우선하느냐, 한 개인의 사유체계에서 그 둘은 조화될 수 있느냐 하는 문제가 초미의 관심사였던 시절이 있었다. 군 입대를 미루고 어렵게 석사과정에 입학한 때였던 것으로 기억한다. 나는 '시적 상상력'을 아니, '창작'이 '학문'보다 우선해야 한다고 믿었다. 물론 그 어리석은 판단의 이면에는 사회로 진출하기 전에 '시인'이라는 이름을 얻길 간절히 바랐던 일견 어리석은 치기, 욕심이 자리하고 있었다. 시간은 훌쩍 이십 여년이 흘러가버렸지만, '학문'에는 여전히 서툴고 그다지 '상상력'이 발휘되지도 않는 것 같아 후회스럽다. 더불어 이 책을 묶는 심정도 다르지 않다. 어쩌면 더 늦기 전에 '학문'에 매진하겠다는 각오의 피력일 수도 있고, '창작'의 외길로 남은 인생을 경영하겠다는 출발의 선언일지도 모르겠다.

이 책은 모두 3부로 구성되어 있는데, 제1부에는 이른바 '디지털 상상력'과 '사이버 시대의 도래' 등 매체와 기술의 변화에 따른 시인들의 '시 의식'의 변화를 짚어보고자 했다. 시기를 놓친 아쉬움과 천성인 게으름 탓에 기대만큼 좋은 '자료'의 구실을 하지 못할 것 같아 안타깝다. 제2부는 석, 박사 과정 중에 떠오른 이러저러한 생각을 논문의 형태로 풀어본 것들이다. 참고로 '김종삼 시의 죽음의식 연구'는 석사학

위 논문을 약간 수정하여 수록하였다. 제3부는 우리 시의 현장에서 논의되었던 여러 문제들을 문예지에 실었던 내용들이다. 주로 계간 『리토피아』에 실렸던 글들이지만, 이들 논의가 완전히 마무리 되었다 기보다는 되풀이 언급되고 있으므로 전혀 의미가 없다고는 할 수 없을 것이다.

언제나 그렇지만 이 책이 세상에 나오기까지 여러 지인들에게 신세를 지고 폐를 끼치게 되었다. 부족한 제자 때문에 늘 걱정이셨던 이승훈 선생님과 강동우, 권경아, 김지선 등 동학들이 먼저 떠오른다. 작은 결실이나마 이렇게 선보이게 되어 다행이다. 평론가인 엄경희 선생과 신종호 시인에게는 '우정'을 핑계로 생떼를 쓰다시피했다. 이 자리를 빌려 감사의 뜻을 전하고 싶다. 무엇보다도 어려운 가운데도 흔쾌히 출판을 허락해준 보고사의 김흥국 사장님과 체제도 형편없는 글을 잘 갈무리해준 보고사 식구들께도 감사의 뜻을 전하고 싶다. 그외에 떠오르는 많은 시인 친구들, 동료들, 후배들에게는 두 번째 시집의 '자서'를 다시 인용하는 것으로 감사의 마음을 대신하고자 한다.

슬픔은 웃음보다 낫다
얼굴에 슬픔이 가득할 때 마음은
더욱 현명해지기 때문에
－전도서 7: 3

부질없이 키운 병마(病魔)를 애써
몸 밖으로 밀어내며,
나른한 가려움으로 밤을 건너간다.

아아, 죄송하다.
슬픔이 가득하지 못했던 얼굴이여!

2006년 10월
백인덕

차례

■ 책머리에 _ 5

제1부 상상력의 확장 양상과 문제점

영상 체험의 심화와 시의 불안 _ 15

1. 영상시대로의 전환과 시의 운명 ·················· 15
2. '본다'는 것의 의미 변화-전도된 시선 ·················· 20
3. 영상 이미지의 확산-낯선 상상력 ·················· 27
4. 영상 테크놀로지의 발전-가상 주체 ·················· 32
5. '위기'에서 '기회'로 ·················· 36

자기반영으로서의 텔레비전 체험 _ 38

1. 들머리 ·················· 38
2. 90년대 전반기-우울한 자기 성찰 ·················· 41
3. 90년대 후반기-그들만의 유토피아 ·················· 49
4. 깨어진 거울, 그 이후 ·················· 53
5. 마무리 ·················· 55

시적 현실로서의 가상체험의 가능성 문제 _ 57

1. 들머리 ·················· 57
2. 시적 현실의 의미 ·················· 59
3. 키치 세대의 시적 현실 ·················· 63

4. 가상체험의 가능성 ·· 69

5. 마무리 ·· 75

시적 상상력과 사이보그의 접경(接境) _ 78

1. 들머리 ·· 78

2. 시적 상상력의 확장의 방향 ······························ 80

3. 시적 상상력의 확장으로써의 사이보그 ··············· 86

4. 마무리 ·· 95

사이버에로스의 확장과 성 정체성의 변화 _ 97

1. 들머리 ·· 97

2. 사이버에로스의 확장 양상 ································· 99

3. 성 정체성의 변화 양상 ····································· 104

4. 마무리 ··· 111

제2부 시에 있어서의 리듬과 죽음의 문제

〈춘향가·전(春香歌·傳)〉 주제의 시적 변용 양상 연구 _ 115

1. 들머리 ··· 115

2. 〈춘향가·전〉 주제의 고찰 ······························· 117

3. 서정주 시에서의 '춘향' ···································· 120

4. 전봉건 시에서의 '춘향' ···································· 131

5. 박재삼 시에서의 '춘향' ···································· 137

6. 마무리 ··· 145

김수영 시에 나타난 〈꽃〉의 의미 연구 _ 147

1. 들머리 ··· 147

2. 〈꽃잎〉 연작 이전의 〈꽃〉의 의미 ·················· 148

3. 〈꽃잎〉 연작에 나타난 〈꽃〉의 의미 ·················· 160

4. 마무리 ·················· 172

김종삼 시에 나타난 죽음의식에 관한 연구 _174

1. 들머리 ·················· 174

2. 전기의 시세계—현실인식의 확립 양상 ·················· 178

3. 후기의 시세계—죽음의식의 표출 양상 ·················· 201

4. 마무리 ·················· 220

제3부 사이버시대 현장성과 문제점

디지털 담론의 문학적 수용의 성과와 문제점 _223

1. 우로보로스의 뱀—'디지털 담론'의 난점 ·················· 223

2. 위기와 기회의 파동—'디지털 담론'의 전개 양상 ·················· 225

3. 자살인가, 변신인가—'디지털 담론'의 심화 ·················· 228

4. 생명수의 비밀—'디지털 담론'의 미래 ·················· 231

불안과 매혹—시에 있어서 환상성의 문제 _233

1. 첫 번째 난관—접근의 어려움 ·················· 233

2. 환상—통제 불가능한 상상력 ·················· 235

3. 환상—등치적 관계 너머의 현실 ·················· 238

4. 두 번째 난관—글을 마치며 ·················· 240

시속의 미국, 비극으로 치닫는 '파르마콘'의 신화 _242

1. '한국'은 없다 ·················· 242

2. 가까이 할 수 없는 '서적'(書籍) ·················· 244

3. 일상적 담론(談論)으로서의 반미(反美) ················· 248

4. 뿌리칠 수 없는 요정(妖精)의 속삭임 ················· 249

5. '미국'은 없다 ················· 254

우리 시와 대도시 공간 _ 258

1. 우리 시에 있어서 대도시 공간의 등장 ················· 259

2. 전신이 무감각화된 공간－서울 ················· 261

3. 씁쓸한 등장과 화려한 퇴장－청계천 ················· 265

4. '상징적 풍요로움'으로 가득 할 미래 ················· 269

'시 쓰기'를 위한 몇 개의 단상(斷想) _ 271

1. '시 쓰기의 괴로움'에 관하여 ················· 271

2. '상상력'에 관하여 ················· 275

3. '시 쓰기의 괴로움'을 견디며 ················· 277

문화 인프라로서의 시 낭송의 가능성과 문제점 _ 283

1. 들머리 ················· 283

2. 오늘의 시 : '위기'와 '기회'의 겹침 ················· 285

3. 시 낭송의 문화적 기반과 역할 ················· 287

4. 시 낭송의 현황과 문제점 ················· 291

5. 전망과 발전적 대안을 위하여 ················· 298

■ 참고문헌 _ 301

■ 찾아보기 _ 307

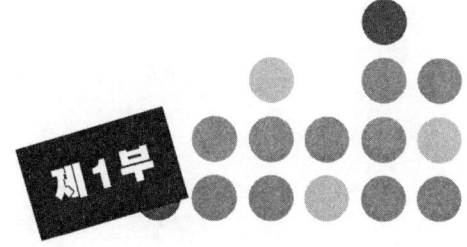

상상력의 확장 양상과 문제점

사이버시대의 시적 현실과 상상력
영상 체험의 심화와 시의 불안
자기반영으로서의 텔레비전 체험
시적 현실로서의 가상체험의 가능성 문제
시적 상상력과 사이보그의 접경(接境)
사이버에로스의 확장과 성 정체성의 변화

영상 체험의 심화와 시의 불안

1. 영상시대로의 전환과 시의 운명

현대인은 더 이상 모니터와 스크린, 화보 없는 삶을 생각할 수 없게 되었다. 그들은 반복되는 일상에서 의식적이든, 무의식적이든 대부분의 정보를 영상의 형태를 통해 접하고, 영상의 형태로 인지하게 된다. 이것은 더 이상 '본다는 것은 문자에 선행한다. 아이들은 말하기 전에 보고 인지하는 것이다.'[1]라는 존 버거의 말이나, '현실은 언제나 영상의 세계에 의해서 해석된다.'는 일반적인 차원의 담론을 넘어서고 있다. 이제 영상은 단순히 인식론적인 차원의 문제가 아니라, 존재론적인 차원까지를 함축하는 가장 중요하고도 강력한 문제가 된 것이다.[2] "분명 근본적으로 새롭고, 기존의 관점으로 잘 설명되지 않는

---

1) 존 버거/강명구 역,『영상커뮤니케이션과 사회』, 나남, 1987, p.35.
2) '이른바 영상문화를 이 시대의 어떤 축복으로 보는 것이 타당한 관점일까에 회의적 견해를 갖고 있다는 얘기를 덧붙이지 않을 수 없습니다. 보드리야르 등이 말하듯 영상은 문자에 비해 투명하고, 감추는 것이 적습니다. 보드리야르가 영상시대에 모든 심층적인 것의 소멸을 주장하는 것은 그런 근거에서입니다. 나는 모든 영상이 표피적이라는 주장에는 동조하지 않지만, 영상이 투명성이나 표피성으로 심층의 소멸을 말하고 이 소멸을 이 시대의 축복으로 보려는 관점에는 비판적입니다. 인간은 심층을 필요로 합니다. 왜냐하면, 심층이란 '감춤'의 인간적 장치이고 음모의 틀이며, 감춤과 음모와 비밀이 없다면 인간은 재미가 없어 살 수가 없기 때문입니

그런 일들이 일어나고 있다. 시각적 자극을 중심으로 하는 지배적인 패러다임의 전환(paradigm shift)이 이루어지고 있는 것이다."[3](김영훈).

이처럼 급격한 상황의 변화가 진행되는 이 시점에 쓰여지는 이 글의 목적은 분명하다. '패러다임의 전환'이라는 예견되었던, 그러나 낡은 목선 하나 장만하지 못한 채 맞이한 급류 속에서 허우적대다 내파(內破)하고 있는, 오늘의 우리시의 참상을 하나씩, 하나씩 차분하게 호명해 보자는 것이다. 물론 이러한 문제 제기의 배면에는 문자 문화가 영상 문화와 갈등 관계에 있다는 일견 단순해 보이는 관점이 깔려 있음을 부정할 수 없다. 문자 문화와 영상 문화의 관계에 대한 논의가 진전됨에 따라 '문자언어와 영상언어의 갈등'이라는 문제가 많이 해소된 것도 사실이지만, 전반적으로 우리 사회의 문화적 저변에서는 그 둘을 대립적으로 인식해 온 경향이 남아 있다. 그리고 그 연장선상에서 '문학의 위기'가 바로 과도한 '영상문화의 도전' 내지는 '범람'이라는 대중적 현상에 있다고 보는 견해는 아직도 그 유효성을 상실하지 않았다.[4]

다.'(도정일, 1993 : 408)라는 주장에 필자는 전적으로 동의한다. 그러므로 이 글은 영상문화의 가치가 아닌 '패러다임 전환'이라는 불가피한 상황에 초점을 맞출 수밖에 없다.

3) 김영훈, 「영상시대로의 전환 : 성격규명과 함의」, 『사회비평』 18호, 1998, p.44.

4) '영화나 텔레비전, 디지털 동영상 등의 출현과 더불어, 시각적 매체의 영역에서 독점적인 지위를 누리던 문자는 폭발적으로 증대되는 이미지에 대한 사회적 수요와 경쟁해야 하는 처지에 놓이게 되었다. 오늘날에 이르러 각종 전자매체들로부터 쏟아져 나오는 영상 이미지들은, 특히 젊은 세대들을 중심으로 거의 자연과 다름없는 환경적 요인으로 작용하면서 삶의 양상을 폭넓게 변화시켜나가고 있다. 문자 문화의 위기를 불러오는 이미지들의 위력은 아마도 그것이 문자와는 다른 코드로 우리의 삶 속에 수용되는 방식에 있을 것이다. 영상매체가 화면을 통해 제공하는 이미지들은 기본적으로 인식의 차원보다는 감각의 차원에 더 깊숙이 관여한다고 말할 수 있다.'라는 견해가 이 사실을 잘 드러내 주고 있다.

박혜경, 「문학, 유령의 삶」, 『문학동네』, 2000, 가을호, p.1176.

그러나 이 글은 압도적인 힘으로 진행되고 있는 이른바, '패러다임의 전환'을 단순히 수락하는 것이 아니라, 적극적으로 긍정한다는 태도 위에서 출발한다. 다만 그럼에도 불구하고 여전히 우리 시에 드리워져 있는 불안의 그늘들, 보다 직접적으로는 영상 문화 내지는 영상 언어가 끼친 영향을 찾아보고자 하는데 이 글의 진정한 목적이 있다. 이처럼 목적은 명확하지만 이 글의 방향을 설정하는 것은 그리 간단치 만은 않다. 그 이유는 대략 다음의 두 가지로 생각해볼 수 있다. 하나는 가장 중요한 관건이 되어야할 '패러다임 전환'의 실체가 모호하다는 것이다. 그것은 영상시대, 영상문화, 영상매체, 영상체험, 영상이미지 등 '영상'이라는 공통분모를 갖고 있음에도 불구하고, 이들 용어는 사용하기에 따라서 너무나 다양한 층위를 드러내고 있다는 점이다. 더욱이 이들 용어는 그것을 가능케 했던 테크놀로지, 함축하고 있는 미학, 문화적 함의 등과 결합하면 그야말로 종잡을 수 없는 지경에 이르게 된다. 다시 말해, 그 성격규명과 함의에 대한 어떤 기준점을 제시하기가 매우 어렵다는 것이다.

다른 하나는 영상시대로의 전환이라는 이러한 변화가 오늘날 시가 처한 현실, 보다 정확하게 말하자면 시적 현실과 어떤 상관 관계를 맺고 있는가에 대한 명확한 논의가 없다는 점이다. '대중매체와 대중문화의 위력 앞에서 현대시가 어떻게 대응해야 하는가. 이것은 피할 수 없는 일종의 한계상황이다. 문학은 이제 죽음의 형식으로 밖에는 존재할 수 없고, 문학에 대하여 존재근거나 마련해 주는 대중문화 속에 그나마 명맥을 유지하게 되었다는 위기감은 현대시의 가장 예민하고 심각한 강박관념이다'[5]는 평자의 말처럼 '문학의 위기'가 이른바

---

5) 김준오, 『현대시의 환유성과 메타성』, 살림, 1997, p.153.

'대중문화'의 급속한 세계화 현상 때문이라고 볼 수도 있다. 따라서 '문학의 죽음'까지 운운하게 된 오늘의 상황이 반드시 영상시대로의 전환 때문인지가 불분명하다는 점이다.[6]

따라서 이 글에서는 이미 우리 시가 깊숙이 발을 들여놓은 '패러다임 전환'의 실체 확인을 위해서, 먼저 '영상시대의 도래'가 갖는 의미를 생각해 보고, 다음으로 비교적 영상세대[7]라 불릴 수 있는 90년대 후반의 시인들의 시에 있어서 영상체험의 심화에 따라 나타나는 '불안의 양상'을 살펴보고자 한다.

그렇다면 영상시대가 의미하는 것은 무엇인가? "영상시대를 시각적 이미지의 강조와 확산으로 본다면 시각적 이미지가 우리의 생활양식과 의사소통에서 차지하고 있는 중요성은 자명하다." 뿐만 아니라, "현대인들에게 '부담 없이 즐길 수 있는' 시각적 영상에 대한 친밀감과 익숙함은 보편적 선유경향(predispositions)으로 받아들여져 왔고, 책에서처럼 씌어지거나 연극에서처럼 말하여지지 않고 영상은 곧바로 두뇌로 전달되는 가장 빠르고 가장 강력한 매체로 인식되어 왔다."[8] 이처럼 영상은 문자와는 비교할 수 없는 많은 장점을 가지고 있다.

---

6) 이 문제와 관련해서 지금까지 문학과 영상 문화와의 관계 탐색을 선도해 온 비평가들의 용어 사용상의 문제점을 지적할 수 있다. 그들은 '고급문화 대 대중문화'라는 낡은 이분법에 의지하여 '대중문화 = 대중매체 = 영상매체 = 영상문화'라는 생각을 은연중에 드러내고 있다. 문학의 위기를 논하는 다른 관점으로, 문학의 위기를 문학을 둘러싸고 있는 사회적 존재 조건의 문제로 보기보다는 문학 그 자체의 존재론적 위기, 다시 말해 문학을 지탱해온 예술적 정신의 자기 정체성의 심각한 균열로 보려는 강력한 시각도 존재한다.

7) 우리나라에 텔레비전이 보급되기 시작한 것이 1960년대부터이고 다색 컬러 텔레비전이 시작된 것은 88올림픽을 전후해서이다. 영상세대를 일반적으로 '영상매체 환경의 집중적인 영향을 받으며 성장한 세대'를 가리킨 것이라 한다면, 대체로 1960년대 후반 이후 출생한 도시지역 세대가 이에 해당한다고 할 수 있다.

8) 김영훈, 앞의 책, p.45.

영상을 통한 정보의 전달이 갖는 효율성은 대체로 다음의 세 가지로 요약할 수 있다. '첫째는 적용 범위의 보편성을 들 수 있다. 언어 및 문화적 배경, 교육 정도, 연령 등의 다양성과 상관없이 영상 정보의 적용 범위는 문자에 비해서 대단히 넓다. 둘째는 전달 속도이다. 영상의 외연적 의미를 파악하는 데 걸리는 시간은 순간으로 충분하다. 셋째는 정보의 전달량이다. 문자와 비교하여 상황과 내용의 전달에 있어 영상은 우위를 점한다.'9) 이처럼 영상은 정보전달의 효용성을 무기로 멀티미디어 시대에는 시각, 청각, 촉각 등을 동원하는 다면적 감각작용을 의미하는 다각적 의사소통의 매체로 발전할 것이다. 그리고 이러한 변모는 '사실의 재현'이라는 인간의 근본적이고 보편적인 욕망을 충족시키며 확장될 것으로 예상된다.

그렇다면 우리는 한 가지 질문을 던져볼 수 있을 것이다. '실재와 재현된 현실의 혼돈은 더욱더 심해질 것이다. 우리는 날마다 뉴미디어 앞에서, 어느 세대를 막론하고 신세대일 것이다. 그때 시는 어디에 얼마나 있을까.'10) 앞에서 언급한 바 있는 김준오의 '현대시의 강박관념'이 해소되었다거나, 김혜순의 회의적인 물음에 답할 수 있는 시들이 오늘날 우리시의 중심적 위치를 차지하고 있다고는 결코 할 수 없다. 그러나 자신들이 유난히 대중예술, 또는 대중문화에 심취했다는 것을 자랑스럽게 늘어놓음으로써 상상력의 확장에 기여했다고 평가되던 시인들의 시대가 갔다는 것은 자명하다.11) 지금은 '온갖 영상매

---

9) 정근원, 「영상세대의 출현과 인식론의 혁명」, 『세계의 문학』 여름호, 1993, p.391.
10) 김혜순, 「90년대의 시적 현실, 어디에 있었는가」, 『문학동네』 가을호, 문학동네, 1999, p.356.
11) 이들 시인이란 다름 아닌 하재봉, 장정일, 유하, 함민복 등을 지칭한다. 그들이 이른바 대중문화 또는 영상문화의 '매혹'에 눈뜬 첫 번째 세대임에는 분명하다. 그러나 이들을 '키치의 세대'라고 부를 수 없는 것은 이들에게 있어서 키치는 기술

체와 전자매체를 통해 심미적 감성을 훈련받은 키치 세대, 즉 대중문화 세대의 출현'12)과 그들의 시가, 이른바 '패러다임의 전환'의 급류 속에서 아우성치는, 아니 래프팅을 즐기는 시대가 된 것이다.

이 글은 90년대 중반 이후 등장한 이들의 작품을 영상 매체의 주요한 특징인 '본다'는 것의 의미변화, 다시 말해 '시선'의 문제와 영상 이미지의 확산과 자의식에의 침투 문제, 그리고 영상매체와 관련하여 간과할 수 없는 '영상소통 테크놀로지'의 신속한 발전이라는 세 측면을 중심으로 살펴보고자 한다.

2. '본다'는 것의 의미 변화 — 전도된 시선

'본다'는 것은 일차적으로 감각의 과정이다. 대상을 볼 수 있도록 눈으로 충분한 빛이 들어오는 것이다. 하지만 그것으로 충분하지는 않다. 눈은 빛을 집약시키고 초점을 모으며, 바라볼 대상을 고르고 선택된 대상에 집중하도록 유도한다. 인간의 두뇌는 분리의 기능을 수행하는데 시신경으로 전달받은 외부 자극을 유의미하게 해석함으로써 인식의 단계로 넘어간다. 우리의 대뇌는 우반구와 좌반구로 나뉘어져 있다. 우뇌는 시각적 판별력이 주된 작용인데 그것은 시각 중추가 우뇌에 연결되어 있기 때문이다. 따라서 실제 사물의 객관적 해석에 대한 형태적 분별력에 관련된 부분의 해독이 이곳에서 이루어진다. 이곳 우뇌의 인식은 따라서 시각적, 본능적, 즉각적, 감성적, 직관

현대성 및 미적 현대성과 결부된 문제로 나타나기 때문이다.(이승훈, 1995 : 47~49 참조) 그러나 90년대 중반 이후의 시인들에게 키치는 '경멸적인 의미'로 사용되는 말 그대로의 키치이다. '매혹'도 '배후'도 이미 무의미한 것이다.

12) 정끝별, 「대중을 향해 쏴라」, 『문학동네』, 1999, 가을호, p.366.

적, 총체적으로 열정과 연관되어 있다. 이에 비해서 좌뇌는 시각적 정
보처리의 경우 비형태적인 부분을 판별하며 느린 속도로 정보를 처리
하는 단점이 있으나 정확성을 기하고 있어 이성적, 분석적, 논리적,
개념적, 추상적인 영역을 담당한다. 영상문화가 발달한다는 것은 생
체학적으로 볼 때, 다분히 우뇌의 해석작용에 비중이 가해지는 쪽으
로 변화됨을 의미한다.

　이처럼 '본다'는 것의 의미가 일차적으로 문자 문화와 영상 문화의
차이를 불러일으킨다는 것이 많은 문학평론가들의 입장이었다. 다시
말해, 영상 이미지들을 '보는' 행위는 눈이라는 감각 기관을 통해 그
이미지들이 곧바로 우리의 뇌리에 각인되는 비교적 단순한 수용 과정
을 거치게 되지만, 문자의 경우에는 망막에 비친 문자 자체가 그대로
기억 속에 각인되는 것이 아니라, 문자의 의미를 '읽는' 행위가 그 과
정 속에 반드시 개입해야 하고, 그 '읽는' 행위는 근본적으로 해석과
사유를 수반하는 행위일 수밖에 없다는 것이다.

　그러나 영상 이미지를 본다는 것 또한 감각적인 행위에 지나지 않
는 것이 아니다. 보다 중요한 것은 '우리가 대상을 보는 것은 심리적
과정 속에서만 진행되는 것만이 아니다. 보는 것은 우리가 이미 알고
있는 것이나 믿고 있는 것을 통해서 본다는 것이고, 보여지는 대상이
우리에게 무엇인가 말하는 것이다. 또한 사회나 문화가 어떤 것이라
고 규정한 것을 보는 것이다. 그러므로 본다는 것은 바라보는 나(주체)
와 보여지는 대상(객체) 사이의 대화이면서, 대상이 놓이는 사회적, 문
화적 맥락 속으로 위치되는 행위'[13]라는 점이다.

---

13) 주창윤, 「영상언어의 이해」, 『현대사회와 매스커뮤니케이션』, 한울아카데미,
　　2000, p.334.

그녀는 하나의 사물처럼 단단하다.
그녀는 바닥에 앉아 있다.
내 피곤한 망막 위로 기어들어온 그녀는
거기 붙잡혀 꼼짝없이 앉아 있다.
자신이 바닥에 붙잡혀 있다는 사실을
의식하지 못한 채,
변기통이 변기의 물을 빨아들이듯
그녀는 바닥에 붙박혀 나의 시선을 빨고 있다.

−〈흔들리는 버스〉 부분

이철성의 첫 시집 『식탁 위의 얼굴들』(문학과 지성, 1998)에는 바라보는 자, 즉 주체로서의 자아와 보여지는 자, 즉 대상으로서의 사물간의 시선의 문제가 잘 드러나고 있다. 일반적으로 '본다'는 것은 '선택의 과정'이다. 따라서 보여지는 대상보다는 바라보는 자, 주체의 의식이 중심을 이룬다. 더욱이 문자 언어의 경우에는 '문자에 대한 인지는 선(line)으로 되어 있어 일반적으로 좌측에서 우측으로 해독이라는 방향의 강제성이 있다.'14) 이처럼 주체가 강조되는 세계에서는 의식이 언제나 타자를 대상화한다. 앞의 인용시에서 '나의 시선'은 타자를 대상화하여 특정한 곳에 붙박고 있다. '그녀는 하나의 사물처럼 단단하다'고 진술하고 있지만, 사실상 그녀를 사물로서 단단하게 고정시키고 있는 것은 바로 바라보는 자, 주체의 시선일 뿐이다. 이처럼 주체와 대상으로 분리되는 이원성의 세계는 주체가 자의식을 형성하기 위해서는 불가피한 것처럼 보인다. 그러나 주체의 자의식이 강화될수록 주체와 대상은 그 관계성을 상실하고 분리가 가속화된다. 이는 결국

---

14) 정근원, 앞의 책, p.389.

에는 주체에게 소외, 또는 고독이라는 문제를 일으킨다.

"나는 없다"
"나는 없다"
그리고 시계들이 말한다.
아침. 점심. 저녁.
시계들이 말한다.
밥상이 말하고
반찬들이 말한다.
책을 펼치면
글자들이 말한다.
(……)
커피포트가 말한다.
스푼이 웃는다.

－〈커피포트와 스푼〉 부분

이철성의 작품들은 간략한 단문의 시행들을 나열하는 단순성에도
불구하고 독특한 풍경을 빚어낸다. 그것은 '전도된 시선'에서 기인한
다. 앞의 인용시에서 볼 수 있듯이 그는 '전도된 시선'을 통해 대상화
되었던 시계, 밥상, 반찬, 글자들이 말하는 세계를 보여준다. 결국 '이
철성은 주체의 자기 중심적 한계를 넘어서기 위한 방법으로 주체와
객체, 의식과 대상의 주종관계를 역전시키는 시선의 전도를 시도한
다. 즉 기존 시의 패러다임에서 객체와 대상의 자리에 있던 사물들을
주인의 자리로 전환시키고, 그 사물들에게 눈을 달아주는 방법적 시
선을 시도하는 것이다.'15) 그러나 인용시 앞 부분에 강하게 배치된
'나는 없다'라는 역설적 선언처럼 '전도된 시선'이란 전략은 대상에게

눈을 주고, 말하게 하는 것이 결국은 주체라는 의미에서 불완전한 전략에 머무를 수밖에 없다.

영상매체에서 눈의 역할을 하는 것은 카메라(camera eye)이다. 이를 통해 생성되는 영상이미지에 등장하는 인물의 시선은 그것을 바라보는 수용자나 관객의 시선을 유도한다. 주창윤에 따르면 '주체적 시선은 등장인물이 직접적으로 카메라를 보는 사진이나 그림을 말하며, 객체적 시선은 등장인물이 카메라가 아니라 다른 어떤 곳이나 사물, 사람 등을 바라보는 것이다. 주체적 시선에서 등장인물은 주체가 되며 이것을 바라보는 독자나 수용자는 대상으로 위치된다. 이것은 독자나 수용자가 등장인물을 바라보는 것이 아니라, 오히려 등장인물들이 수용자를 바라보는 것이다. 등장인물이 수용자를 응시한다는 것은 직접적인 관계의 설정을 의미하며, 수용자의 입장에서 동일시를 확대시킨다. 따라서 수용자로 하여금 어떤 상상적 관계에 들어가게 만든다.(중략)객체적 시선은 수용자가 바라보는 주체가 되며, 등장인물은 바라보여지는 대상으로 위치된다. 객체적 시선의 경우, 등장인물이 직접적으로 수용자를 바라보는 것이 아니라, 제3의 공간이나 다른 영역을 바라보는 사진을 의미한다. 따라서 객체적 시선은 수용자와 떨어져 있다는 느낌을 제공하면서 객관적 거리를 유지한다.'16) 앞의 글은 비록 전자적 영상이 아닌 그림이나 사진을 중심으로 논의된 것이지만, 다음의 시를 분석하는데 있어서 매우 유용한 잣대를 제공한다.

초인종이 울리고, 문득

---

15) 오형엽, 「전복적 상상력, 탈주체의 시적 전략」, 『문학과사회』 가을호, 문학과지성사, 1998, p.1062.

16) 주창윤, 앞의 책, pp.347~348.

그녀가 돌아왔다 저녁을 차려준다
오똑한 콧날 약간 붉은 금발
그녀는 샤워를 한다 냉장고에서
김치를 꺼낸다 계란 프라이를 한다
전자 레인지에서 데워진 밥을 꺼낸다
국을 데워 그릇에 담는다
창가에 노란색 방범등
숟가락을 꺼내 식탁에 놓는다
그녀는 젖은 머리카락을
수건으로 닦으며 의자에 앉는다
튼튼한 의자와 그녀의 넓은 이마
인형 같은 그녀는 저녁을 먹는다

나는 아무것도 먹지 않는다

—⟨텔레비전⟩ 전문

서정학의 『모험의 왕과 코코넛의 귀족들』(문학과 지성, 1998)에 실린
인용시에서는 우선 시선의 방향을 찾기가 매우 어렵다. '나는 아무것
도 먹지 않는다'라는 마지막 시행에서 알 수 있듯이 시에는 화자인
'나'가 존재한다. 그리고 3인칭으로 지칭되는 '그녀' 또한 존재한다. 기
존의 시 읽기의 관습에 따른다면 '나'가 바라보는 자, 즉 주체가 되고
'그녀'가 보여지는 것, 대상이 되어야 할 것이다. 그러나 이 시의 경우,
표제인 '텔레비전'이 암시하는 것처럼 일단은 첫 번째 행의 정황들이
'현실'이냐 아니면, 텔레비전이라는 영상매체에 의해 재현된 것이냐
하는 점부터가 모호하다. 그 이유는 영상의 시선 문제에서 가장 중요
한 방향성이 없기 때문이다. 영상의 경우 '시선을 유도하는 힘'을 '벡

터'(vector)라 하는데, 우리는 우리를 이끄는 그 힘에 의해 자연스럽게 영상이미지를 이해하게 된다.17) 앞의 인용시는 이러한 벡터가 불분명하다. 이처럼 '재현' 여부의 모호성과 '벡터'의 부재가 이 시를 기존의 주체에게서 대상에게로 향하는 시선을 이용한 작품 해석을 곤란하게 한다. 말하자면 이 시는 '낮은 정서적 관여'를 특징으로 하는 영상 이미지의 객체적 시선을 시의 한 전략으로 사용하고 있다. 작품 내에서 '그녀'를 보는 것은 '나'이지만 이 '나' 역시 시라는 텍스트 밖의 어떤 사용자에게 보여지고 있는 대상일 뿐이라는 점이다. 이러한 전략의 유용성은 '낮은 정서적 관여'에 의해 작품의 깊이에 대한 천착이 어려워지는 대신에 주체와 대상이라는 이원적 고착을 피할 수 있으므로, 그로 인해 수반되는 이른바 '주체'의 고독, 주체와 대상 사이의 벽을 해체할 수 있는 가능성이 생겨난다.

이 작품은 다시 세계를 바라보는 방식의 변화를 감지케 한다. '세계를 바라본다는 것은 두 가지 측면에서 이해될 수 있다. 하나는 세계 혹은 실재를 우리가 직접 바라보는 것이며, 다른 하나는 자기가 아닌 사회적 제도(사진, 텔레비전 같은 영상매체)에 의해서 바라본 것을 다시 보는 것이다. 이 경우 우리는 세계를 바라보는 것이 아니라 영상매체에 의해 세계가 바라보여지는 것이라 할 수 있다. 이것은 내가(주체) 세계의 중심에서 대상을 바라보는 것이 아니라 오히려 대상이 세계의 중심이 되어 내가 바라보여지게 되는, 주체와 객체의 전도, 현실세계

---

17) 여기서 '자연스럽게'라는 의미는 '의식하지 못하는'이라는 의미를 갖는다. 왜냐하면 '사실상 대부분의 이미지 형성은 그 시간적 배열과 질서를 해체하고 특정한 이미지의 강렬성과 깊은 관계가 있다. 그리고 그 특정한 이미지의 강도는 반복됨에 의하여 불연속적 연속성의 특성을 갖고 축적되는 강한 심리적 이미지를 만드는 것'이기 때문이다.
　　김현옥, 「심상과 영상」, 『외국문학』 봄호, 열음사, 1993, p.91.

와 영상세계의 뒤바뀜을 나타내 주는 것이기도 하다.'18)

영상은 독해의 다양성으로 인하여 정보 전달의 정확성과 구속성의 면에서 규약성을 결핍하고 있다. 또한 수신된 정보의 의미파악이라는 개념화에 이어 문자에 비해 구체적 의미의 전달력이 떨어진다. 그러나 바로 이러한 이유 때문에 지적으로 동질적인 사회를 형성할 수도 있다. 그것은 해독의 다양성으로 인해 담보되는 개방적 사고와 확산적 사고라는 장점과 연결될 수 있는 것이다.

3. 영상 이미지의 확산 - 낯선 상상력

'이미지의 홍수'라는 표현은 영상시대의 문화적 상황을 가장 잘 드러내는 말 중 하나일 것이다. 그렇지만 '영상(이미지)'라는 용어 자체는 한 마디로 정의하기가 매우 어렵다. '영상(image)에는 그림자나 거울상 같은 자연적 영상도 있고, 초상화나 영화와 같은 인공적 영상도 있다. 전자는 광선의 굴절 또는 반사에 의하여 비추어진 물상이라면 후자는 의도가 물리적으로 실현된 인공상이다. 그리하여 전통적으로 자연적 영상과 인공적 영상간에는 공통된 구조가 있다고 믿었던 것으로 보인다. 그 공통된 구조는 자연 영상을 모델로 하여 만들어지고 인공 영상을 그에 맞추어 파악하는 구조일 것이다. 자연 영상은 빛의 제약을 받고, 공간적이며 특정 대상에 의하여 구성된다는 특성을 갖는다.'19) 그렇다면 당연히 이 장에서 말하는 영상이란 위의 인공상을 뜻할 것이다. 그러나 시에서 사용하는 이미지는 '심상'(mental image)으

18) 주창윤, 「현대사회의 영상이미지와 문학」, 『문학정신』 4월호, 열음사, 1991, p.41.
19) 정대현, 『영상문화와 기호학』, 문학과지성사, 2000, p.28.

로서 그것은 내적이라는 특징을 갖는다. 따라서 이 장에서는 '영상(이 미지)'를 지칭할 때, 시에서의 심상과 영화와 같은 인공상을 총칭하여 사용할 것이다. 이를 다시 정의해 보면, 이미지는 '정신 속에 기록되 는 감각적인 모습'이면서 동시에 '기호들에 의해서 재생산되고 재창 조'되는 것이라 할 수 있다.

영상 이미지의 체험의 중요성은 단순히 문화적 상황 변화를 내면 적으로 수용한다는 데 있지 않다. '영상매체는 이미지에 대한 인식을 변화시켰다. 예전에 이미지란 상상에 의해 드러나는 형상이라고 생각 되었다. 그러나 사진의 발명 이후 점차 이미지는 그것이 표상하는 것 이상일 수 있다는 인식의 변화가 이루어졌다. 즉 이미지는 한 대상을 어떻게 보았는가 혹은 한 대상이 어떻게 보여졌는가를 드러내 주는 것으로 생각하게 된 것이다. 이것은 이미지를 만든 사람의 특정한 시 선이 하나의 기록으로 드러나게 되었기 때문이다.'[20] 따라서 '영상 체 험은 문자 체험과는 다른 심리적인 소구효과를 갖는다. 영상은 인간 의 감성과 정서를 설득하여 찰나적 감각을 통한 심리적 점령과 여백 이라는 교감의 방법을 사용한다. 그러기 위해서 영상이 다양한 변형 과 개인의 성향에 가속력을 강하게 작용하는 전략을 구사하여 마음에 호소한다면, 문자는 개념적이고 논리적이며 분석적인 냉정한 이성에 호소한다. 또한 영상은 만드는 사람이나 보는 사람 모두 절대 영상은 존재치 않으면, 특히 형태적 영상인 경우엔 더욱더 표현된 대상의 우 연적 선택이라는 다면성과 연결되어 있음을 알고 있다.'[21] 90년대 후 반의 시의 한 특징은 텔레비전, 영화와 같은 형태적 영상과의 문화적 친족성을 간파했다는 점이다. 따라서 이들 시에서는 영상이 문자와는

---

20) 주창윤, 앞의 책, p.42.
21) 정근원, 앞의 책, p.42.

다른 심리적 소구효과를 갖는다는 점을 보여주는 새로운 이미지가 등
장하게 된다.

> 여름이 되면 사람들은 창문을 활짝 연다. 나는 창문을 통해
> 바라본다. 아파트에는 참 많은 사람들이 산다. 나는 소파에 비
> 스듬히 누워 앞 건물을 본다. 그 중 어느 집에는 세 식구가
> 살고 있다. 여자는 방바닥에 누워 소설책을 읽는다. 남자는 어
> 린 딸과 마루에서 텔레비전을 본다.
>
> — 〈아파트에는 많은 사람들이 산다〉 부분

> 날아다니는 꿈은 얼마나 즐거운가 공중을 흘러다니며 마음
> 껏 날아다니는 꿈 샤갈의 그림 속으로 들어간 젊은 여자 비스
> 듬한 자세로 공중을 날아다니며 세상을 내려다 본다 전깃줄
> 위엔 하얀 천사 검은 천사 지붕 위엔 날개 달린 소를 탄 노란
> 사람, 노란 사람 머리엔 빨간 꽃 파란 꽃 하얀 꽃 검은 꽃, 꽃
> 으로 둘러싸인 둥근 건물들 사이로 보이는 아스팔트를 따라
> 사람들은 개미처럼 돌아다니지만
>
> — 〈날아다니는 꿈〉 부분

김참의 첫 시집인 『시간이 멈추자 나는 날았다』(문학세계사, 1999)에
수록된 위의 인용시에서 '본다'는 것은 여전히 하나의 문제로 작용한
다. '시인이 '본다'는 술어에 이처럼 집착한다는 것은, 이전과 다른 방
식으로 세계를 인식하고자 하는 시인의 욕망을 드러내는 것일 게다.
그러나, 인용시의 주체들은 한결같이 어떤 불화나 장애도 없이 편안
하게(?) 본다. 왜 보는지 그 이유를 알지 못한 채 다만 본다.(중략) 이
는 그리스 신화에 나오는 백 개의 눈들을 가진 백안(百眼) 거인 아르고

스와 그 눈을 뽑아 깃과 꼬리에 붙였다는 유노의 신조(神鳥) 공작새를 연상시킨다. 전자가 바라봄의 주의 또는 경계를 의미한다면, 후자는 눈멂의 현란한 장식을 의미한다. 다르게 보고자 하는 시인의 현실적 욕망이, 무의미한 일상을 은폐하거나 지연하기 위해 환(幻)의 세계로 눈을 돌리게 되는, 욕망의 소외 혹은 욕망의 좌절과 맞닿아 있다.'[22)]

그럼에도 불구하고 김참의 시에서 '본다'는 것은 확실히 영상매체가 가져온 이미지에 대한 인식의 변화를 포함하고 있다. 그것은 '본다'는 자세와 관련된 것이라 할 수 있다. 앞에서 주창윤이 언급한 것처럼 영상 이미지는 이미지가 하나의 시선의 기록이며, 그것마저도 한 각도에서 주어진 것이 아니라 여러 각도에서의 조망을 종합한 것이다. 김참이 세계를 바라보는 것은 '소파에 비스듬히 누워', '공중을 날아다니며 비스듬히'에서처럼 '비스듬히' 보는 것이다. 이것은 문자매체의 사유성이라는 강력한 위력을 잘 보여주는 김수영의 시, 〈절망〉에 나타나는 '바로 보마'라는 태도와는 사뭇 다른 것이라 할 수 있다. 김참에게 있어 '본다'는 것은 중심이 비어있는 행위이며, 따라서 그것은 '어떤 불화나 장애'도 없는 이미지의 전개를 가능케 한다. 바로 이러한 측면이 이미지 형성에 있어서 선택은 하되, 중심을 설정하지 않는 영상적 특성과 연결된다.[23)]

H$_2$SO$_4$, 일렬로 나열한 벌거벗은 유태인들, 잠가진 유기화학

---

22) 정끝별, 앞의 책, pp.112~113.

23) 영상언어의 발달은 내용보다는 형식이 중요하게 여겨지는 스타일의 시대라 할 수 있다. 영상언어는 음향, 동작, 공간, 사물, 테크닉 등이 각각 하나의 언어로 작용하면서 이들 사이에 맺어질 수 있는 상호관계율은 거의 무한대가 된다. 따라서 영상시대는 표현 가능성의 다양화가 기본이 된다. 그리고 이러한 언어로 형성된 이미지 또한 하나의 중심을 갖기보다는 상호연관성아래 동치 된다고 볼 수 있을 것이다.

실험실, 비상등이 켜진 대리석 바닥의 기억자 복도, 얼굴이 화
상으로 뒤덮인 화학선생, 사람들을 살인하는 사린가스 티크론
B, 아흐, 비명소리 새어나오는 가스실을 클로즈업시키는 스크
린, 떠오른다. H는 지독한 황산 냄새에 마스크를 하고 아보가
드로 법칙을 설명하던 그 선생의 깡마른 몸통을, O는 오 빨리
키가 커야 할 텐데 걱정하던 학생의 작은 배를 연상시킨다. 비
커(Beaker)를 들고 PH 3.6 산성용액 속으로 가라앉는 하얀
앙금의 눈금을 재는 학생의 등 뒤, 리트머스지를 통과하는 요
오드팅크 용액처럼 노을이 단단하게 번져온다 가스실로 끌려
가는 사람들의 얼굴만큼 창백하다
　－〈행위 3 － 언어민감증에 시달리는 사내 혹은 반응〉 부분

　함기석의 첫 시집 『국어선생은 달팽이』(세계사, 1998)에 실린 앞의
인용시는 그 부제에서 알 수 있듯이 '언어'의 문제를 다루고 있다. 일
반적으로 이미지의 의미가 언어적 차원에서 감각적, 비유적, 상징적
이라는 세 가지 장치들을 통하여 생산된다면, 그 중에서도 비유적 이
미지는 문자 이미지뿐만 아니라 영상 이미지에서도 가장 중요하다.
대표적인 비유적 이미지로 은유, 환유, 병치 등이 있다. 문자 이미지
를 중심으로 위 인용시를 읽는다면, 언뜻 연결되지 않는 두 개나 혹은
그 이상의 이미지들을 연속적으로 배치함으로써 새로운 의미를 생산
하는 이른바 '병치의 기법'이 사용되고 있다. '일렬로 나열한 벌거벗은
유태인', '잠가진 유기화학 실험실', '비상등이 켜진 대리석 바닥의 기
역자 복도'처럼 단편적인 이미지들이 단순히 나열되고 있을 뿐이다.
영화에서 말하는 이른바 '몽타주'의 기법이 사용되고 있는 것이다. 잘
알려진 것처럼 에이젠스테인의 〈전함 포템킨〉에서 잠에서 깨어나는
돌사자가 포효하는 장면이 민중들이 항거하는 장면과 대비되어 편집

되어 있다. 이것은 돌사자의 포효와 민중의 깨우침이나 저항을 대비
시킴으로써 혁명을 나타낸 것이다. 몽타쥬는 이와 같은 병치의 방법
을 통해서 새로운 의미를 재생산한다.

위의 시는 유태인 학살이 자행되었던 가스실과 학생들의 진정한
욕망을 학살하는 화학실험실을 교묘히 편집함으로써, '감옥으로서의
세계'라는 새로운 의미를 빚어낸다. 그런데 이 글에서 주목하고자 하
는 것은 병치로 인해 발생하는 의미가 아니다. 또한 의미를 발생시키
는 장치가 영상기법과 가장 유사하다는 병치라는 사실도 아니다. 시
의 중간 부분에서 두 개의 장면을 연결하고 있는 '클로즈업시키는 스
크린, 떠오른다'라는 한 구절에 주목해 볼 필요가 있다. 클로즈업은
사물의 질감이나 형태, 세부 묘사 등을 확대시킴으로써 표정에서 보
이지 않는 내면적인 세계를 끌어낼 때 사용된다. 이를 연관시켜 본다
면, 함기석은 '언어(문자 언어)라는 감옥'을 클로즈업 된 하나의 장면으
로 보여줌으로써 우리가 기존의 언어를 흔들었을 때 발생하는 긴장,
상징들이 개인적 차원으로 떨어지는 데 대한 불안을 약화시키려는 전
략적 의도를 드러낸다.

4. 영상 테크놀로지의 발전 - 가상 주체

실재(reality)를 영상이미지로 재현하는 테크놀로지는 현대만의 전
유물이 아니다. 고대 회화는 물론 전통적 시각예술의 형식들, 가깝게
는 사진에 이르는 여러 형식의 영상적 재현 테크놀로지들이 발달되어
온 것이다. 이러한 테크놀로지의 발달은 차츰 인간의 눈이 아닌 카메
라의 눈으로, 더 나아가 색채언어의 조작과 형태의 변형을 통한 인간

의 시각 인식의 가능성을 뛰어넘게 해주었다.24) 이제 전자 매체와 결
합된 영상 매체의 재현 능력은 실제와 복사라는 이분법적 구분마저
점점 불가능하게 만들고 있으며, 가상현실(virtual reality)이라는 새로
운 현실의 등장을 가능하게 하고 있다.25) 그리고 이러한 가상현실의
위력은 영상시대를 대표해온 텔레비전이나 영화보다는 전자오락이나
컴퓨터 시뮬레이션 게임 등에서 더 잘 드러나고 있다.

　　그녀를 아직 구하지 못했다 술통들은 이리저리 구르고 원숭
　이는 코코넛을 던진다 제발 날 건들지 마라 부탁에도 불구하
　고 코코넛 하나가 내 머리를 때린다 이런 제기랄 욕을 하면서
　나는 아파한다 혹이 났다 저 녀석 올라가기만 해봐라 나는 나
　무를 기어오르고 이 기묘하게 생긴 나무는 나에게 너무 불리
　하다 야 너 내려오지 못해! 나는 고래고래 고함 지른다 원숭이

---

24) 이와 관련해서는 도정일의 문제제기를 염두에 둘 필요가 있다. '인간이 다양한 색
　　채의 세계에 살아오면서도 그의 색채 파악에서 기본적인 분별체계는 여전히 〈흑과
　　백〉이며 이 사실은 인지의 측면에서 매우 중요한 시사를 주고 있습니다. 인지대상
　　이 복잡하면 할수록 인간의 인식 기능은 단순화를 지향하는 경향을 보입니다. (중
　　략) 전체를 파악하기 어려운 때에도, 아니 그럴 때일수록, 시각은 복잡하거나 형태
　　가 없어 보이는 대상에 단순한 형태를 부여하고 윤곽과 그림을 찾습니다. 이것은
　　시각적 인지 자체가 개념화, 또는 상징화라는 정신기능과 매우 밀접하게 연결되어
　　있다는 사실을 말해줍니다.'
　　도정일, 「영상세대의 출현과 인식론의 혁명」, 『세계의 문학』 여름호, 세계사,
　　1993, p.405.
25) 가상현실(virtual reality)은 원래 컴퓨터에 의한 몰입 장치와 관련된 용어이다.
　　HMD(Head Mounted Display)라 불리는 입체 안경, 데이터 장갑과 옷을 착용하고
　　서 그 어디에도 존재하지 않는, 그러나 실제 현실과 동일한 효과를 지닌 허구적
　　현실을 여행하는 실험에서부터 그 말이 비롯되었다. 가상현실의 사전적 정의는 '형
　　상적으로(주관과 독립해서 객관적으로) 인지되거나 허용되지는 않지만 본질적으로
　　또는 효력을 미치는 면에서 존재하는 실제적인 사건, 사물 또는 일의 상태'를 말한
　　다. 그러나 이 용어 또한 매우 복잡한 개념을 거느리고 있다. 그것들은 논의를 진행
　　하면서 드러나게 될 것이다.
　　마이클 하임/여명숙 역, 『가상현실의 철학적 의미』, 책세상, 1997, p.180.

는 못 들은 척한다 원숭이는 나무 위에서 코코넛을 던지도록
프로그램 되어있다 원숭이도 달리 방법이 없는 것이다 이미
결정되어있다 원숭이는 내려오지 않는다 내가 올라가는 수밖
에 없다 그것이 목적이라는 것을 중얼거리는데 쾅 — 푸른 별
들이 반짝인다 먹을 수도 없는 코코넛이 머리를 때린다
　　— 〈비디오 게임/모험의 왕과 코코넛의 귀족들〉 부분

서정학은 그의 첫 시집 『모험의 왕과 코코넛의 귀족들』(문학과 지
성, 1998)에서 텔레비전과 비디오, 전자오락과 컴퓨터 시뮬레이션, 만
화와 SF영화 등을 차용하여 후기자본주의 사회에서 영상 테크놀로지
에 의해 결합되는 세계(자연)와 자아의 모습을 잘 그려내고 있다. '디
지털 시대에는 인공적 표상의 세계와 자연적 사태를 연속적 관계 안
에서 파악할 필요성이 제기되고 있다. 가상현실이란 용어는 그런 필
요성의 산물이다. 즉 현대인은 '가상적'이라는 용어를 써서 주어진 환
경과 더 인공적으로 첨가된 차원 사이에 벌어진 간격을 없애고자 한
다. 가상공간은—자연적 물리적 공간과 대조적인 개념으로서—정보적
으로 동치인 사물들을 포괄한다. 가상공간은 우리로 하여금 그 속의
사물들을 마치 우리가 직접 물리적 또는 자연적 실재들을 다루고 있
는 것처럼 느끼게 만든다. 가상현실은 표상의 차원에서 현실과 정보
적 등가 관계에 있다는 점에서 실재성을 띠고 있다.'26)

앞의 시의 경우, '비디오게임의 상황을 그대로 옮겨놓은 듯한 이 시
에서, 우리는 시적 화자인 '나'의 위상에 주목할 필요가 있다. 원숭이
의 방해를 물리치고 공주를 구하는 비디오 프로그램 속의 주인공과,
그 게임을 하고 있는 시적 화자가 '나'로 동일시됨으로써, 현실과 가상

---

26) 김상환, 「디지털 혁명은 존재론적 혁명이다」, 『철학과 현실』 40호, 1999, p.198.

이 직접적으로 연결된다. 역으로 말한다면, 현실의 '나'는 비디오게임 속의 '나'로 분열되어 가상 주체를 형성한다. '제발 날 건들지 마라', '나는 아파한다', '나는 고래고래 고함을 지른다'와 같은 주체의 정서적 반응도, 프로그램 속의 주인공의 그것으로 사물화되어 실재화된 가상, 가상화된 실재의 모습을 띤다.'27)

울트라맨

우주로부터의 침략자가 없어서 심심해졌다 변신을 했다 하품을 하다가 부주의로 주유소를 깔아뭉갰다 미안하다 비디오나 보자

전우주적 고독/밖과 안

가끔, 아파트 베란다에서 밤하늘을 바라본다 울트라 성은 초겨울에나 잠깐, 북서쪽 하늘에 나타날 뿐이다 고향별과 나 사이에 놓여 있는 우주 공간을 생각하면 아랫배가 아파진다 하릴없는 일요일은 슬프다.   ―〈地球防衛白書〉 부분

울트라맨은 SF물 비디오에 나오는 주인공의 이름이다. 서정학은 이 울트라맨에 자신의 자아를 덧씌워 가상주체를 만들어낸다. 따라서 '우주로부터의 침략자가 없어서 심심해졌다 변신을 했다'의 주체는 비디오의 주인공인 동시에 시인 자신이 된다. 그러나 시인은 '미안하다 비디오나 보자'에서처럼 다시 현실의 자아로 돌아온다. 비디오 속 주인공을 매개로 한 가상과 현실의 결합과 분리는, 무의미한 일상의 권

---

27) 오형엽, 앞의 책, p.1057.

태와 고독에서 탈출하기 위해 발사하는 SF적 상상력의 원심력과, 그 상상력도 결국 현실로 귀환할 수밖에 없는 구심력에 상응한다. '고향 별과 나 사이에 놓여 있는 우주 공간'만큼이나 상상력과 현실, 가상과 실재의 간극은 크고, 그만큼 시인의 고독은 가중된다. 그 상상력은 결국 '하릴없는 일요일은 슬프다'라는 자조적 감정에 착지한다.

이처럼 서정학의 시에 있어서 비디오는 시속의 가상과 현실 속의 실재를 잇는 매개역할을 수행한다. 그러나 그 방식은 전도되어 있다. 즉 시 속의 가상적 상황에 놓인 주체에게 현실 속의 실재가 비디오에 의해 환기되고 있는 것이다. 가상과 실재는 매개되는 동시에 전도되어 있으며, 전도되는 동시에 그 부분 자체가 폐지된다. 이제 가상과 실재의 결합은 교묘한 형태로 진행된다. 이러한 진행은 결국 현실, 영상 재현 테크놀로지 앞에서 무력할 수밖에 없는 현실 주체의 불안을 보여준다.

5. '위기'에서 '기회'로

영상 시대로 이미 진입했거나, 아니면 '패러다임의 전환'이 진행 중이거나에 관계없이 향후 우리의 시대를 영상문화의 시대로 정의할 수 있다면, 그것은 우리의 문화적 환경과 사회적 삶의 조건들이 모두 영상으로 정의될 수 있다는 것을 의미한다. 그렇다면, 지난 시대를 소비의 사회라고 말할 때 그 사회가 자신에 대해 스스로 갖는 이념, 즉 이데올로기가 상품소비에 근거한 사회적 관계로 이해되는 것처럼, 이 시대는 정보의 전달과 유통에 있어서 영상이 가장 강력한 이데올로기를 갖는 사회가 될 것이다.

영상시대의 의미는 전자통신이라는 테크놀로지와 탈권위, 탈구조라는 후기 산업사회의 문화적 흐름과 맞물려 진행되고 있는 것이다. 영상시대의 시각 이미지의 중요성은 다면적 감각에 호소하는 입체적 의사소통을 의미할 뿐만 아니라 사회적 양식에 새로운 변화를 끌어들이고 있는 것이다. 그러나 이러한 혁명적 변화의 이면에는 지적 능력의 효과적 생산과 민주적 분배 이면에 숨어 있는 권력의 문제가 존재한다. 영상시대의 시각적 언어의 최종목표는 시각집중이다. 또한 영상시대란 특정한 방식으로 사람들을 포괄하고 배제하며 통합하고 분리하는 사회적, 문화적 환경이다.

"환유적 세계관을 가진 시인들은 현실을 일종의 기호들의 관계로 이해한다. 이것은 타자, 주체에 대한 다른 타자, 주체의 대체가 아니라, 타자 주체 내부에 내재한 기호들이 서로 접근하려는 몸짓을 드러낸다. 현실은 그 기호들의 의미작용으로 채워져 있다. 이 기호들의 관계 밖에 객관적 현실은 존재하지도 않는다. 그리하여 한 시인이 현실을 환유적인 세계관으로 파악해낸다는 것은 유기적인 세계관을 포기하고 파편화 되고 미시적인 세계로 자신의 현실을 파악한다는 의미이다. 이때 시인은 어떤 의미에서는 시적 현실을 쟁취한 것이고, 어떤 의미에선 패러다임 전체를 조망할 욕심을 버린 것이다."[28]

---

28) 김혜순, 앞의 책, p.353.

자기반영으로서의 텔레비전 체험
- 90년대 시를 중심으로 -

1. 들머리

이 연구는 90년대 시에 나타난 서정 인식의 변모 양상을 TV체험이라는 한 단면을 통해 들여다보고, 이러한 서정 인식의 변모가 21세기 우리 시에서 어떠한 모습으로 구체화 될 것인지에 대하여 전망해 보고자 한다.

이를 위해서는 먼저 두 가지 문제가 언급되어야 한다. 그 하나는 서정 인식이 정확히 어떠한 것을 지칭하느냐 하는 점이다. 그러나 이 문제는 인식론적 차원, 장르적 차원, 문학사적 차원 등 대단히 복잡한 층위를 함축하고 있다. 그러므로 여기서는 간단한 개괄의 수준에서만 살펴보기로 한다.

90년대 시에서 서정성이 현대시를 반성하는 논의의 한 초점으로 떠오른 까닭은 80년대와 변별되는 90년대의 특징을, 그 단절과 연속성에서 규명하려는 의도와 맞물려 있다. 이러한 논의는 다시 조정권 류의 신정신주의와 신경림 등의 인간성 회복이라는 두 개의 차원으로 전개된다. 이 둘은 모두 80년대 시의 가장 큰 문제였던 난해성의 극복이라는 측면에서는 동일하지만, 전자는 비교적 현대적 서정에 후자는 전통적 서정에 기대고 있다는 점에서 차이를 드러낸다. 이 논의들은 서정성을 모두 작은 갈래의 차원에서 본 것들이다. 그러나 한 편의 시가 체험의 질서화 또는 형상화라고 할 때 이것은 체험의 조직화이며 정서적 언어가 그 기능을 수행하는 것이다. 따라서 이 때는 시의 서정 자체는 세계에 대한 태도가 된다. 이 연구에서 사용하고자 하는 서정이라는 용어는 그러므로 김준오가 밝힌 바, '세계 파악의 색인'[29] 이라는 동적인 의미에서의 서정이다. 이것은 또한 필연적으로 인식적 차원이 강조될 수밖에 없다. 이때 인식이란 지각과는 다른 의미를 갖는다.

이는 문병호에 따르면 다음과 같이 정리할 수 있다. "시적 주체가 객체(대상)에 대하여 반응하는 형식을 지각과 인식의 차원으로 구분하여 살필 수 있다. 지각을 '외부 세계의 대상에 대하여 체험하고 의식하게 되는 것'이라는 개념으로 이해한다. 그러므로 지각은 그 결정적 특성에 있어서 인간의 심리적 작용에 관련되는 개념이라고 파악될 수 있다. 인식은 여기서 '지각의 결과로 포착된 외부세계의 의미나 내용에 대하여 판단을 행하는 반성적 행위'라는 개념으로 사용된다. 이러한 의미로서의 인식은 개념적으로 근거를 세울 수 있는 진리를 발견하기 위한 목표는 내포하지 않지만, 대상에 대한 가치판단을 행한다. 요컨대 시적 주체가 현실을 판단하고 비판하는 적극적 행위가 이 글에서 사용되는 인식의 개념에 부합된다. 개념을 매개로 하지는 않으나 그 본질에 있어서는 철학적 반성에 속하는 시인의 행위가 바로 예술적 인식인 것이다."[30] 따라서 여기서 사용하는 서정 인식이란 '시적 주체가 정서(감정)를 통하여 현실을 판단하고 비판하는 행위'라 정의

---

29) 김준오, 『현대시의 환유성과 메타성』, 살림, 1997, p.127.
30) 문병호, 『서정시와 문명비판』, 민음사, 1995, pp.106~107.

할 수 있다.

다른 하나는 그렇다면 이런 서정 인식의 변화 요인으로서 왜 하필이면 TV 체험인가 하는 점이다. 이 문제 또한 매우 광범위한 영역을 포괄하여 논의되어질 수 있다. TV의 기술적 측면, 매체적 특성, 사회적 역할, 문화적, 교육적 영향 등이 그것이다. 그러나 여기서는 하나의 시적 대상으로서 TV를 보고자 한다. 다시 말해 TV 체험이 시인들에게 미친 문화적 영향의 문제를 다루고자 한다.

알렌 스윈지우드[31]에 따르면, TV체험은 하나의 흐름으로 특징지을 수 있다. 우리는 'TV를 본다'고 하지, '어떤 특정 프로그램을 체험한다.'고 말하지 않는다. 이렇게 하나의 흐름으로서 TV를 체험하게 되는 것은 편성기술이라는 의도적인 면이 작용하고 있기 때문이다. 그러나 더욱 중요한 것은 TV가 이런 의도적인 면을 감추지 않음에도 불구하고 하나의 일상적인 흐름으로 체험된다는 것이다. 우리가 TV를 켰을 때나, 껐을 때나 TV 그 자체가 하나의 흐름으로서 우리에게 실재한다는 점이다. 이것은 TV가 현대의 일상성과 매우 같은 궤도를 갖고 있음을 의미한다. 그러므로 여기서 말하는 TV체험이란 어떤 최첨단의, 지극히 색다른 경험이기보다는 현대의 일상적 체험을 의미한다고 볼 수 있다.

또한 TV는 뉴미디어 영역에서 매우 원리적이면서도 특징적인 모습을 보여준다. 진 영 블러드는 이러한 특징을 '비디오 영역(videosphere)'[32]이라는 말로 대신하고 있다. 그에 따르면, '컴퓨터처럼 TV도 인간 중추 신경계의 강력한 확장이다. 신경계가 두뇌에 대한 아날로그인 것처럼, 컴퓨터와 공생하는 TV는 세계인간의 총체적 두뇌에 대한 하나

---

31) 박성봉 편역, 『대중예술의 이론들』, 동연, 1995 참조.
32) 권중운 편역, 『뉴미디어 영상미학』, 민음사, 1994 참조.

의 비유이다. 그것은 우리 시야를 가장 멀리 있는 별과 바다의 심연까지로 확장해 준다. TV는 우리가 우리 자신을 보게끔 해주고, 광섬유공학을 통해서 우리의 내면을 볼 수 있게 해준다. 비디오 영역은 텔레파시를 능가한다.' 여기서 TV는 그 이후로 확장되는 모든 기술적 발전(가령, CATV, CCTV, VTR, 위성방송 등)을 대표하는 하나의 고유명사로 사용된다. 결국, 90년대 체험으로서의 TV는 이미 순수하게 형식도, 내용도 아닌 하나의 실체로서 체험된다. 그러므로 90년대 시에 나타난 TV체험을 살펴보는 것은 우리 시의 서정 인식의 변화를 살펴보는 데 있어서 매우 유효한 기준을 제공할 것이다.

이 연구는 90년대 시의 서정 인식의 변모 양상을 전반기와 후반기의 둘로 나누어 살펴보고자 한다. 전반기는 주로 활자문화에 익숙한 60년대 이후 출생한 시인들이고, 후반기는 상대적으로 영상문화에 적응된 60년대 말, 70년대 초에 출생한 시인들이 주축을 이루고 있다. 그 중에서 선구적인 역할을 담당했던 하재봉과 함민복, 연왕모와 서정학, 배용제 등이 이 연구의 주 대상이 될 것이다.

2. 90년대 전반기 - 우울한 자기 성찰

2-1. 은폐된 욕망의 거울 - 하재봉의 경우

텔레비전, 또는 비디오 영역을 그 자체로 시적 대상으로 끌어들인 것은 하재봉의 『비디오/천국』(문학과 지성, 1990)이 최초라 해도 과언은 아닐 것이다. 그는 텔레비전이 자연스럽게 시청자와 의사소통을 한다는 것을 간파했다. '텔레비전 매체는 우리에게 연속적인 이미지의 흐름을 제공하는데, 이 흐름의 대부분은 구조와 형식에 있어 매우

친숙하다. 그것은 우리가 실체 자체를 인식하는 것과 밀접하게 관련
된 약호를 사용한다. 이것은 세계를 보는 자연스런 방법처럼 보이며,
우리의 이름이 아니라 집단적인 자아를 보여준다.'33)는 것이다. 이처
럼 대중매체에 의해 전달되는 문화적 내용물에 대한 시인의 반응은
이 반응 자체가 시의 의미구조를 지탱한다. 이것을 하재봉은 '불온한
상상력'이라는 측면에서 접근했다.

> TV는 나의 눈
>
> 섹스 거짓말 그리고
> 사회적 폭력 및 성적 불안을 조성하는 혐의로 체포된
> 통제 불가능한 상상력
> 내 어미의 자궁 속으로 나는 육십 년간의 여행을 떠난다
> 뒤엉킨 세상으로 나를 돌려주는 것은
> 암시장에서 사온 불법
> 비디오 테이프
>
> 　　　　　　　　 - 〈비디오/TV눈 나의 눈〉 전문

위의 시에서 TV는 시인의 눈으로 표현된다. 이는 달리 말해서 시인
은 TV라는 눈을 통해 세상을 본다는 것이다. 이 때 그에게 보여지는
세상은 섹스, 거짓말, 사회적 폭력 및 성적 불안 등이다. 이러한 내용
물들은 기존의 상상력의 이름에는 포함될 수 없는 어떤 것, 또는 주변
부에 머물러 있던 것들이다. 따라서 그것들은 기존의 사유 기제들로
는 사실상 통제될 수 없는 상상력으로 볼 수 있다. 그리고 통제되지

---

33) 존 피스크, 존 하틀리/이익성, 이은호 역, 『TV읽기』, 현대미학사, 1997, p.21.

않기 때문에 은폐되어 있었고, 은폐되어 있음으로 인해 더욱 강력해진 욕망이라 할 수 있다 이처럼 은폐되어 있던 욕망이 자연스럽게 표출될 수 있다는 것이 바로 하재봉에게는 매체로서 TV의 새로운 점인 것이다.[34]

> 욕망의 옷을 입고
> 컴퓨터로 전자동 조절되는 조명 받으며 무대 위에 서 있는
> 나를
> TV를 통해 바라볼 수 있는
> 나의 현실은 TV 나는
> TV 시민
> 나와 잠자리를 같이하는
>
> TV는 숨을 쉰다
> 　　　　　　　　－〈비디오/TV는 숨을 쉰다〉 부분

> 나의,
> 친구 나의, 애인
> 나의, 스승
>
> TV
>
> 왜 그는 폭발해야 하는가?

---

34) 섹스, 거짓말 그리고 사회적 폭력 및 성적 불안, 이러한 것들이 기존의 현대시의 상상력의 영역에서 전혀 다루어지지 않은 것은 아니다. 다만 그것들은 어떤 특정한 의미를 실어 나르기 위한 동기나 기호의 역할에 머무를 수밖에 없었다. 그러나 TV는 다른 어떤 것을 환기하지 않으면서도 이러한 것들을 '있는 그대로' 보여 준다. 이것이 바로 새로운 점이다.

두 눈에 가득찬 물
부엉이처럼,
파란 눈으로 TV를 켜고 나는
세계를 본다

TV를 수호하자
            ─〈비디오/TV는 폭발한다〉 부분

위의 시들을 해설한 글에서 김주연은 "하재봉의 비디오, TV에 대한
선호는 현실에 절망한 자의, 현실로부터 쫓겨난 자의 도피 메카니즘
으로서의 부정적 기능을 하고 있는 것은 사실이지만, 과연 그것이 부
정 일변도로 일관되고 있는가 하는 문제는 불투명하다. 비문화적인
현대 문명의 부정적 기능을 비판하면서도 또 거기에 절망하면서도 시
인 의식 속에서는 어느덧 이 같은 새로운 현실을 받아들이고, 때로는
즐기기까지 하는 자신에 대한 자기 연민 같은 것이 숨어 있지 않은가
하는 의문이다."[35]라고 하면서, 시인의 이러한 태도를 '수동적 수락'
이라고 지칭하고 있다.

위의 시에서 드러나듯이 하재봉에게 있어서 현실은 '욕망의 옷을
입고/컴퓨터로 전자동 조절되는 무대'〈비디오/TV는 숨을 쉰다〉이다.
이러한 표현은 쉽게 현대 문명에 대한 불안, 다시 말해 익명의 조정자
(감시자)에 의해 지배되는 삶을 떠오르게 한다. 그럼에도 불구하고 하
재봉의 시의 특징은 그 사실을 깨닫는 것이 인문학적 지성에 의한 자
기 성찰이 아니라 바로 TV라는 새로운 눈을 통해서라는 점이다. 그렇
기 때문에 TV는 김주연이 말한 바 '수동적 수락'이 아닌 '세계로의 통

---

35) 하재봉, 앞의 책, p.106.

로' 역할을 하는 것이다. 바로 이러한 이유로 TV는 시인에게 있어서 '나의, 친구/나의, 애인/나의, 스승'이 될 수 있는 것이다. 하지만 이러한 관계맺음은 뒤에서 다루게 될 함민복의 그것과 다르게 나타난다. 그것은 '나의'와 그 대상물, '친구, 애인, 스승' 사이의 휴지(,)를 통해 드러난다. 이 휴지의 의미는 그것이 확정되지 못했거나 가변적이라는 의미를 갖는다. 이 점이 바로 함민복과 하재봉의 시를 가르는 중요한 경계라 할 수 있을 것이다.

같은 시기의 작품들 중에서 박남철의 연작시 〈텔레비전〉(『반시대적 고찰』, 세계사, 1999) 5편은 영상매체를 패러디한 형태시이자 놀라운 해체시다.36) 작품 〈I〉과 〈II〉는 똑같이 사각형의 도형만 제시했지 문자 언어는 전혀 없다. 언어화를 거부하는 영상매체의 상징성을 희극적으로 모방한 것이다. 문자 언어는 〈III〉에서 비로소 나타나고 〈IV〉와 〈V〉에서는 다시 문자 언어가 사라지고 자신의 얼굴을 사각형 도형 밑에 거꾸로 붙이거나 바로 붙여 놓았다. 이 연작시는 독자로 하여금 철저하게 영상 언어의 수수께끼를 풀게 하는 해석주의자가 되게 한다. 이 연작시가 암시하는 의미는 조종자 뒤에 또 하나의 익명의 조종자가 존재하는 감시체계다. 한편 김형술은 〈텔레비전 광시곡〉이라는 작품에서 "오 놀라운 전능의 네모난 신전/우린 모두 당신의 불쌍한 종이에요"라는 구절을 통해 영상매체에 의한 문화체험을 자아가 감당할 수 없는 막강한 대중매체와 나약한 자아 사이의 심각한 불균형에 대한 자기인식을 드러낸다.

---

36) 하재봉의 『비디오/천국』과 비슷한 시기(1990년)에 유사한 내용을 보인 시인들로는 유하, 장정일 등을 쉽게 떠올릴 수 있다. 그러나 이들의 작품들은 TV보다는 광고나 영화 등 영상문화 전반에 걸쳐져 있고, TV라는 형식보다는 그것이 전달하는 내용물에 대한 반응이 주류를 이루고 있으므로 이번 연구보다는 좀 더 큰 차원에서 논의되어야 할 것이므로 여기서는 제외하기로 한다.

2-2. 자본으로 銀箔된 거울-함민복의 경우

30년대 이상에게는 '자의식'이라는 은박을 입힌 거울이 있었다. 다시 말해 거울 속의 세계는 자의식의 세계의 반영이었다는 것이다. 그러나 90년대 함민복(『자본주의의 약속』, 1993, 세계사)에게는 '자본'이라는 은박을 입힌 전혀 다른 거울이 있다. 자기를 반영한다는 점에서는 같지만, 비춰진 세계가 내면의 그것이 아닌, 자본주의에 비춰진 모습이라는 데 차이가 있다. 또한 그 거울은 단순히 표면적 세계를 재생하는 것이 아니라, 오히려 거울을 비춰보는 사람을 재구성한다.

그렇다 매스컴의 화려한 유혹은 시청자인 나를 티브이 속의
세계로 유혹한다 하여 내가 매스컴 속에 깊이 빨려들어갔을
때 매스컴 속에 깊이 잠식되었음을 깨닫고 바깥으로 나오려고
할 때 매스컴은 나를 가둔 채 OFF할 것이다
─〈엑설런트 시네마 티브이·1〉 부분

실감한다, 허구의 세계가 또 하나의 허구의 세계를 만들어
두 세계의 벽 허물기를 통해 허구와 실제의 벽 허물기 체험을
무의식에 강요하고 있는 산업사회의 무서운 꽃 광고를, 나는
보기 싫어 리모컨을 누르다 경악한다, 이미 허물어진 벽.
티브이가 리모컨이 되어 내 머리통을 작동시키고 있었구나.
─〈엑설런트 시네마 티브이·2〉 부분

함민복의 TV체험은 현대 산업사회를 살아가고 있는 우울한 존재가 겪는 끔직한 절망의 모습으로 나타난다. 이는 필연적으로 자본주의에 대한 비판으로 작용한다. 다시 말해 함민복에게 있어서 TV는 TV의 사회적, 문화적 영향력이라는 측면에서 체험된다는 것이다. TV에 대

한 가장 오래되고 끈질긴 비판이 바로 그러한 것들이다. 이는 TV를 '양어머니', 또는 '제3의 교육자'로 간주했던 서구적 비판과 그 맥이 닿아 있다.37)

> 텔레비전을 아버지라 부르고 싶다
> (한때 테레비가 부의 상징이기도 했었다)
> 테레비가 가족을 침묵시키고 둘러앉게 한다
> 가족 중 테레비와 가장 많은 시간을 보낸다
>   (중략)
> 칭송받아 마땅한 테레비의 빛나는 위력으로
> 저를 이렇게까지 길러주신 테레비님께 감사하며
> 어머니 테레비를 갖다가 버릴까요
> 독서가 잘 안되서 그러는데요
> 나는 요따위 싸가지 없이 불효막심하게
> 말할 수도 없다 테레비가 정말 나의 아버지인가
> 그렇다면 나는 꼭 테레비를 모시고 있어야 한다
>   (중략)
> 지성의 시대는 끝났다 잡성의 시대에
> 테레비가 없다면, 끔직한 상상이지만
> 나는 무엇을 스승으로 삼고 즐거워하고 슬퍼하고

---

37) 미디어의 효과에 대한 연구는 대체로 강 효과 이론과 제한 효과 이론으로 구분될 수 있다. 강 효과 이론이란 매스미디어는 수동적인 수용자에게 전지전능한 강력한 영향력을 행사한다는 것이다. 이 모델은 20세기 초를 풍미했던 대중사회론을 이론적 배경으로 하면서 20세기 초에 경험한 대중매체의 위력과 양차 세계대전에서 보여진 미디어의 성공적인 선전 수행의 경험을 바탕으로 구성된 이론이다. 이후 강 효과 이론은 70년대 말 매스 미디어의 영향이 인간의 태도나 행동변화에 한정되는 것이 아니라 인지와 정서와 같은 세밀한 인간경험의 영역으로까지 확대됨을 강조한다.(이은미 외, 『매스 미디어와 수용자』, 커뮤니케이션북스, 1999, pp.23~25)

간지러움, 강제의 웃음이라도 웃을 수 있겠는가
                (중략)
아, 고마워라 고마운 테레비
엑셀런트, 미라클, 임팩트, 내쇼날,
이제 나는 어버이날 테레비에게 카네이션을 달아드리련다
아흔아홉 마리의 사면발이보다 길 잃은
한 마리의 사면발이를 구해줄 테레비여
창녀촌 의자가 길을 향해 가지런히 있듯
내 의식을 심플하게 정리해줄
아버지처럼 소중한 나의 친구 테레비여
            -〈오우가-텔레비전·1〉 부분

'텔레비전을 아버지라 부르고 싶다'(오우가-텔레비전·1)는 직접적
토로에서 TV가 시인에게 끼친 사회적, 문화적 영향의 면모가 그대로
드러난다. 제목부터 패러디적인 성격을 띤 이 작품은 조선조 자연시
에 있어서 자연에 몰입되어 자아가 탈락하는 자연친화적 태도를 TV
중독으로 아이러니하게 전도시키면서 막강한 TV와 나약한 자아를 대
조시킨다. 더불어 '어머니 테레비를 갖다가 버릴까요/독서가 잘 안되
서 그러는 데요'라는 부분에서는 활자 세대인 시인이 겪는 영상 매체
에 대한 불안이 그대로 드러난다.

90년대 자기성찰로서의 TV체험은 자기 자신을 비춰주는 것에서
끝나지 않는다. 그 체험은 인간 관계를 매개한다는 데까지 확장된다.
다시 말해 TV는 아버지며, 스승이며, 친구인 것이다. '테레비가 없다
면, 끔찍한 상상이지만/ 나는 무엇을 스승으로 삼고 즐거워하고 슬퍼'
할 것인지 시인은 두려워한다. 그러나 함민복이 정말로 걱정하는 것
은 그런 관계의 단절이 아니다. 위의 인용한 시에서 드러나듯 그는

테레비가 '내 의식을 심플하게 정리'하는 상황을 염려하고 있다. 그에게 있어 TV는 결코 참 교사나 친부모는 아닌 것이다.

이러한 비판적 TV체험은 'TV가 인간을 구원한다'는 허위의식을 유포한다는 다분히 인문학적 지성의 반발로 드러난다. 이것은 90년대 전기 TV체험에서는 다시 허구와 실재의 경계가 사라진다는 데 대한 불안(이만식, 『시론』, 「매력적인 이유」, 1994, 세계사) 거짓 행복에 대한 불신(김혜수, 『404호』, 「文化的」, 1991. 민음사), 이데올로기적 침탈에 대한 반발(함성호, 『56억 7천만 년의 고독』, 〈MECHANIZED ATTACK〉, 1992, 문학과지성사) 등의 모습으로 나타난다.

3. 90년대 후반기 - 그들만의 유토피아

3-1 유원지의 魔法의 거울 - 서정학의 경우

이승훈에 따르면, 거울에 '많은 사람들이 관심을 둔 것은 거울의 양가성이다. 곧 거울은 이미지들을 재생하는 표면의 세계로 드러난다. 그러나 전설과 민담의 경우 거울은 흔히 표면의 심층에 있는 것을 불러내는 마술적 속성을 띠는 것으로 인식된다. 거울이 이런 속성을 띠는 것은 거울의 기본적 기능을 이상할 정도로 확대 해석한 결과에 지나지 않는다. 이런 방식을 따를 때 거울은 과거에 수용한 이미지들을 주문으로 환기하거나 과거에 대면했지만 지금은 사라진 사물을 보여주기 위해 시간적 거리를 소멸시킴으로써 유령을 불러오는 도구로 인식된다.'38) 무엇이 문제인가? 허구/실재, 환상/현실의 경계가 모두 사라진 마법의 거울로서의 TV는 이 모든 것들을 가능하게 한다. 서정학

---

38) 이승훈, 『문학상징사전』, 고려원, 1995, p.23.

(『모험의 왕과 코코넛의 귀족들』, 문학과지성사, 1998)의 작품들은 이러한 사실을 여실히 드러낸다.

> 초인종이 울리고, 문득
> 그녀가 돌아왔다 저녁을 차려준다
> 오똑한 콧날 약간 붉은 금발
> 그녀는 샤워를 한다 냉장고에서
> 김치를 꺼낸다 계란 프라이를 한다
> 전자 레인지에서 데워진 밥을 꺼낸다
> 국을 데워 그릇에 담는다
> 창가에 노란색 방범등
> 숟가락을 꺼내 식탁에 놓는다
> 그녀는 젖은 머리카락을
> 수건으로 닦으며 의자에 앉는다
> 튼튼한 의자와 그녀의 넓은 이마
> 인형 같은 그녀는 저녁을 먹는다
>
> 나는 아무것도 먹지 않는다
>
> ─〈텔레비전〉 전문

위의 시는 그녀가 귀가하고 저녁을 먹는 일상의 모습을 그리고 있다. 그런데 이 시의 표제가 '텔레비전'이 됨으로 인해 바로 그러한 일상이 현실인지 아니면 '텔레비전' 안의 상황인지가 불분명해진다. 그녀는 화면 안/밖에 있다. 나는 그녀와의 삶을 욕망 한/안한다. 서정학에게 있어 TV라는 거울은 완벽하게 표면이 없다. 더불어 깊은 내면이라는 것도 없다. 그것은 그저 일상에 지나지 않는다. 신기할 것도, 새

로울 것도 없는 일상일 뿐이다. 알레고리화된 상상력으로 이처럼 새
로운 일상성에 닿기 위하여 시인은 꽤 먼길을 돌아온다. 〈비디오게임
/모험의 왕과 코코넛의 귀족들〉은 그 마지막 단계다. 여기서 비디오
게임 속의 가상은 비디오게임 프로그램이라는 테크놀러지의 매개로
실재 속의 주체와 결합되어 있다. 그렇지만 테크놀러지는 은폐되고
주체는 직접적으로 가상과 결합되어 '아프잖아', '기분이 나빠져서'와
같은 정서적 반응을 유발한다. 그 결과 가상은 존재하지 않고, 가상
그 자체가 실재화 된다. 이런 가상의 실재화 전 단계는 TV, 그러니까
거울과 주체가 합치되는 인식적 분열이 있다.

> 사각의 구도 안에서 밖으로 넘나드는 파도
> 안에 머무르는 그녀를 머뭇거리는 내 모나고도 엉성한
> 잡음으로 생겨나는 비늘 비늘
> 비늘을 덮고 틀 밖으로 튀어오르는 나의 환상의 바닷고기
> 들……
> 　　　(중략)
> 동류들의 몸짓에 머무르는 내 오른손의 정지 상태
> 한쪽 벽면 거기 사각의 쾌도를 응시하는
> 내 오른손 안에 TV 리모컨
> 　　　　　　－〈오른손 안에 TV 리모컨〉 부분

　연왕모(『개들의 예감』, 1997, 문학과지성사)는 '동류들의 몸짓에 머무
르는 내 오른손의 정지상태/한쪽 벽면 거기 사각의 쾌도를 응시하는/
내 오른손 안에 TV리모컨'이라는 표현으로 이러한 사정을 드러낸다.
TV 화면 속의 물고기의 몸짓에 내 오른손이 머물고, 내가 아니라 내
손 안에 TV 리모컨이 응시하는 상태, 다시 말해 주체와 거울의 차이

가 사라지는 모습을 그리고 있다. 이것은 장 보드리야르[39]가 말한 바 '더 이상 당신이 TV를 보는 것이 아니라, 보는 것은 TV이다.'라는 말의 의미와 같다.[40]

서정학의 작품 속에는 분명 함민복의 근심('테레비가 의식을 심플하게 정리해 줄 것이다'.) 따위는 나타나지 않는다. 그럼에도 불구하고 그의 작품 역시 미래에 대한 어둡고 침울한 전망이 나타난다. 그 둘의 차이는 아이러니와 알레고리의 차이 정도일 뿐이다. '뿌리 같은 건 없어 단절, 단절! / 아무데서나 태어나버리는/ 하릴없는 아이들'⟨(1) 인조인간 18호⟩처럼 근원을 부정하거나, '리셋 버튼을 누르면 기억 00:00에 맞추어져 / 깜박거릴 것이다. 바보같이, 다시 이십 년쯤 소비해야만 한다/ 제발, 지옥 같은 기억 저장.'⟨(2) 보존, 기억, 에러율 0%⟩처럼 자기 정체성을 부정할 뿐이다. 이처럼 90년대 후기 TV체험은 가상이 실재를 매개하는 전도된 양식으로 진행되면서 더욱 더 교묘한 형태로 진행되고 그 만큼 가상과 실재의 구분은 무의미해 진다.

---

39) 장 보드리야르/하태환 역, 『시뮬라시옹』, 민음사, 1992, p.71.

40) 일반적으로 기호는 실체인 의미를 전달함에 있어서 다소간 추상화시키고 일반화시켜 의미인 대상을 근사하게 환기하는 데 그친다. 이것이 기호의 습관적인 부유선이다. 그런데 기호라고 할 수 있는 TV로 방영된 이미지가 실재와 똑같이 됨으로써 습관적인 부유선 아래까지 깊숙이 보여준다. 이렇게 기호가 그가 의미하는 것과 정확히 같아지게 되면 기호의 환기적 역할은 사라져서 아무것도 의미하지 않게 된다. 의미의 과도한 투명성은 오히려 의미 그 자체를 삼킨다. 기호가 지시대항 그 자체가 되는 선에서는 기호는 기호가 아니다. 기호는 즉 사물이 된다. 기호가 아무것도 의미하지 않고 그 자체가 사물이 되어 사실적 효과를 유발시키는 효과를 ⟨실제 효과⟩라 부를 수 있을 것이다.

4. 깨어진 거울, 그 이후

TV의 정체는 무엇일까? "80년대 들어서면서 텔레비전의 귀재라고 불리는 토니 슈월츠는 텔레비전을 마침내 제2의 신이라고 부르게 되었다. 신은 전지전능하며 육체이고 정신이며, 우리들 외부와 내부에 다 같이 존재하며 우리와 항상 같이 있으며, 무서운 창조력과 파괴력을 지니고 있는데 이러한 신의 속성을 텔레비전은 빠짐없이 구비하고 있다는 것이다."[41] TV체험이 90년대 이후 우리시의 서정인식에 변화를 준 중요한 요인 중에 하나로 자리하게 된 데는 우리 사회와 문화가 안고 있는 복합적인 요인들이 여럿 작용했다. 그것은 대략 냉전 이데올로기의 붕괴, 급속한 대중문화의 성장, 정보화 사회로의 빠른 이동 등으로 요약할 수 있다.[42]

그럼에도 불구하고 90년대 전, 후반으로 나뉘어지는 TV체험의 양상은 각기 나름대로의 문제점을 내포하고 있다. 전기 시인들의 경우, TV체험(비디오영역 체험)의 문화적 파괴력을 감지하지 못한 채 이를 너무 형이상학적인 측면에서 접근했다는 것이다. 반면에, 후기 시인들의 경우 TV체험을 문학적 상상력이라는 큰 틀 안에서 역동적이며, 생산적인 방식으로 소화하지 못한 채 자신들만의 유토피아를 건설하는 비의적 무기로 사용했다는 혐의에서 벗어나기 어렵다. 더불어 이

---

41) 김규 편저, 『텔레비전환경론』, 나남, 1989, p.197.

42) 1990년대 후반으로 들어서면서 문학의 가장 큰 화두는 '문학의 죽음'이라는 문제가 되어버렸다. 이는 앨빈 커넌이 말한 바, "독자가 시청자로 변하고 읽기 기술이 사라져가고 텔레비전 화면을 통해 보여지는 세상이 훨씬 더 구체적이고 직접적으로 느껴진다는 점을 고려해보았을 때, 텔레비전과 공존할 수 있는 문학의 능력은 많은 사람들이 당연하게 여겨왔기는 하지만, 점차 줄어들고 있는 것처럼 보인다. 문학에 기반한 언어에 대한 믿음은 필연적으로 사라지게 될 것이다."(앨빈 커넌 지음, 최인자 옮김. 『문학의 죽음』, 문학동네, 1999.) 바로 이러한 이유 때문에 '텔레비전'에 대한 논의는 곧바로 '문학의 죽음'이라는 더 큰 문제로 대치되었다.

러한 문제는 우리 사회의 포스트 모던적 상황과 맞물려 탈중심의 혼적만이 계속 소용돌이치는 공허한 소진 내지는 무미건조한 허무감이 시의 목표인 것처럼 착각하는 현상을 빚고 있다.

> 쓰레기 하치장에 갔었어. 전원(電源) 끊긴 TV가 산데미처럼 쌓여 있더군. 제각기 부서진 모습으로 쌓여 있었어. 몇 대는 방영이 끝난 것처럼 지지거리고. 의미를 만들지 못하는 TV들이 산데미처럼 쌓여 있었어. 전원이 끊긴 채 제 나름대로의 언어(言語)로 주절거리고 있었어.
>
> ─〈쓰레기 하치장에서〉 부분

> 지금은 환상의 시대,
> 상상은 곧 편집되어 방영되었으므로
> 발광하는 조명 아래 영웅들이 허우적거린다
> 환각의 리모컨을 누르세요
> 사각의 공간에 들어서면 울리는 안내음,
> 원하는 선택버튼을 누르면 자료실에 저장된
> 어떠한 종류의 사랑도 그대에게 전송합니다
> 이건 기적입니다, 휴머니즘의 승리입니다
>
> ─〈TV시대〉 부분

위의 시에서 변종태(『니체와 함께 간 선술집에서』, 1999, 다층)는 '의미를 만들지 못하는 TV'라는 직접적 표현을 통해, TV 체험이 진정한 현실이 아니거나, 최소한 소통될 수 있는 의미를 지니고 있지 못하다는 소통불능으로서의 TV를 그리고 있으며, 배용제(『현대시학』, 1999, 3월호)는 그가 생각한 인간은 TV 속에서는 존재하지 않는다는 것을 보여주고 있다. 따라서 배용제가 아이러니로 드러낸 인간이 배제된 TV 풍경 등의 문제 제기는 90년대를 지나오면서 이미 고민했어야 할 문제를 새로운 세기의 초입에서 다시 제기한다는 데서 그 심각성을 무시할 수 없다. 다시 말해, TV 체험에 의한 서정 인식의 변모는 이미 해결된 문제가 아니라 앞으로 해결해야 할 문제라는 것이다.

5. 마무리

이 연구는 90년대 시에 나타난 서정 인식의 변모 양상을 TV 체험이라는 거울을 통해 들여다보았다. 이때 서정 인식이란 '세계 파악의 색인'으로서 시인의 능동적인 인식론적 자기 성찰을 의미하는 것이며, TV 체험은 TV가 내포하고 있는 여러 의미 층위들 가운데 특히 사회적, 문화적 영향력이라는 측면이 강조되었다.

90년대 전반기를 대표하는 하재봉의 경우, 그는 TV를 은폐되었던 욕망이 자연스럽게 표출되는 장으로 보았고, TV가 표출하는 이미지들의 비문화적, 비현실적 성격을 '수동적 수락' 내지는 시인의 의식 속에서의 '세계와의 소통 채널'로 받아들였다. 그러나 하재봉의 경우는 그러한 양상들이 잠재적이고, 반어적이라는 특성을 띠며, 이러한 특성은 함민복의 그것과 매우 대조적인 것으로 나타난다. 함민복의 경우는 TV가 이른바 '제3의 양육자'라는 모습으로 나타난다. 그에게 있어 TV는 '아버지이자 스승'으로 체험된다. 그러나 그가 진정으로 염려하는 것은 TV의 압도적인 힘이 자신의 사고를 심플하게 정리해버릴 것이라는 두려움이다. 그것은 시인이 자본에 압도당하고 말 것이라는 인문주의적 위기의식으로 표출된다.

90년대 후반기는 연왕모, 서정학 등 비교적 영상 문화에 친숙한 세대들에 의하여 TV 체험이 다뤄진다. 연왕모의 경우 보드리야르가 말한 바, '우리가 TV를 보는 것이 아니라, 우리(우리의 사는 모습)를 보는 것은 TV다.'라는 명제가 여실히 드러난다. 이른바 주체가 전도되는 양상이 나타나는 것이다. 뒤이어 서정학의 경우에는 이른바 가상과 현실의 경계가 사라지고 TV(또는 비디오 영역) 체험이 실재를 재구성하는 수준에까지 이르게 된다. 90년대 전, 후반으로 나뉘어지는 TV체험의 양상은 각기 나름대로의 문제점을 내포하고 있다. 전기 시인들의 경우, TV체험(비디오영역 체험)의 문화적 파괴력을 감지하지 못한 채 이를 너무 이성적으로 대응했으며. 후기 시인들의 경우 TV체험을 문학적 상상력이라는 큰 틀 안에서 역동적이며, 생산적인 방식으로 소화하지 못한 채 자신들만의 세계를 구축하는 비의적 도구로 사용했다는 혐의에서 벗어나기 어렵다.

바로 이러한 문제점들이 90년대 후반기 문학의 중심 화두로 떠오른 이른바 '문학의 죽음'이라는 문제와 맞물려 배용제 등의 '거짓 세계로서의 TV 체험'이라는 반작용, 또는 정신을 강조하는 경향으로의 회귀를 초래하게 된다. TV를 비롯한 영상문화 체험은 향후 인간의 체험의 장 중에서 가장 중요한 부분이 될 것이다. 그러므로 동시대의 인간 정서의 최초 감지자로서 시인은 이러한 변화를 외면해서는 안되며, 끊임없이 새로운 접근 방법을 모색해야 할 것이다.

시적 현실로서의 가상체험의 가능성 문제

1. 들머리

문화 전반에서 일어난 중대한 변화의 많은 함의들을 일단 접어두고 문학이라는 전제 아래서만 생각해본다면, 지난 몇 년간의 변화의 요체는 대략 다음의 두 가지로 정리될 수 있을 것이다. 그 하나는 대중문화의 확장을 기반으로 하여 대두된 상업적 성공이 문학적 성패의 주요한 척도가 되었다는 점이다.[43] 특히, 90년대 문학에서 독자는 곧 구매자(소비자)이고, 이들은 대중이며 대중적인 흐름은 자본의 흐름을 대표하는 문화권력이라는 등식이 일반화되었다. 이러한 사실은 단순히 문학의 유통차원에만 그치지 않고 작품 생산의 질적인 변화에도 그 영향을 미쳤다.

다른 하나는 이른바 매체의 변화가 진행되었다는 것이다. 그 변화의 방향을 단순하게 일반화하면, 문자 매체에서 영상 매체로의 변화라 할 수 있다. '영화나 텔레비전, 디지털 동영상 등의 출현과 더불어, 시각적 매체의 영역에서 독점적인 지위를 누리던 문자는 폭발적으로 증대되는 이미지에 대한 사회적 수요와 경쟁해야 하는 처지에 놓이게

---

43) 김준오, 『현대시의 환유성과 메타성』, 살림, 1997, pp.153~154 참조.

되었다. 오늘날에 이르러 각종 전자매체들로부터 쏟아져 나오는 영상 이미지들은, 특히 젊은 세대들을 중심으로 거의 자연과 다름없는 환경적 요인으로 작용하면서 삶의 양상을 폭넓게 변화시켜 나가고 있다.'44)는 지적이 이를 잘 드러내 주고 있다.

대중성과 영상으로의 경사(傾斜)라는 문학의 환경적 변화는 뒤이어 문학의 주체, 기능, 역할 등과 관련하여 많은 논의의 출발점이 되었다. 그 논의들은 종종 '문학의 위기'나 '시의 죽음'이라는 위기 의식에서 촉발된 것이었다. 그럼에도 불구하고 이들 논의는 정작 가장 근본적이라 할 수 있는 물음인 '문학이란 무엇인가', 다시 말해 '문학의 정체성'에 대한 정의를 간과한 채 진행되곤 했다. 그 결과 대부분의 논의들이 그 진정성에도 불구하고, 직면하고 있는 변화의 경개(景槪)를 만들기도 전에 그 변화에 함몰되어버리는 현상이 일어났다.

따라서 이 연구는 논의의 범주를 효과적으로 제한하기 위하여 우선적으로 '문학의 정체성'에 대한 개념 정의부터 시도하기로 한다. '문학'이란 두 가지 범주에 의해 규정될 수 있다. 시각기호(미술)나 청각기호(음악)가 아닌 언어기호로 이루어져 있다는 것이 그 하나이고, 기호 일반의 어느 기능보다 정서적 기능을 주도적으로 수행한다는 예술로서의 정체성이 다른 하나이다.'45) 다시 말해, 문학은 직접적 소통을 목표로 하는 언어이며, 이는 정서적 기능을 추구한다는 것이다. 결국 문학의 정체성은 그 텍스트의 완결성이나 전달방식이 아니라, 그것이 소통되는 맥락 속에서 찾아져야 한다는 것이다. 이는 아직도 문학이 예술이라는 점을 다시 한번 확인하는 것이다. 이처럼 문학을 소통의

---

44) 박혜경, 「문학, 유령의 삶」, 『문학동네』, 2000, 가을, p.1176.
45) 변정수, 「사이버문학의 매체와 공간 그리고 주체」, 『버전업』, 1996, 창간호, pp.98~99.

맥락 속에 위치시켜 놓았을 때, 우리는 보다 쉽게 이른바 '문학의 유
효성'이라는 차원에 접근할 수 있다. 이 유효성은 다음과 같은 발문에
서 웅변적으로 확인된다. '문학이 그것을 산출케 한 사회의 정신적 모
습을 가장 날카롭게 보여주고 있다면, 시는 그 문학의 가장 예리한
성감대를 이룬다. 시를 이해한다는 것은 한 사회의 이념과 풍속 그리
고 그것을 표현할 수 있는 힘을 개인의 창조물 속에서 이해하는 것을
뜻한다.'[46] 이러한 선언은 세계와 완벽하게 무관한 자아, 사회와 완전
하게 결별한 진공적인 개인을 상정할 수 없는 한, 그 '유효성'을 인정
하지 않을 수 없다.

이 연구는 그러한 유효성을 '시적 현실'이라는 프리즘을 통해 확인
해 보고자 한다. 문학이 산출되는 제반 환경의 급격한 변화 속에서,
오늘 우리의 시인들은 어떻게 자신의 삶과 시를 구축하고 있는가를
확인해 보고자 하는 것이다.

2. 시적 현실의 의미

본격적인 논의에 들어가기에 앞서 이 연구에서 사용하는 '시적 현
실'이라는 용어의 개념과 의미를 명확히 해 둘 필요가 있다.

일반적으로 말해 '시적 현실은 시안에 놓여진 사물들과 시적 언술
의 관계 속에서 드러난다. 다시 말하면 시적 현실은 시안에서 시적
주체와 대상간의 관계 맺기 방식에서 드러난다. 이때 시적 현실이라
는 명제는 소재주의적 명제가 아니라 방법론적 명제가 된다. 그러기
에 시적 현실은 시인에 의해 창조된다.'[47] 시적 현실은 누구에게서나

---

46) 민음사의 「오늘의 시인총서를 내면서」 참조.

다르게 정의될 수 있고, 그럼으로써 시적 현실은 존재의 의의가 있다. 시적 현실 속에 내재한 규칙은 본질은 아니지만 실존한다. 아울러 시적 현실은 현실이라고 명명되고 규정된 하나의 구조물이며, 시의 존재태이다. 시적 현실은 또한 한 시인에 의해서 창조되는 다양한 의미 구조일 수도 있고, 다수의 시인들에 의해 창조된 유사한 의미 구조일 수도 있다. 그런 이유로 시적 현실은 그 시대가 창조한 일종의 신화이기도 하고, 그 시대 시인들이 살아낸 시적 삶의 방법이기도 하다.

그러므로 우리가 확인하게 되는 문학사란 다름 아닌 이러한 시적 현실의 혼적에 지나지 않는다. '영원불변의 가치를 추구했던 낭만주의나, 계급적 현실과 자본주의의 구조적 모순에 천착한 리얼리즘 그리고 현대사회의 지리멸렬함을 파편화 된 세계를 통해 보여준 모더니즘에서 흐릿하게 드러나는 공통분모는 그것이 인간이 처한 현실이라는 점이다. 문학이 인간의 삶을 다룬다는 점, 인간이 처한 상황과 분리될 수 없다는 점, 그리고 궁극적으로 언어의 재현성에 대한 신뢰를 바탕으로 한다는 점 등 문학에 대해 합의될 수 있는 최소한의 것들은 문학이 현실과 실재를 떠나 존재할 수 없었음을 보여준다.'48)

또한 시적 현실이 다수의 시인들에 의해 창조된 유사한 의미 구조일 수도 있다는 점은 우리가 시를 이른바 '시대정신'과 관련하여 언급하게 되는 이유를 밝혀준다. 시인 각자는 개별적인 작품을 통하여 그 순간의 시적 현실을 창조하게 되지만, 그것은 곧바로 사회적, 문화적 맥락 안에서 새로운 시대정신을 만들어내게 된다. 가령 김수영의 잘

---

47) 김혜순, 「90년대의 시적 현실, 어디에 있었는가」, 『문학동네』, 1999, 가을호, p.338.

48) 전봉관, 「디지털 시대의 문학과 그 정체성 문제」, 『사이버 문학론』, 월인, 2001, p.289.

알려진 시, 〈풀〉을 생각해 보자. 두 말할 나위 없이 이 작품은 우리가
주변에서 흔히 접하게 되는 '풀'과 '바람'을 소재로 하고 있다. 이를 소
재로 하여 시인은 보 잘 것 없는 듯이 보이는 생명과 그것을 억누르
는 강한 힘과의 싸움을 그려내고 있다. 그러나 이러한 일반적 의미는
들판의 수많은 풀처럼 이 땅에 무수히 있어왔던 민중들에게로 상징적
으로 연결되면, 민중들이야말로 끊임없는 시련을 이겨내고 결국에는
강한 생명력의 원천이 될 것이라는 역사적 비전을 만날 수 있다. 바로
이와 같이 시적 현실이란 개인으로부터 시대로 움직여나가는 것이다.

　이렇게 '시적 현실'을 규정할 때, 한가지 기본적인 전제가 필요하다.
그것은 '현대시'를 어떻게 규정할 것인가 하는 문제다. 이 문제는 보다
큰 차원에서는 '예술의 자율성' 문제와도 만나게 되지만, 여기서는 범
박하게 시의 핵심적 문제라 할 수 있는 '서정'의 차원으로만 논의를
국한하고자 한다.

　'시적 주체와 대상 사이의 거리가 거의 소멸된 이른바 '동일성' 개
념을 근간으로 하는 전통적 의미의 '서정'은, 동화(同化)와 투사(投射)
를 핵심으로 하는 독특한 세계 인식 및 표현의 원리이다. 그런 점에
서 지난 1980년대 이후 우리 시단에서 반(反)서정의 시들이 활발하게
창작된 것을 두고 서정의 위축으로 볼 여지는 충분하다. 그러나 주체
와 대상의 서정적 융합만을 서정의 원리로 생각하는 것은, 전통적인
리리시즘 차원에서 말하는 협의의 서정을 두고 말하는 것일 뿐이다.
오히려 거리의 서정적 결핍(lyric lack of distance)을 띠는 '주객합일'의
서정으로는 현대 사회에 익만(彌滿)해 있는 주체와 대상 사이의 날카
로운 분리 양상을 포괄하지 못한다. 그래서 주체와 대상 사이의 미세
한 균열과 불화의 실재를 형상화하는 것까지 이른바 '서정'의 원리에
포괄해야 한다.'49) 다시 말해서 '서정'이라는 개념도 역사적으로 수

축, 확대되는 개념임을 인지하는 안목이 필요하다는 것이다.

우리시는 지금 '서정'에 대한 새로운 성찰을 요청하고 있는데, 이때 우리는 주체와 대상 사이에 서정적 융합보다는 그 사이에 견디기 어려운 불화와 균열 그리고 긴장과 거리가 모순적으로 내포되어 있다는 것을 드러내는 '서정' 범주의 방법적 확대에 주목해야 한다.[50]

현대시를 이처럼 세계와 자아 사이의 불화와 긴장이라는 관점에서 이해하고자 하는 것은, 우리 시를 크게 양분해 온 리얼리즘 시/모더니즘 시의 해묵은 논쟁으로부터 한 걸음 물러서기 위해서이다. 다시 말해 '시적 현실'을 정치, 사회적 현실이라는 좁은 틀에 가두지 않고, '서정적 융합'을 지향하지 않는 모든 작품들로 열어놓기 위해서이다. 또한 이 연구에서는 '시적 현실'을 그 성취도 측면에서가 아니라 방법적 사용이라는 측면에 주목하여 연구 대상을 선정하고자 한다. 왜냐하면 앞서 언급한 바 있는 변화, 다시 말해 대중성과 영상 매체로의 경도가 새로운 시적 현실을 구축하는데 중요하고, 그것은 비교적 젊은 세대의 시인들에게 특징적으로 드러나기 때문이다.[51]

---

49) 유성호, 「운명에 대한 추인과 맞섬」, 『현대시학』, 2001, 11월호, p.285.

50) 허혜정, 「시속의 삶, 삶 속의 시」, 『문학동네』, 2001, 봄호, p.431.
   '적어도 현대 이후의 서정은 태생적으로 '시대성'의 문제를 생산한다. 현대시에 대한 하나의 이야기란 가능하지 않지만, 일반적으로 우리가 '현대시'라고 부르는 것은 '권력화된 미의 역사로부터의 자기 이탈'이라는 문제의식을 내포하고 있기 때문이다.'라는 부분 참조.

51) '시적 현실'을 두 개의 잣대, 다시 말해 개인적 성취와 시대정신이라는 것으로 축약해 볼 때, 실제로 우리 시에 있어서 '시적 현실'을 나름의 방식으로 보여준 시인들은 오규원, 천양희, 문정희, 임영조, 김혜순, 최승호 등 비교적 중견 이상의 시인들이라 할 수 있다. 이에 대해서는 김승희, 「순수·초월의 서정시와 불순·대항의 열린시」, 『창작과 비평』, 2001, 겨울호 참조.

3. 키치 세대의 시적 현실

키치52)는 그 용어의 기원과 정의에서부터 매우 모호하여 기호론적으로 명확한 정의를 어렵게 한다.53) 그럼에도 불구하고 키치 현상은 일반적으로 대중장르라 할 수 있는 텔레비전, 영화, 광고, 팝송 등과 긴밀히 연관되어 나타난다는 것을 알 수 있다. 이는 키치가 대중문화의 확산과 상업적 이익 획득이라는 목적과 불가분의 관계에 있기 때문이다. 이렇게 볼 때, 우리 시에서 1980년대 후반부터 키치적 현상이 나타났다는 것을 이해할 수 있다. 이 시기가 바로 우리 사회에서 대중문화가 폭발적으로 증가, 발전하던 시기였기 때문이다.54)

키치는 때때로 아방가르드의 진보성과 저항성을 대중에게 향유거리로 제공한다. 이러한 '키치의 자기기만은 일종의 자위행위 현상으로 나타난다. 여기서 대중에 의한 키치예술의 향유행위는 바로 대중그 자신의 향유행위가 된다. 곧 향유되는 대상이 환기하는 어떤 정서를 경험하기보다 자기 자신의 내부에 있는 정서를 향유하는 자기기만이 그것이다. 좀더 정확하게 말하면 자신의 정서를 대상이 환기한 정서로 착각하게 하는 것이 키치의 자기기만 술책이다.'55) 이러한 자기기만이 나타나는 이유는 키치가 대리경험 하게 하는 대중문화의 내용

---

52) 키치의 개념에 대한 자세한 논의는 이승훈, 『포스트모더니즘 시론』(문예출판사, 1995)을 참조.

53) 키치는 도시에 이주해 온 농부(프롤레타리아 또는 소부르조아)들이 전원을 배경으로 한 민속문화에 관한 취미를 잃어버리고 도시의 일상적 삶에 권태를 느낀 나머지 이들에게 휴식과 즐거움을 주기 위해 만들어진 싸구려 예술을 가리킨 말이다. 따라서 키치예술은 고급예술과 대조되어 천박하고 조야하고 하찮은 값싼 예술을 의미한다. 이에 대해서는 김준오, 앞의 책, pp.136~137 참조.

54) 이에 대해서는 백인덕, 「영상체험의 심화와 시의 불안」, 『문화변동과 인간 그리고 문화연구』, 깊은샘, 2001, pp.126~127 참조.

55) 김준오, 앞의 책, p.139.

에 대해 자아의 비판적, 반성적 성찰이 불가능하기 때문이다.

> 광고의 나라에 살고 싶다
> 사랑하는 여자와 더불어
> 아름답고 좋은 것만 가득 찬
> 저기, 자본의 에덴동산, 자본의 무릉도원,
> 자본의 서방정토, 자본의 개벽세상—
>
> 인간을 먼저 생각하는 휴먼테크의 아침 역사를 듣는 다, 르
> 네상스 리모컨을 누르고 한쪽으로 쏠리지 않는 휴먼퍼니처 라
> 자 침대에서 일어나 우라늄으로 안전 에너지를 공급하는 에너
> 토피아의 전등을 켜고 21세기 인간과 기술의 만남 테크노피
> 아의 냉장고를 열어 장수의 나라 유산균 불가리~스를 마신다
> 인생은 한 편의 연극, 누군들 그 드라마의 주인공이 되고 싶지
> 않을까(…)
>
> —함민복의 〈광고의 나라〉 중에서

이 작품은 '소비가 미덕이다'라는 소비 자본주의의 이데올로기를 광고를 통해 여실히 보여주고 있다. 특히 1연은 시인을 둘러싼 사이비 현실을 종합적으로 드러낸다. 광고가 만들어낸 이미지가 교묘하게 결합하여 소비자들에게 인공낙원의 모습으로서 절로 수긍하게 만드는 것이다. 그러나 이 작품에서 가장 중요한 점은 '〈광고의 나라〉를 감상하다 보면 비판적 시선으로 현실을 지켜보던 시적 화자가 어느덧 그 세계에 젖어 들어가는 과정을 발견하게 된다. 시적 화자는 그 세계를 빠져나갈 어떤 몸부림도 하지 않는다. 좀 야박하게 말하면 그가 비판적 시선을 견지함으로써 광고 속에 몰입되어 있는 자신에 대한

알리바이를 만든다는 느낌이다.'56)라는 지적이다.

다시 말해 이 작품에서 시인은 그래도 나는 비판하는 지성을 가지고 있다는 마음의 위안으로 키치를 감행한다는 것이다. 이러한 태도가 바로 다음과 같은 비판을 부르게 된다. '키치는 우리의 인식적 기능과는 무관하고 감정을, 그것도 달콤하고 행복한 감정을 텍스트의 원리로 하고 가짜의 슬픔과 고뇌를 조작해 낸다. 그리하여 키치는 우리로 하여금 실제세계와 관계를 맺게 하거나 건전한 대결자세를 취하지 못하게 하고, 원작과의 아무런 갈등을 느끼지 못하듯이 아무런 비판적, 반성적 성찰이나 갈등의식 없이 우리 자신에게만 몰입하도록 한다. 그 결과 키치는 자아확대나 자아해방이 아니라 체제에 순응하는 종속의 도구로 해석된다.'57)

그러나 이러한 비판은 1990년대 중반 이후, '온갖 영상매체와 전자매체를 통해 심미적 감성을 훈련받은 키치 세대, 즉 대중문화 세대가 출현'58)하면서 그 근거를 상실하게 된다. 진정한 의미의 '키치 세대'라 할 수 있는 이들의 시적 언술은 이전 세대와는 사뭇 다른 양상을 드러낸다.

영화 감독 지망생 영규는 지난번에 산 8밀리 무비 카메라가 쓸모 없어지는 바람에 그걸 팔러 외출한다 매일 똥을 싸고 요강에 지저분한 꽁초 따위를 넣는 병든 홀어머니와 단둘이 사는 영규는 집 안에 있기가 답답하여 방학 때지만 매일 나가는 것이기도 하다 어디로 갈까 하다가 충무로 중부경찰서 부근의

---

56) 최혜실, 『디지털 시대의 문화읽기』, 소명출판, 2001, p.227.
57) 김준오, 앞의 책, p.139.
58) 정끝별, 「대중을 향해 쏴라」, 『문학동네』, 1999, 가을호, p.366.

카메라 가게로 가보았지만 무비 카메라는 취급을 안 한다고
하여 가격이라도 알아보러 옛날에 자주 다니던 청계천 8가 황
학동의 장물 시장에 가기로 맘을 먹은 영규는 황학동 시장에
도착하고 적지 않이 놀라는데 옛날과 완전 딴판으로 서울에
스며든 동남아 네팔 파키스탄 러시아 계통의 수많은 외국인들
이 떼지어 물건을 사러몰려다니는 것을 볼 수 있었던 것이다
하층 사람들의 동물 냄새 나는 활기에 새로운 삶의 의욕이 솟
아나는 것을 느끼면서 영규는 이곳저곳을 기웃거리는데……
(p.76에 계속)

　　　　　　　　　　　　　－성기완의 〈볼 만한 티브이 프로 1〉 전문

　성기완의 이 작품은 대중문화의 가장 강력한 매체인 텔레비전을
대하는 인식의 변화를 보여준다. 그 이전 세대, 다시 말해 하재봉, 유
하, 함민복 등의 텔레비전에 대한 인식과 매우 다르다는 것이다.[59]
그 중에서 가장 주목할 점은 텔레비전 프로그램의 서사와 시, 나아가
현실의 일상사가 아무런 경계 없이 겹쳐지고 있다는 점이다. 따라서
이 작품은 그 내용상으로 볼 때 텔레비전 프로그램의 내용을 요약한
것인지, 또는 시인의 상상 속에서 텔레비전의 내용을 재구성한 것인
지가 불분명하게 된다. 1990년대 중반 이후 등장한 키치 세대의 이러
한 시적 언술의 특징은 크게 둘로 나누어 살펴볼 수 있다.
　하나는 이들 시인들의 시속에는 모든 사물들이 살아 있는 주체로
설정된다는 점이다. 주변에서 꿈쩍도 못하던 사물이 일상적 삶의 자
잘함 속에서 날개를 피워 올린다. 어디에도 한 편의 시의 주체는 없

---

59) 이에 대한 자세한 논의는 백인덕, 「90년대 시에 나타난 서정 인식의 변모 양상」,
　　『한국언어문화』 18집, 2000을 참조.

고, 미끄러지는 말들이 존재할 뿐이다. 그 말들의 연쇄는 하나의 키치가 또 하나의 키치를 끌어오는 방식과 다르지 않다. 이러한 방식은 각 사물들, 혹은 시니피앙들간의 무수한 교환과 유희를 발생시킨다. 이 무한한 교환과 욕망의 재생산 속에서 시의 정황이 발생하고, 이미지가 형성되고, 각각 시인의 독창성이 발현된다.

A, B, C, D, E, F, 그리고 X의 노래

에이는 비스듬히 서 있다
비는 벽에 기대 있다
씨는 엑스와 침대 속에 있다
디는 에이를 지나치면서 씨를 보고 있다
이는 자주 비를 때린다
에프는 엑스의 아이의 엄마다
엑스는 디와 이혼 수속중이다
　－성기완, 〈내리실 문은 없습니다 －어느 예고 편〉 전문

성기완의 인용시는 말 그대로 씨니피앙의 미끄러짐을 잘 드러내고 있다. 전통적인 시작법인 '펀(pun)'과도 같지 않다. 아무런 의미적, 형식적 규칙성을 갖고 있지 않기 때문이다. 각 행은 그 자체로 유사성, 연상, 무의식적 암시 등으로 구성되는 듯 보이지만 작품 전체를 이끌거나 관통하는 것, 이른바 주체가 없다는 점에서 새로운 양상을 보여준다. 그럼에도 불구하고 이 시가 해체적 전략의 일환으로 읽혀지는 것은 현대의 일상을 구성하고 있는 행위들이 파편화 된 채로 들어있기 때문이다.

다른 하나는 이들의 언술 방법은 의식 세계와 무의식 세계의 경계, 혹은 사회적 영역과 개인적 영역의 경계, 상위 개념과 하위 개념의 경계를 분명하게 세우지 않고, 혼효의 기법을 쓴다는 점이다. 동시에 근대적 공간이 외부 세계에 합리적인 공간을 구축함으로써 통제 시스템을 구축했던 것과는 달리, 어떤 지침도 외부적으로는 없어 보이는 마치 사이버 공간과도 같은, 외적인 공간과 내적인 공간의 구별이 사라진 공간이 시안에서 구축되고 있다는 점이다. 이 시적 공간 안에서 시는 안과 밖의 경계를 허물고, 새로운 지도를 그려낸다.

> 그녀를 아직 구하지 못했다 술통들은 이리저리 구르고 원숭이는 코코넛을 던진다 제발 날 건드리지 마라 부탁에도 불구하고 코코넛 하나가 내 머리를 때린다 이런 제기랄 욕을 하면서 나는 아파한다 혹이 났다 저 녀석 올라가기만 해봐라 나는 나무를 기어오르고 이 기묘하게 생긴 나무는 나에게 불리하다 야 너 내려오지 못해! 나는 고래고래 고함을 지른다
> 원숭이는 못들은 척한다 원숭이는 나무 위에서 코코넛을 던지도록 프로그램 되어 있다 원숭이도 달리 방법이 없는 것이다 이미 결정되어 있다 원숭이는 내려오지 않는다 내가 올라가는 수밖에 없다
> 그것이 목적이라는 것을 중얼거리는데 쾅— 푸른 별들이 반짝인다 먹을 수도 없는 코코넛이 머리를 때린다
> 에너지가 부족하다 방금 코코넛이 에너지 막대를 반이나 깎았다
> ─서정학, 〈비디오 게임/모험의 왕과 코코넛의 귀족들〉 중에서

서정학은 그의 첫 시집 『모험의 왕과 코코넛의 귀족들』(문학과 지

성, 1998)에서 텔레비전과 비디오, 전자오락과 컴퓨터 시뮬레이션, 만화와 SF영화 등을 차용하여 후기자본주의 사회에서 영상 테크놀로지에 의해 결합되는 세계(자연)와 자아의 모습을 잘 그려내고 있다. 위의 인용시에서 서정학은 '게임의 내용인 규칙과 방법을 그대로 인유하여 게임을 장면화 된 텍스트로 인식하게 한다. 이는 과거 전자 문화에 비판적 시각을 갖던 세대와는 달리 동화의 시각을 보여준다. 게임 문화 텍스트에 대해 일정한 거리를 갖고 해석과 경계의 시선을 취했던 과거의 시에 비한다면, 이 시는 오히려 게임에 대해 자기화의 단계에 이르렀다는 느낌을 갖게 한다. 또한 게임의 참여자가 게임의 주체로서 존재한다는 점이 일종의 낯설음을 만들어낸다.'[60]

'온갖 영상 매체와 전자 매체를 통해 심미적 감수성을 훈련받은 세대'인 이들 키치 세대는 한마디로 중심, 주체와 주변, 대상의 경계가 사라진 시대의 풍경을 '시적 현실'로서 보여준다.

4. 가상체험의 가능성

한 기호학자의 정보양식의 변화와 그에 상응하는 인류의 사회 형태 결합시킨 설명에 따르면, '입말-선사시대' → '글말-역사시대' → '인쇄매체-근대사회' → '전자매체-대중사회' → '디지털미디어-탈역사시대' 순으로 대표적인 정보양식에 따라 사회 형태가 변화되어 왔음을 알 수 있다.[61] 지나친 감이 없지 않지만, 이러한 설명을 따른

---

60) 박주택, 「현대시의 가상매체 체험과 그 비판」, 『사이버 문학론』, 월인, 2001, pp.38~39.
61) 김주환, 「정보양식의 변화와 문화변동」, 『황해문화』, 1996, 여름, pp.44~54.

다면 앞장에서 '키치 세대'라 명명한 시인들은 대부분이 텔레비전이나
영화와 같은 전자매체이면서 동시에 대중문화 영역에서 나름대로의
감수성을 발휘한 일군의 시인들이라 할 수 있다. 그리고 이들에 뒤이
어 '디지털 미디어', 보다 정확하게 말하자면 '멀티 미디어'적 감수성을
가진 새로운 시인들이 등장하게 될 것임을 예상할 수 있다. 이들을
'가상체험' 세대라 부르고자 한다.

거칠게 요약하자면 가상체험이란 '가상현실 체험'인데, 가상현실
(virtual reality)은 원래 컴퓨터에 의한 몰입 장치와 관련된 용어이다.
가상현실의 사전적 정의는 '형상적으로(주관과 독립해서 객관적으로) 인
지되거나 허용되지는 않지만 본질적으로 또는 효력을 미치는 면에서
존재하는 실제적인 사건, 사물 또는 일의 상태'[62]를 말한다. 다시 말
해서 상상 속의 것이지만 지각의 측면에서 리얼리티와 동일함을 추구
하는 것을 지칭한다. 현재 단계로서는 인터넷 네트워크로 연결된 컴
퓨터들 속의 세계를 설명하는 용어라 할 수 있다.

결국 '가상현실'이라는 용어는 이른바 '뉴미디어 시대'[63]가 도래하
면서, 우리의 환경적 변화를 설명하기 위해 만들어진 용어라 할 수
있다. 일반적으로 뉴미디어의 속성을 우리는, 쌍방향성, 비대중화, 비
동시성으로 지적하고 있다. 이러한 속성을 가진 다기능 매체로서의
미디어를 '멀티미디어'라 이르고 있는데, 이 미디어는 디지털 기술의
지원이 필수적이다. "디지털 시대에는 인공적 표상의 세계와 자연적
사태를 연속적 관계 안에서 파악할 필요성이 제기되고 있다. 가상현
실이란 용어는 그런 필요성의 산물이다. 즉 현대인은 '가상적'이라는
용어를 써서 주어진 환경과 더 인공적으로 첨가된 차원 사이에 벌어

---

62) 마이클 하임/여명숙 역, 『가상현실의 철학적 의미』, p.180.
63) 허혜정, 「현대시와 뉴미디어」, 『문예중앙』, 1999, 겨울호, p.135.

진 간격을 없애고자 한다. 가상공간은—자연적 물리적 공간과 대조적
인 개념으로서—정보적으로 동치인 사물들을 포괄한다. 가상공간은
우리로 하여금 그 속의 사물들을 마치 우리가 직접 물리적 또는 자연
적 실재들을 다루고 있는 것처럼 느끼게 만든다. 가상현실은 표상의
차원에서 현실과 정보적 등가 관계에 있다는 점에서 실재성을 띠고
있다."64)

> 쿠폰이 동백 꽃잎처럼 뚝 떨어진다 나는
> 동백 꽃잎을 단 나를 클릭한다
> 검색어 나에 대한 검색 결과로
> 0개의 카테고리와
> 177개의 사이트가 나타난다
> 나는 그러나 어디에 있는가
> 나는 나를 찾아 차례대로 클릭한다
> 광기 영화 인도 그리고 **나**……**나**누고
> ……**나**오는…**나**홀로 소송……또**나**(주)…
> **나**누고 싶은 이야기……지구와 **나**………
> 따닥 따닥 쌍봉낙타의 발굽 소리가 들린다
> 오아시스가 가까이 있다
> 계속해서 나는 클릭한다 고로 나는 존재한다
>   —이원, 〈나는 클릭한다 고로 나는 존재한다〉 중에서

  이원의 위 작품은 문화적 상황과 관련하여 가장 현재적인 물음을
제기하고 있다. 그것은 인터넷이라는 가상 공간에서 '나', 즉 주체의

---

64) 김상환, 「디지털 혁명은 존재론적 혁명이다」, 『철학과 현실』 40호, p.198.

거처를 묻고 있다. 인터넷 공간의 검색 엔진 안에 '나'에 관한 '177개의 사이트'가 존재하지만, 그 안에 '나'의 실체는 없다. '나'는 무수히 산포(散布) 되어 있고 동시에 어디에도 없다. 이러한 '나'의 부재에는 적어도 두 가지 층위가 포함된다. 우선 그 세계 속에서 정신적, 육체적 실체로서의 '나'는 없다. 기호 혹은 검색어로서의 '나'만이 존재한다. 여기서 '나'는 영원히 익명적인 부유물일 뿐이다. 그 다음 검색어로서의 '나'는 지시 대상이 없는 '나'의 순수 시니피앙일 뿐이다. '나홀로'의 '나'와 '나누고'의 '나'는 이 세계에서는 같은 기호일 뿐이다. 여기서 언어는 자율적인 주체가 객체인 대상을 제어하기 위해 사용하는 도구가 아니라, 끊임없이 스스로를 지칭하면서 외부의 지시대상을 무너뜨리는 분산적인 언어이다. 이러한 분산적 언어의 기능은 앞의 세대들과 비교하여 뚜렷한 차이를 드러낸다. 그것은 앞장에 인용한 서정학과의 비교를 통해 살펴볼 수 있다.

퇴직서/귀향

나는 고향 울트라 별로 돌아가려 한다 지구, 더 이
상 괴수들이 찾아오지
않는다 아무도
아름다운 지구를 빼앗으려 하지 않는다 괴수들이
침략해오기를 기다리기도
지쳤다. 사실은 아무도 지구 따위는 거들떠보지도
않는다
향수는 해일처럼 도시를 덮친다
내일 발매되는 비디오 마지막 모습이 될 것이다.
나는 떠난다, 이 가

을에
지구는 다섯 명의 지구인, 바이오맨(체중 48~88kg
사이)들이 지키기로
한다
— 서정학의 〈地球防衛白書〉 중에서

서정학의 시에 있어서 비디오는 시속의 가상과 현실 속의 실재를
잇는 매개역할을 수행한다. 그러나 그 방식은 전도되어 있다. 즉 시
속의 가상적 상황에 놓인 주체에게 현실 속의 실재가 비디오에 의해
환기되고 있는 것이다. 가상과 실재는 매개되는 동시에 전도되어 있
으며, 전도되는 동시에 그 구분 자체가 폐지된다. 이제 가상과 실재의
결합은 교묘한 형태로 진행된다. 이러한 진행은 결국 현실, 영상 재현
테크놀로지 앞에서 무력할 수밖에 없는 현실 주체의 불안을 보여준
다. 반면에 이원의 경우에는 이른바 매개(매질)없이 직접적으로 '주체'
의 문제와 맞닥뜨리게 됨으로써 현실 주체의 불안이라는 측면이 탈각
된다.

이러한 문제는 가상체험이라는 용어 속에 이미 예견된 것인데, '인
터넷 이용자들이 감각적이고 가벼운 것을 추구하는 것은 모니터를 통
한 인터페이스 방식 때문으로 보인다. 모니터의 한 쪽은 뉴튼적 공간
이고, 다른 한 쪽은 사이버 공간이다. 서로가 각기 고유한 리얼리티를
주장하는 두 공간의 경계에 놓인 모니터로는 뉴튼적 공간에서의 리얼
리티를 구성하는 무거움, 깊이 같은 것을 추구하기 어렵다.'65)는 지적
이 이를 설명하고 있다.

---

65) 마크 포스터/김준기, 이미옥 역, 『제2미디어 시대』, p.38.

진공 포장되어 장기 보존되고 있는 것이

나일 수도 있다

오래전 저장된 게임이

나일 수도 있다

그러나 나는 정보가 아니어서 의자에 엉덩이를

놓고 허리를 의자의 등받이에 바싹 붙인다

내 몸이 닿아 있는

세계에서는 여전히 땀냄새가 난다

　　　　　　　—이원, 〈나는 검색 사이트 안에 있지 않고

　　　　　　　　　　　　모니터 앞에 있다〉 중에서

　위의 인용시는 디지털 문화 상황 속에서도 결국은 아날로그의 인생을 살수밖에 없는 한 존재의 모습을 천연덕스럽게 그려내고 있다. 시의 앞 부분은 거리, 공간, 신분, 경제적 제한 등이 모두 사라진 미래인이 즐겁게 연휴를 즐기는 것으로 그려져 있다. 그러나 금방 '창'이 '벽'이 되어 앞을 가로막는 현실 속에서 시인은 여전히 땀 냄새를 풍기며 모니터 앞에 앉아 있을 뿐이다. 이러한 시적 성찰은 '비트'를 하나의 축복으로 간주하는 관점에 의문을 제기한다. '우리는 모니터 위에 자유롭게 오감을 표현할 수 있고 체험할 수 있게 된 것이다. 이를테면 비트는 확장된 몸으로서의 매체라 할 수 있다. 현실 너머의 세계를 상상하게 하는 시의 본질을 고려한다면, 디지털 시대의 가상현실은 시의 창작과 체험의 필요충분조건이 된다. 시는 비트를 표현의 매체로 수용함으로써, 우리에게 더욱 폭넓은 체험의 장을 마련해 준다.'[66]

---

66) 김양희, 「매체의 변화와 시체험의 변화」, 『문화변동과 인간 그리고 문화연구』, 미래문화연구소, 깊은샘, p.116.

는 관점이 그것이다.

이러한 관점은 시, 또는 문학의 본질적인 문제를 놓치고 있는데, 그 것은 우리가 시, 또는 문학이라고 부르는 것의 '정체성'과 그것의 '기 능'의 문제와 맞닿아 있다. 앞에서 언급된 것처럼 가상현실은 '표상적 차원에서 현실과 정보적 등가관계'를 갖는다는 점에서 '실재성'이 있 을 뿐이다. 다시 말해, 생존의 조건으로서의 '현실'이 될 수 없다는 것 이다. 이는 환각제들이 주는 '환상의 순간'과 그 메커니즘이 결코 다르 지 않다. 시가 상상력의 확장을 기도해 온 것은 역사 속에서 '인간의 정체'를 파악하기 위한 시도에 다름 아니었다. 그러므로 공유될 수 없 는 체험은 진정한 의미의 '시적 현실'을 구성할 수 없다고 할 것이다.

5. 마무리

이 연구는 우리 사회가 이른바 '정보화 시대'로 접어들면서, 아날로 그에서 디지털로, 모노에서 멀티로 급변하고 있는 시의 환경, 특히 매 체적 환경의 변화가 함축하고 있는 의미를 '시적 현실'이라는 측면에 서 탐색해보고자 했다.

'시적 현실'이란 시안에 놓여진 사물들과 시적 언술의 관계 속에서 드러난다. 다시 말해 시적 현실은 시안에서 시적 주체와 대상간의 관 계 맺기 방식에서 드러난다고 정의할 수 있다. 이러한 정의를 위해서 는 우선적 시의 중심적인 특징인 '서정'에 대한 현대적이고 미학적인 관점이 요구된다. 따라서 이 연구에서는 '서정'을 세계와 자아의 긴장 과 갈등이 분열적으로 표출된 것까지를 포함하는 방법적 확대의 차원 에서 사용하고자 했다.

우리 사회의 문화가 급격히 대중화와 영상 우위로 변하면서 시에
서도 이러한 현실을 수용하는 경향이 나타났다. 1980년대 후반부터
진행된 이러한 경향을 '키치 현상'이라고 정의할 수 있는데, 이러한 현
상은 전반기와 후반기로 그 특징이 달라진다. 이른바 대중문화의 영
역을 패러디의 소재로 하여 대중문화에 대한 비판적 자기인식을 보여
준 것이 전반기에 해당한다고 볼 수 있다.

반면에 대체로 1970년대 생들이 주축이 된 후반기의 시에서는 전
자, 영상 매체에 대한 새로운 태도가 나타난다. 그 특징은 크게 둘로
나누어 볼 수 있는데, 하나는 이들의 시속에는 모든 사물들이 살아
있는 주체로 설정된다는 점이다. 이는 주체와 대상을 명확하게 가르
던 이성중심주의, 또는 데카르트적 이분법이 포스트모던의 상황 속에
서 심각하게 흔들렸기 때문이라고 할 수 있다. 다른 하나는 이들의
언술 방법은 의식 세계와 무의식 세계의 경계, 혹은 사회적 영역과
개인적 영역의 경계, 상위 개념과 하위 개념의 경계를 분명하게 세우
지 않고, 혼효의 기법을 쓴다는 점이다. 동시에 근대적 공간이 외부
세계에 합리적인 공간을 구축함으로써 통제 시스템을 구축했던 것과
는 달리, 어떤 지침도 외부적으로는 없어 보이는 마치 사이버 공간과
도 같은, 외적인 공간과 내적인 공간의 구별이 사라진 공간이 시안에
서 구축되고 있다는 점이다.

이처럼 어떤 지침도 외부적으로 없어 보이는, 다시 말해 외적인 공
간과 내적인 공간의 구별이 사라지는 지점에서 '가상현실 체험'이 '시
적 현실'로 나타날 가능성이 열리게 된다. 현재로는 인터넷의 가상 공
간 안에서 실현되고 있는 '가상체험'은 공간으로서 '몸'과 시간적 '거
리'의 한계를 뛰어넘어 보다 자유롭고, 보다 다양한 체험을 가능케 하
는 것처럼 보인다. 따라서 이러한 변화를 위기에 처한 '시'를 되살아나

게 할 수 있는 방향으로 긍정하는 시각이 나타난다.

　그러나 '가상현실'이 과연 '인간성의 본질'과 '문학의 정체성'에 어떠한 영향을 미칠 것인가는 아직도 간단히 속단할 수 없는 문제로 남아 있다.

시적 상상력과 사이보그의 접경(接境)

1. 들머리

지난 세기말부터 몇 년간 문학을 비롯한 인문학 전체에 드리워졌던 불안한 구름들, '인문학의 위기', '문학의 죽음' 등의 담론들은 여전히 그 위력을 잃지는 않았지만 표면적으로는 잘 드러나지 않고 있다. 더욱이 시는 가장 먼저 소멸될 장르처럼 진단되었고, 생존하더라도 '식물인간'이나 문명을 거부하는 아마존의 '원시부족'처럼 될 것이라는 섣부른 예견의 폭풍을 맞아왔다. 과연 이러한 예견들은 옳았던 것일까? 지금 당장 묻고 대답할 수 없는 문제라면 최소한 그러한 방향으로 '시'는 제 무덤을 향해 가고 있는가? 하는 질문을 던져보아야 할 시점에 이르렀다고 생각된다.

왜냐하면 비록 외형상이나마 시, 또는 시 전문지는 지속적으로 규모를 확장하고 있으며, 1990년대 중, 후반 그 형식상의 생경함과 내용의 난해성으로 인해 성과가 의심받았던 이른바 '키치 세대'의 작품들이 나름대로 시적 상상력의 확장을 주도하면서 새로운 시의 지평을 열어나가기 시작했기 때문이다. 이러한 성과는 이미 예견되었던 바, '우리는 이성·형이상학·상식·의미론·집중성 등으로부터 감성·감각·개체성·기호학·산포성 등으로 무게중심을 현저히 이동한 1990년

대에서 최근에 이르는 시들을 두고, 그 활력과 에너지 그리고 다양한
수준의 언어적 성과를 긍정할 수밖에 없는 뚜렷한 흔적들을 경험한
바 있다.'67)는 한 평자의 지적이 이를 뒷받침해 주고 있다.

따라서 지금은 이러한 최근의 성과들을, 비록 몇몇 유형으로 규범
화하는 것은 불가능할지라도 그들의 성과 쪽으로 눈을 돌려야한다.
그중 하나로 우리는 시적 상상력의 확장으로서 사이보그에 대한 젊은
시인들의 관심을 생각해 볼 수 있을 것이다. 지금은 '몸'이 기계에 의
존하는 경향과 몸에 대한 '인간적인' 갈망이 그 어느 때보다 강렬한
시대라 정의할 수 있을 것이다. 이러한 시대에 시는 무엇을 할 수 있
을까?

도나 해러웨이는 사이보그가 패륜아적인 성향을 가지고 있음을 강
조하고 있다. '그를 낳은 군사연구라는 부모를 저버리는 패륜아라는
것이다. 사이버네틱스와 사이보그의 탄생과 성장이 2차 대전 과 냉전
시기의 군사 문화를 특징짓는 '명령·통제·통신·첩보'의 배경 속에서
이루어졌지만, 사이보그라는 잡종은 이러한 남성적이고 군사적인 기
술 문화마저도 희석시켜버리는 잠재력을 가지고 있다는 것이다.'68)
이를테면 핵전쟁에서도 살아남을 수 있는 미국의 군사 명령 체계를
만들려는 시도로 시작한 알파넷(Arpanet)이 지금은 미국과 러시아의
고등학생이 채팅을 하는 데 쓰이는 인터넷으로 바뀌었듯이, 사이보그
의 몸의 정치학은 반역과 역설로 특징 지워진다는 것이 해러웨이의
입장이다.

---

67) 유성호, 「서정시의 모반, 그 반어적 가능성 – 디지털시대 서정시의 운명」, 『침묵
    의 파문』, 창작과 비평사, 2002, p.19.
68) 홍성욱, 「몸과 기술」, 『생산력과 문화로서의 과학기술』, 문학과지성사, 1999,
    p.307.

이 글에서는 시적 상상력의 확장이라는 측면에서 사이보그(사이버 네틱스는 정보현상에 대한 새로운 인식에 기초하여 소통과 관리의 문제를 탐구하고자 하는 새로운 학문분야이다. 반면에 사이보그는 사이버네틱스와 오거니즘의 합성어로서 사이버네틱스의 원리에 따라 제작된 인간 – 유기체를 의미한다)를 생각해 보고자 한다. 젊은 시인들의 시속에서 사이보그 이미지가 자주 발견된다는 것은 역으로 생각해 보면 그들이 '인간'에 대해 그만큼 자주 사유하고 있다는 반증이 된다. 이를 통해서 '반역과 역설'이라는 사이보그의 특징이 '시의 죽음'이라 진단된 현재의 시적 상황에서도 '반역과 역설'이라는 예기치 못한 결과로 드러날 수 있기를 기대해본다.

2. 시적 상상력의 확장의 방향

1990년대 중반 이후, '온갖 영상매체와 전자매체를 통해 심미적 감성을 훈련받은 키치 세대, 즉 대중문화 세대가 출현'[69]한다. 진정한 의미의 '키치 세대'라 할 수 있는 이들의 시적 언술은 이전 세대와는 사뭇 다른 양상을 드러낸다.

이에 관하여는 지금까지 일일이 열거하기에도 벅찰 정도로 여러 각도에서 심도 깊은 논의가 진행되어 왔다. 이를 한마디로 정리해 보면, '현 단계의 시사적 성격, 곧 순조로운 계기-결과의 연속체로서의 '흐름'이 멈추고, 근대적 이성의 원리에 의해 상정되었던 견고한 질서가 활발히 교란되고 있는 시점에서, 우리 시대의 시적 주체들이 따르거나 극복해야 할 전범 및 선험적 질서는 빈곤할 수밖에 없다. 그래서

---

69) 정끝별, 「대중을 향해 쏴라」, 『문학동네』, 가을호, 1999, p.366.

그들 스스로 겪은 물리적·육체적 경험의 직접성이 시의 소재로 활용
되거나, 그들의 개체적 경험유형과 언어능력이 한편 한편의 작품의
내적 원리를 규율하는 빈도가 높아진 것이다. 말하자면, 지난 시대에
까지 흘러왔던 시사적 맥락을 순조롭게 이어가기보다는 그 단선적
'흐름'을 증폭시켜 다양한 목소리로 바꾸어버린 것이'[70]라고 정리할
수 있다.

이러한 단절의 방향은 주체의 소외로부터 비롯되는 주체의 불안,
자기 동일적 주체의 불안으로 인해 텍스트 의미의 결정불가능성이 증
대되는 의미의 소멸, 나아가 언어(텍스트)의 외연 확장에 따른 자율성
의 해체라는 세 방향으로 나누어 볼 수 있다.

2-1. 주체의 불안

1990년대 이후의 시들은 시적 주체의 소외에서 소멸이라는 끊임없
는 주체의 불안에 시달리게 된다.

> 헐렁한 옷 속으로 내가 나를 슬쩍 집어넣으면
> 나는 옷의 헐렁함 속으로 부드럽게 미끄러져 들어가고
> 옷은 나를 끌어당긴 그 헐렁함의 미덕으로 나의 윤곽이 옷 밖
> 으로 도드라지지 않게 해주었다.
> 헐렁한 옷 속에서 그 동안 나는 속이는 일의 간편함, 세상에 나
> 의 오목과 볼록을 들어내지 않는 일, 에 젖어 있었다.
> 그러나 많이 입어 더욱 헐렁해진 옷 속에서 지금
> 느껴지는 어떤 움직임, 질깃하게 짜여지지 못한
> 내 삶의 올이 풀리고 있다!

---

70) 유성호, 앞의 책, p.17.

옷을 뒤집어본다, 내가 없다.

　　　　　　　　　　　　　　　　　- 〈헐렁한 옷〉 부분

이 시(이선영, 『평범에 바치다』, 문학과지성사, 1999)에서 헐렁한 옷 속으로 '나'를 집어넣는다는 것은 물적 현실에 주체가 소외되고 있는 과정을 말하고 있다. 시적 화자의 현실에 대응하는 방법이 꼭 맞는 옷을 선택하지 못하고 헐렁한 옷 속에 자신을 감추는 것으로 드러남으로써 주체는 소외의 길을 걷는다. '세상에 나의 오목과 볼록', 즉 실체를 드러내지 않는 일에 익숙해 있다가 결국 '삶의 올'이 풀리고 마는 것이다. 주체의 소외현상이 심화될 때 주체의 소멸에 대한 불안이 시작된다.

어두운 방에 누워있던 수염이 지저분한 그 사람, 오랫동안 닫혀있던 문을 열고 집 밖으로 걸어나온다.(중략)

들판 너머에서 들려오는 파이프 오르간 소리에 나비들이 흩어질 때 마네킹을 든 남자 언덕 너머에서 걸어온다. 노래를 부르며, 수염이 지저분한 그 사람 옆을 지나간다. 두 사람 사이로 바람이 불고 마네킹을 든 남자 기침을 한다. 바구니를 든 여자 들판 너머에서 걸어온다. 검은 머리칼이 긴 그 여자, 두 남자 옆을 지나가며 흔들리는 들꽃과 흩어지는 나비떼를 본다. 들판 너머에서 파이프 오르간을 연주하던 검은 옷의 여자가 자전거를 타고 달려와 바구니를 든 여자를 스쳐 지나간다. 들판과 언덕 사이의 좁은 길을 통해 수염이 지저분한 남자의 집 옆을 지나간다. 바구니를 들고 지나간 여자 어느새 들판을 넘어가 검은 색 파이프 오르간을 커다

랗게 연주한다. 검은 머리칼의 여자와 마네킹을 든 남자 팔
짱을 끼고 언덕을 넘어간다.

— 〈지워지다〉 부분

이 시(김참, 『시간이 멈추자 나는 날았다』, 문학세계사, 1999)에서 각 인
물들은 서로를 지나치며 관계를 맺음으로써 서로의 존재가 확인된다.
즉 '마네킹을 든 남자'가 '수염이 지저분한 남자' 곁을 지나감으로써
'수염이 지저분한 남자'는 '마네킹을 든 남자'가 아닌 '수염이 지저분한
남자'가 되고, '마네킹을 든 남자'는 '수염이 지저분한 남자'가 아닌 '마
네킹을 든 남자'가 된다. 이처럼 타자에 의해서만 인식되던 주체는 '바
구니를 든 여자'와 '오르간을 연주하던 여자'가 나타남으로 인해 존재
인식이 불가능하게 된다. '바구니를 든 여자'와 '오르간을 연주하던 여
자'가 서로를 지나침으로 각기 다른 타자들로 존재하다가 어느 순간
부터 이들이 구분되지 않고 동일시되며 '타자'라는 인식에 혼란이 일
어나게 된다.

타인들과의 관계에서 존재를 확인하던 주체는 타인들의 존재가 미
끄러지며 존재 인식이 지연됨에 따라 주체의 존재마저 확인하지 못하
게 된다. 이처럼 주체 외부에서 존재를 확인해야 한다는 주체 소외
그리고 타인들과의 관계에서도 멀어지고 마는 주체 소외는 결국 주체
의 소멸에 대한 불안으로 귀결된다.

2-2. 의미의 소멸

자기 동일적 주체의 소멸은 텍스트 의미의 결정불가능성으로 이어
진다. 모든 의미는 차이에 의해 끊임없이 지연되며 확정되지 않는다.
이런 의미의 미끄러짐이 1990년대 시의 한 특징으로 자리잡게 된다.

결국 시니피에가 아니라 시니피앙이 텍스트를 지배한다는 인식의 변화는 단순히 새로운 기법의 차원에 머물지 않고, 상상력 확장의 한 방향이 된다.

> 말세는 전화요금이다
> 말세라고 말 많이 하는 목사님네 집
> 말세는 얼마나 나올까
> 말세 바가지를 한번 씌워보면
> 말세가 더 가까이 다가왔다고 믿겠지
> 말세는 한 달에 한 번씩 다가온다 누가
> 말세가 다가오는 걸 모르나 자기만 아는 척
> 말세다라고 말장난하는 시대는
> 말세다 전화요금이 많이 나오는 시대다.
>
> ─〈말세〉 부분

이 시(함민복, 『자본주의의 약속』, 세계사, 1993)에서 화자는 '말세'라는 시니피앙을 가지고 말장난을 하고 있다. 같은 시니피앙이지만 '전화요금'과 '세상의 종말'이라는 두 가지 의미를 교묘하게 교차시키고 있는 것이다. 하지만 이 시에서 주목해야 할 것은 '세상의 종말'이라는 이념적이고 거시적인 언술이 한낱 '전화요금'이라는 일상적이고 사소한 사건의 차원으로 격하되고 있다는 것이다. 이러한 위악적(僞惡的) 태도는 한 걸음 더 나아가 텍스트의 의미 결정 주체를 자기 자신으로, 다시 말해 소세계의 창조자로 자기 자신을 아무런 거리낌 없이 등장시키게 된다.

의자였는데
내가앉으니도마였다
베개였는데
내가베니작두였다
사람이었는데내가안으니
내가안으니포장육
손톱발톱이길어나는포장육
막다른데가따로없었다

－〈의자였는데〉 부분

　이 시(김언희, 『트렁크』, 세계사, 1995)는 앞서 인용된 시보다 한 걸음 더 깊숙이 들어가고 있다. 앞의 인용시의 경우, 랑그가 아닌 파롤의 차원에서 언어유희를 전개하고 있는데 반해, 위의 인용 시는 랑그의 차원, 다시 말해 언어체계의 차원에서 의미에 대한 회의를 과감하게 드러내고 있다.71)

　의미의 소멸과 관련하여 또 하나 빼놓을 수 없는 것은 1990년대 이후 시에서 젊은 시인들이 보여주는 '이들의 언술 방법은 의식 세계와 무의식 세계의 경계, 혹은 사회적 영역과 개인적 영역의 경계, 상위 개념과 하위 개념의 경계를 분명하게 세우지 않고, 혼효의 기법을 쓴다는 점이다. 동시에 근대적 공간이 외부 세계에 합리적인 공간을 구축함으로써 통제 시스템을 구축했던 것과는 달리, 어떤 지침도 외부적으로는 없어 보이는 마치 사이버 공간과도 같은, 외적인 공간과 내적인 공간의 구별이 사라진 공간이 시안에서 구축되고 있다는 점이

---

71) 김성례, 「여성의 자기 진술의 양식과 문체의 발견을 위하여」, 『페미니즘과 문학 비평』, 고려원, 1994 참조.

다. 이 시적 공간 안에서 시는 안과 밖의 경계를 허물고, 새로운 지도를 그려낸다.'[72)]는 것이다.

3. 시적 상상력의 확장으로써의 사이보그

디지털 문명으로 깊숙이 빨려 들어가고 있는 현대인 모두는 어느 정도는 사이보그라 할 수 있다. 아마 중세 이래로 현재만큼 육체이탈에 대한 환상이 사람들 사이에 광범위하게 퍼진 적도, 현존하는 테크놀러지와 강하게 결합된 적도 없었을 것이다. 테크놀러지와의 결합은 중요한 의미를 지닌다. 테크놀러지와의 결합을 정식화하는 데 현재 중요한 점은 단순한 육체이탈의 문제가 아니라 육체를 인간이 제어할 수 있는 과학기술 대상으로 재구성하는 것이다. 우리가 신체, 신체의 능력과 한계, 신체의 영역과 외연을 이해하게 되면, 재현의 대상과 약호에 대한 풍부한 정보를 얻을 수 있다. 실제로 얻게 되는 정보는 과학기술 측면에서 더 유용하게 사용되겠지만, 그 가능성 하나만으로도 젊은 시인들의 상상력을 자극하기에는 충분했다고 할 수 있다.

하지만 인간이 기술, 또는 기계에 대해 원초적으로 드러내는 공포 역시 하나의 자극제가 되었다고도 할 수 있다. 이를테면, '사이보그 자아는 다음과 같은 특징을 갖는다. 기계 같은 자아 속에서 표출되는 편집증적 합리성을 통해, 우리는 전능한 자기통제의 환상과 죽게 마련인 존재들의 감정적 및 육체적 한계에 대항하는 두려움과 공격성을 결합시킨다. 유아적인 전능성 환상으로 회귀함으로써, 우리는 자연에

---

72) 백인덕, 「시적 현실로서의 가상체험의 가능성 문제」, 『한민족문화연구』 9집, 한민족문화학회, 2001, p.83.

대한, 우리의 본성에 대한, 유기적 자연의 '피로 물든 혼란상태'에 대
한 우리의 의존을 부정한다. 우리는 세계를 통제할, 역사적 힘을 동결
할, 그리고 필요하다면 그 힘을 습격하여 파괴할 환상을 품는다. 그럼
으로써 우리는 합리적 통제를 유지한다는 이름으로 우리의 불안을 억
제한다.'[73]는 것이다.

이처럼 '사이보그'는 가능성만큼의 두려움을 내포한다. 구체적으로
시에 나타나는 사이보그에 대한 관심은 크게 기억에 대한 부분과 신
체에 대한 부분으로 나누어 볼 수 있다.

3-1. 기억 - 교환성, 편리성의 증대

사이보그가 시인들의 상상력을 자극했던 첫 번째 이유는 사이보그
의 기억은 손쉽게 교환할 수 있다는 생각 때문이었다. "리셋 버튼을
누르면 기억 00:00에 맞추어져/ 깜박거릴 것이다. 바보같이,"(서정학,
「(2) 보존, 기억, 에러율 0%」, 『모험의 왕과 코코넛의 귀족들』, 문학과지성사,
1998)에서처럼 기억을 다시 시작할 수 있거나, 메모리 칩을 바꾸듯 갈
아 끼울 수 있다는 것이었다.

> 자주 눈물이 흐르는 지구 눈동자 속 나는 낡았다. 보관된 필
> 름은 너무 오래되었고, 다 닳아버린 이미지들만 흐릿하게 표
> 면 위를 떠다닌다. 참을 수 없이 지겨운 일상들은 우주선에 실
> 려 폐기처분 되었다. 그러나 사용기간을 넘긴 삶의 방식이 넘
> 치는 지구, 눈물샘은 늘 같은 종류의 고통을 앓는다. 점점 나
> 는 오토매틱이 된다. 습관적으로 절망한다. 기술적으로 아파

---

73) 홍성태, 「병사, 사이보그, 시민」, 『사이보그, 사이버컬처』, 문화과학사, 2000,
  p.268.

한다. 지구에서 맛본 통증, 두려움, 미친, 이런 따위는 이미 고
전이 되어버렸다. 나는 그 쭈글쭈글하게 바랜 모든 내용에 밑
줄을 긋는다.

— 〈눈동자, 그리고 눈동자〉 부분

이 시(배용제, 『시와 사상』, 2002, 봄호)에서 화자는 지금 먼 우주로 항
성 여행중이다. 그러므로 이미 사이보그가 되었다고 추측해 볼 수 있
다. 왜냐하면 '사이보그'에 대한 관심의 많은 부분이 현재는 먼 항성여
행에 적합한 신체를 만들어내기 위한 목적을 갖고 있기 때문이다. 따
라서 '보관된 필름'이란 기억의 은유이고, '닳아버린 이미지'란 회상 작
용의 반복성을 통한 진부화, 또는 식상함을 표현한 것으로 읽을 수
있다. 이 시의 화자는 '오토매틱', '습관화'된 기억을 그의 목적지에서
'신선한' 것으로 교환할 수 있다고 여기는 것이다. 다시 말해 새로운
삶을 살 수 있다고 여긴다. 바로 이러한 점이 '사이보그'가 보여주는
환상의 일부분이라 할 수 있다.

뿐만 아니라 사이보그의 기억은 인간의 두뇌가 수행해야 하는 과
정들을 생략해도 된다는 점이었다. '레스터에 따르면 인간의 두뇌는
분리의 기능을 수행하는데 눈은 빛을 집약시키고 초점을 모으며, 바
라볼 대상을 고르고 선택된 대상에 집중하도록 유도한다. 이것은 '선
택의 과정'이다. '지각'은 선택된 것에서 의미를 찾는 것이며, 지각된
것은 '기억'되고, '학습'되며 '이해'의 과정을 거친다. 감각 → 선택 →
지각 → 기억 → 학습 → 이해는 선형적인 과정이 아니라 순환적 고리
를 형성한다.'[74] 하지만 사이보그의 경우는 이와 다르다.

---

74) 주창윤, 「영상언어의 이해」, 『현대사회와 매스커뮤니케이션』, 한울아카데미,
2000, pp.333~334.

TV를 켰습니다 저울에 올려진 고기가 클로즈업되자마자 인
접성의 코드 체계가 즉시 작동됩니다.

안심/도마/식칼/프라이팬/올리브유/적포도주/간장/육수/다
진양파/다진토마토/다진마늘/청주/버터/녹말물/설탕/다진
파/참기름/통깨/소금/후춧가루/피클/접시/포크/나이프/냅
킨/파슬리/파프리카/안초비····························

채널을 바꿉니다. TV 속은 온통 사막이 펼쳐져 있습니다.
열려 있던 인접성의 코드 체계가 자동적으로 데이터를 전송
하기 시작합니다.
　　　　　　　－〈사이보그 2 – 정비용 데이터 A〉 부분

　위의 인용시(이원, 『야후!의 강물에 천 개의 달이 뜬다』, 문학과지성사,
2001)는 앞에서 설명한 두뇌의 과정과는 다른 모습을 보여준다. 내장
된 '인접성의 코드 체계 즉시 작동'됨으로써 기억(정확히 말하자면 회상)
이 시작된다. 그리고 이 사이보그는 '유사성'이라는 다른 코드 체계도
가지고 있다. 결국 필요에 따라서 '인접성'과 '유사성'을 편리하게 넘나
들 수 있다는 것이다.

　이들 시인들은 이처럼 사이보그에게 있어서 기억이란 교환성과 편
리성이란 측면에서 유기체 인간보다 진일보한 것을 인정한다. 그러나
서정학이 기억을 리셋 하는 행위가 '바보같'다고 여기는 것이나 이원
이 "우리/ 는······그것에 갇혀가고 있어요······그것이 가리키는 방/ 향
에······우리는 잘 길들여져 있어요."라고 탄식하는 부분에서 사이보그
에 대한 일말의 회의가 드러난다. 그것은 결국 '나', 또는 '인간성'에
대한 의문이라고 할 수 있다.

3-2. 신체 - 효율성, 항상성의 증대

사이보그가 시적 상상력을 자극했던 부분은 아무래도 신체의 영역이라 해야 할 것이다. 그것은 점증하는 '몸에의 열망'과 결부되어 새로운 몸에 대한 관심을 증폭시켰다. 하지만 초기의 사이보그는 프랑켄슈타인과 같은 모습으로 그려졌다.

> 눈알을 끼워넣고 싸게 산 신장과
> 두 짝의 허파를 꿰매고 손톱을 촘촘히
> 박아넣고 백만 가닥이나 되는 머리칼
> 일일이 심고 지붕에서 주워온 이빨들
>   -⟨(1) 인조인간 18호⟩ 부분

서정학의 위 인용시는 출처불명의 부품들로 조립된 '인조인간'의 모습을 그리고 있다. 이러한 조립의 결과는 '뿌리 같은 건 없어 단절, 단절!!'이라는 몰역사성으로 귀착된다. 그러나 곧 사이보그의 신체는 '효율성'이라는 측면에서 환영받게 된다.

> 두 눈에 삼정바이오인버터스탠드를 꽂으면
> 눈부신 어두움
> 입 속에 코끼리전기밥솥을 꽂고
> 식도와 위장에 오로라다기능만능녹즙기를 꽂는다
> 몸 안에 가득 잘도 돌아가는 커터날들
> 우는 거울 앞에 앉아
> 젖은 머리에 유닉스헤어드라이기를 꽂고
> 오른손에 충전이 덜 된 삼성애니콜을 꽂는다

220V 우는 21C PC방으로 가고 있다
심장에 꽂혀 있은 대원가전전기스토브는 섭씨 37.5°C를 오르내
리고 콧구멍에 꽂혀 있은 환풍기는 단 한번의 고장도 없이 잘
도 돌아가고 있다.
　　　　　　　　　　　　　　－〈콘센트우의 하루〉 부분

　위 인용시(여정, 『현대시』, 2002, 9월호)에서는 앞의 시처럼 프랑켄슈
타인의 모습이 아니라 어느 정도는 '사이보그화'된 인간의 모습이 드
러난다. 그것은 무엇보다도 인터페이스의 소멸을 통한 '효율성'의 극
대화라는 방향으로 비춰진다. 그러나 이 때 시의 주인공은 '우'가 됨으
로써 '익명성'이라는 함정에 빠지게 된다. 시인은 신체적 고유성이 사
라진 자리를 제품번호로 치장한 익명적인 존재들이 대신하게 될 것이
라는 점을 우회적으로 비꼬고 있는 것이다. 그러나 이 시보다 더 진일
보한, 일상의 용품들을 내장한 사이보그의 모습도 등장한다.

　　뚱뚱한 K
　　수렁 같은 허리에
　　싱크대, 가스레인지, 냉장고, 식탁, 주전자, 냄비, 도마, 칼,
　　수저, 쟁반, 프라이팬, 국자, 접시, 주걱, 축축한 행주가 잡스
　　럽게 들어 있다
　　　　　　　　　　　　　　－〈부엌데기 K〉 부분

　이 시(최리율, 『세계의 문학』, 2002, 봄호)에서 'K'는 일상용품을 내장
하고 있는 탓에 '늪 같은 허리 속으로 두 손을 집어넣고' 일을 한다.
이제 행위는 외화(外化)적이지 않고, 내재적인 속성을 갖게 된다. 그만
큼 '효율성'이 증대되는 것이다. 하지만 이 시에서도 주인공은 제품의

이니셜과 같은 'K'로 등장하며 일말의 회의를 드러낸다.

이처럼 '효율성'의 증대라는 측면 외에도 사이보그는 '항상성'의 증대라는 측면도 갖는다.

사실 인간의 육체는 가시적인 외적 표상인 '피부'와 어두운 내부 공간인 '장기(臟器)'들로 구분되어 생각될 수 있는데, 먼저 피부에 관한 시를 살펴보자.

> 석고/채색된 석고/브론즈/벽돌/시멘트/스틸/유리/알루미
> 늄/철망/철판/금속/플라스틱/비닐/고무/아크릴/세라믹/
> 대리석/혼합 매체
> ─〈질기고 오래가는 인체를 위한 접속 코드〉 전문

이 시(이원, 앞의 시집)는 우선적으로 육체의 표면성, 다시 말해 연약한 피부에 대한 일종의 불안을 드러낸다. 따라서 이 시의 화자는 '피부'보다는 '질기고 오래 가는' 다른 재료들을 열거함으로써 그 '불안'의 해소를 소망한다. 그러나 '디디에르 안지우(Didier Anzieu)가 개념화했듯이, 비록 어떤 감각적 요소들이나 다른 요소들─예를 들어 웨이트 트레이닝을 통해 획득한 근육질 피부나 문신이나 글자를 새겨 넣어 만들어진 상징적 피부─이 몸을 감싼다고 하더라도, 피부 자아는 대개 말 그대로 자아가 되지 못한다.'[75]

'가상현실'로의 몰입으로 해결해야 하는 이러한 문제는 관심의 방향을 이른바 내부공간의 교환을 통한 '항상성'의 증대 쪽으로 향하게 한다. "나는 내부 회로를 바꿨다 그리고 이제/ 내 면벽의 중심에 콘센트가 있다"(〈콘센트에 관한 명상〉)는 이원의 표현처럼 회로를 바꾸거나,

---

75) 홍성태, 앞의 책, p.113.

화학물질을 투입하거나, 직접적으로 기관의 일부를 교체함으로써 '항상성'을 중대시킬 수 있다고 생각하게 되는 것이다.

3-3. 시인-정체성의 혼란

인간과 기계는 서로 떨어져있을 때는 약하지만, 인간-기계로 결합하면 인간보다도, 기계보다도 강력해진다. 이것이 사이보그를 고안했던 생각이었다. 하지만 그때의 시점에서도, 현시점에서도 사이보그 시대의 '인간의 정의' 또는 '인간성'에 대한 질문에 답하지 못하고 있다. 따라서 여기서는 '시적 상상력의 확장'이라는 방향성이 종국적으로 도달하게 될 문제이자 가장 근본적인 문제라 할 수 있는 사이보그에 투영된 시인의 모습을 살펴보고자 한다.

> 나는 여자로 프로그래밍되었다
>
> 나의 섹스에의 욕망은
> 오르가슴의 욕망이 아니라
> 젖꼭지를 물리고픈 욕망이다
> -〈나는 여자로 프로그래밍되었다-바이오로보틱스 1〉 전문

이 시(한명희, 『두 번 쓸쓸한 전화』, 천년의시작, 2002)는 부제에서 드러나는 것처럼 머지않아 닥쳐올지도 모를 '바이오로보틱스'적 인간에 대한 '유기적 인간'의 반감을 강렬하게 보여주고 있다. 실제 현실보다 육체적 위험성이 훨씬 감소하게 되는 '가상현실'에서 종종 인간이 경험하게 되는 최상의 쾌감을 '사이버섹스'라고 규정하고는 한다. 하지만 이 시의 화자는 비록 '여자로 프로그래밍되'더라도 그의 '욕망'은 '오르

가슴'에 있지 않고, '모성'에 있다고 항변하고 있다. 이러한 작품은 우리가 억압이라고만 느껴온 '종족보존의 본능'이 과연 '유기적 인간'을 구속하는 순수한 '억압'인가에 대해 새롭게 사유하기를 촉구한다고 할 수 있다. 그러면 이처럼 '인간'이 '사이보그'적으로 전환된 다음 시인이라는 존재는 어떻게 변화될 수 있는가. 아래 인용 시를 통해 그 모습을 상상해 볼 수 있다.

여기는
사이버 우주
사이보그 si-in
시인의 영혼을 화형하라!
그리고
낡은 시대와 서둘러 작별하라

시, 인, 은, 죽, 었, 다

시인의 숨利를 디스켓에 저장하고
e-메일로 전송할 것

나는 온라인으로부터 왔다
나는 새로운 세상의 神이다
ㅡ 〈짜가투스투라는 이렇게 말했다〉 부분

이 시(안현미, 『문학동네』, 2002, 봄호)에서 나타난 것처럼 '시인은 복제'될 수도 있고, '시인은 죽'을 수도 있다. 사이버네틱스는 반엔트로피의 정보교환 체계라는 점에서 인간과 기계가 정보적으로 동등하다고 본다. 다시 말해서 양자는 정보처리기계로서 동등하다는 것이다. 그러나 정보를 처리하는 속도나 용량은 비교가 되지 않을 것이다. 그러므로 '사이보그' 시인이 된다면 '그'는 '새로운 신'이 될 수도 있을 것이다.

그러나 인간은 의미론적 정보를 상징적으로 다루는데 비해, 기계는 수학적 정보만을 기계적으로 다룰 수 있을 뿐이다. 어쩌면 이 차이가 위 인용시의 제목이 '짜가'(짜라가 아닌)라는 것을 조금쯤은 해명해 줄 수 있을 것이다. 아직도 많은 시인들은 '인간성'을 떠나게 되는 것을 두려워한다고 하면 지나친 비약이 되는 것일까?

4. 마무리

머지 않은 미래에 직면하게 될 문제 중의 하나는 이른바 정보화 사회가 가져오게 될 '인간이란 무엇인가', '어디까지를 인간이라고 칭할 수 있는가' 하는 문제일 것이다. 비록 아직까지는 상상에 불과하다고 치부해버릴 수도 있지만, 몇 년 전에 개봉되었던 '바이센테니얼맨'과 같은 영화가 이를 반증해주고 있다고 생각한다. 이러한 문제는 반드시 엄청난 문화적 충격을 필연적으로 수반할 수밖에 없을 것이다.

이 글에서는 이러한 문화적 충격을 '시'라는, 또는 미래의 '시인'이라는 좁은 프리즘을 통해 생각해 보기 위해서 오늘의 시의 현장을 되짚어 보았다.

이를 위해 먼저 1990년대의 시를 주체의 불안과 의미의 소멸이라는 두 장으로 살펴보았다. 근대적 이성으로 무장했던 '주체'는 단순히 '타자'의 긍정이라는 계몽의 기획을 뛰어넘어 그 자신의 사라짐을 목도하는 형편이 되었다는 것이 필자의 판단이다. 이는 필연적으로 주체를 가능케 했던 의미의 소멸을 가져왔고, 경계의 사라짐을 독려했다.

그러나 이러한 진행은 뜻하지 않게 기존의 상상력에서 변방으로 내몰았던 것들이 다시 중심으로, 아니 소통의 망 안으로 밀려들 수 있는 가능성을 열어 주었다. 그 중 하나가 자동인형의 개발로부터 비롯된 이른바 '사이보그'에 대한 상상적 탐색이라고 할 수 있다.

특히 젊은 시인들에게서 주로 드러나는 사이보그적 상상력은 그것이 기억의 교환성과 편리성을 발휘할 수 있을 것이라는 기대감과 우리가 신체적 한계를 극복하고 몸의 효율성과 항상성을 증대시킬 수 있을 것이라는 흥분으로 다가왔다.

아직까지 규범화할만한 수준에 이르렀다고는 할 수 없지만, 지금 다시 '시의 죽음'을 운운하기보다는 이러한 상상력의 전개가 가져올 문화적 변화와 나아가 '인간성', '인간됨'의 가치나 기준의 변화를 가늠해보는 것이 더 의의 있을 것이라는 것이 이 글을 쓰게 된 동기이자 목표이었음을 다시 한 번 밝혀두고자 한다.

사이버에로스의 확장과 성 정체성의 변화

1. 들머리

이 글은 소위 '디지털 담론'이나 '사이버스페이스', '가상현실(virtual reality)' 등에 관한 것이 아니다. 하물며 '멀티미디어'와 연관된 문제를 다루고자 하지도 않는다. 이 글이 다루는 텍스트는 '문자매체'로, 다시 말해 '인쇄된 책'의 형태로 이룩된 것들이며, 기존의 일반적인 의미에서 '서정 장르로서의 시'76)에 한정된다. 따라서 부득불 그 내용이 '디지털 상상력'에 의지했다는 제한적 요소를 내포할 수밖에 없다. 그리고 이러한 제한은 결국 '디지털 매체의 적극적 활용에 의해 산출된 문학작품'이라는 개념을 회피할 수밖에 없다.

실제로 통신이나 인터넷, 컴퓨터에 의해 쓰여 진 문학작품 전반을 모두 '디지털 상상력'에 기인한 창작 행위라 규정할 수 없다. 따라서 문제는 '상상력'인 바, '디지털 상상력'이란 명제 속에는 디지털 환경이 파생시킨 변화된 인간의 인식과 관념, 그 속에서 도출된 자아와 세계

---

76) 이러한 범주의 바깥에 장경기 시인에 의해 꾸준히, 괄목할만하게 시도되고 있는 '멀티포엠'을 생각해볼 수 있다. 필자가 여기서 생각하는 시란 외재적 특성으로서 강제적인 행, 연 구분을 한다는 것, 그래서 결국에는 '여백'을 읽게 한다는 문자적 특성이 살아있어야 한다는 점이다. 그러나 '멀티포엠'의 경우 '프레임'과 '프레임' 사이를 읽을 수는 없으므로 이 논문의 범주 바깥에 머물 수밖에 없다.

의 문제가 반영되어야만 한다. 또한 디지털화된 세계를 살아가고 있
는 오늘의 시인들이 어떠한 자기 동일성의 원리와 가치를 찾고 있는
가에 대한 성찰이 요구될 뿐이다.[77]

이 글은 오늘날의 정보화 사회가 사이보그(cyborg)[78]나 가상현실을
일상생활의 한 부분으로 만들 수 있는 단계에 이르렀다고 보고, 필연
적으로 그에 수반되는 현상으로서 '사이버에로틱'한 측면이 확장되고
있으며, 이는 종국에는 어떠한 형태로든 '성 정체성' 담론에 영향을 끼
칠 것이라고 본다. 실제로 "극소 전자공학 및 텔리커뮤니케이션 기술
의 발달과 양자의 통합에 기초를 둔 정보 통신 문화의 출현과 확산은
'시간의 화살(time's arrow)' 논리처럼 이제 부정할 수 없는 불가항력적
인 것으로 나타나고 있다. 가히 혁명이라 부를 수 있을 만한 디지털
테크놀로지는 단순히 새로운 기술이 지닌 효율성의 증대로만 나타나
지 않고, 현대사회의 생활 전반에 침투하여 정치적, 경제적, 사회적,
문화적 파급 효과를 드러내고 있다."[79] 따라서 이 글의 목적은 위의
가정이 실제 시인들의 작품을 통해서 어떠한 양상으로 나타나고 있는
가를 살펴보는데 있다.

---

77) 강경희, 「나를 찾아가는 존재의 함성」, 『시와반시』, 2004년 봄호, pp.146~147 참
조.

78) 박상준, 「사이보그」, 『21세기 지식키워드 100』, 한국출판마케팅연구소, 2003 참
조.
　　사이보그는 사이버네틱 오르가니즘(cybernetic organism)의 약자이다. '사이버네
틱'은 인공지능을 갖춘 기계장치를 의미하고, '오르가니즘'은 유기물 생체조직을 뜻
한다. 한마디로 말해서 사이보그는 기계와 생체조직의 결합체를 말하는 것이다. 이
에 더해서 사이보그는 통제 중추가 기계가 아닌 생체 쪽에 있다는 암시를 담고 있
다. 즉 기계장치는 어디까지나 보조적 역할에 머무르며 사이보그의 의지와 행동을
지배하는 것은 생체이다.

79) 문현병, 「정보통신문화와 주체성」, 『기술문명에 대한 철학적 반성』, 철학과 현실
사, 1998.

2. 사이버에로스의 확장 양상

정보화 사회의 핵심 기술인 컴퓨터는 종래 인간의 신체적 기능을 대행하거나 연장하는 역할을 했던 도구나 기계와는 근본적으로 다르다. 컴퓨터를 위시한 정보 통신 기기들은 우리의 의식과 두뇌를 대신해 준다는 점에서 단순한 기술과는 그 차원을 달리한다. 특히 또한, 오늘날 전 세계적인 차원에서 구축되고 있는 인터넷은 사회계급과 민족, 국가 및 성(性)의 경계를 넘어 유동하는 새로운 전자적 커뮤니티를 구성하는 단계에까지 이르렀다.

이 장에서는 사이버에로스의 개념과 확장 양상 등을 살펴보고자 한다. 이에 앞서, 인터넷으로 대표되는 사이버 공간의 특성을 인간 심리라는 측면에서 간략하게 정리하면, 1)익명성과 자기표현성, 2)인간관계의 실험장, 3)주관적 경험의 구체화(실체화), 4)복합적 자기표현[80] 등이라 할 수 있다.

2-1. 사이버에로스의 개념과 특성

'사이버에로스'의 개념은 기본적으로 '에로스'의 철학적 의미를 밝히고, '사이버스페이스'의 특징을 설명하는 단계를 밟아야 한다. 이는 다시 이 두 개념의 접점에서 이루어질 수 있는 다양한 담론들을 고찰

---

80) 황성민, 한규석 편저, 『사이버 공간의 심리』, 박영사, 1999, pp.184~193 참조. 이런 특성은 가상공동체 속에서 출현하는 새로운 정체성은 현실에서처럼 제한되고 결정적인 속성을 띠는 것이 아니라 가변적이면서 실재하는 모습이라는 것을 의미한다. 특히 변화의 양상이나 속도가 현실과는 비교할 수 없을 정도로 진전된다. 이뿐 아니라, 이 변화의 경로를 규정하거나 인도하는 특정기준이나 내용이 존재하지 않는다. 이런 특성은 특정 개인이 자신의 모습을 규정하게 되는 사회적 정체성이 특정 역할이나 위치에서 정해지는 것이 아니라, 네트워크상에서 이루어지는 활동에 따라, 그리고 서로 어떤 공통점을 찾느냐에 따라 달라진다.

했을 때, 그 특성이 명확해질 수 있을 것이다.

원초적인 수준에서 볼 때, '에로스'는 우리의 유한한 존재를 연장시키고 싶어 하는 충동이며, 죽게 마련인 실존성을 넘어서서 우리의 물리적인 자아의 일부를 지속시키고 싶어 하는 욕구이다. 그러나 에로스는 물리적인 연장에 대한 충동만으로 멈추지는 않는다. 우리는 에로스를 통해 자아를 연장시키고, 아울러 우리 삶의 긴장감을 더 높이고자 한다.[81]

전형적인 '사이버스페이스'의 모습은, "문화의 축적된 보고(寶庫)를 구성하는 거대한 데이터베이스들을 통하여 모든 문서에 접근할 수 있으며, 모든 녹음 기록을 들어 볼 수 있으며, 모든 그림을 볼 수 있다. 이 주변에는 실험실, 도구적 실험장치가 있다. 사이버스페이스는 공간을 차지하지 않으며, 집안에서 세계를 지배할 수 있도록 한다. 사이버스페이스는 아찔할 정도로 위험한 '장소'로서 실제 삶에서 경험할 수 있는 어떠한 것도 능가하는 아주 강력한 경험들을 할 수 있는 곳이다. 또한 사이버스페이스는 이 세계의 역상인 동시에 이 세계를 지배하는 사람들의 권력을 유지시켜 주는 것이기도 하다. 그러므로 늘 사이버스페이스에 드나드는 사람들에게는 가상적인 것이 종종 물질적인 효과를 내는 현실성을 띠고 물질적인 비현실적인 가상성을 띰에 따라, 실제 세계도 사이버스페이스 같아 보이게 된"[82]다.

간략하게 말해 '사이버에로스'는 '사이버스페이스'에서 실제처럼 체

---

81) '에로스'를 성적 에너지라는 측면에서 접근할 때, 단순히 '성(sex)'이라는 개념으로 생각하는 것보다 '섹슈얼리티(sexuality)'라고 생각하는 것이 더 유효할 것이다. 섹스가 보통 생물학적 성의 구별이나 직접적인 성행위를 뜻하는데 반해서, 섹슈얼리티는 '성적인 것 전체'를 가리킨다. 즉, 성적 욕망뿐만 아니라 심리, 이데올로기, 제도나 관습에 의해 규정되는 사회적인 요소들까지 포함되는 것이다.
82) 줄리안 스탤러브라스, 「사이버스페이스의 탐험」, 『창작과비평』, 1996년 봄호.

험하거나 추구하게 되는 '에로스'적 상태를 의미한다.

이 기록을 삭제해도 될까요?
친절하게도 그는 유감스런 과거를 지워준다
깨끗이, 없었던 듯, 없애준다

우리의 시간과 정열을, 그대에게

어쨌든 그는 매우 인간적이다
필요할 때 늘 곁에서 깜박거리는
친구보다 낫다
애인보다 낫다
말은 없어도 알아서 챙겨주는
그 앞에서 한없이 착해지고픈
이게 사랑이라면

아아 **컴-퓨-터**와 **씹**할 수만 있다면!
―최영미, 〈Personal Computer〉 부분

이 작품은 우리 시에 있어서 '컴퓨터'와 '성'을 연결시킨 거의 최초의 작품이라 할 수 있다. 이러한 작품의 등장은 우리 사회의 '성 담론'에 대한 변화된 인식에서 기인한다고 볼 수 있는데, 이는 '성'을 이른바 '사회적 구성물'로 받아들이기 시작했음을 의미하기도 한다. "성은 많은 사람들에게 끌림의 대상이면서 동시에 끔찍한 것으로 여겨지기도 한다. 성이 가져다주는 강렬한 감정은 성에 절대적 세계(가치)를 부여한다. 이러한 이유로 성은 친밀감, 분노, 격탈, 본능이라는 추악한 충동 등 '쾌락과 고통'이라는 이율배반적인 것으로 다가온다. 성은 우리의 정서, 욕구, 욕망, 타인과의 관계를 형성하는 여러 가지 영향 요인과 힘 들이다. 그 속에는 경제, 성별, 인종, 성적 취향, 도덕 등의 문제가 포함되어 있다. 성은 결코 자연스러운 충동이나 신비한 이끌림의 문제가 아니다. 어떠한 의미에서 '성적 본능'은 존재하지 않는다고 할 수 있다. 즉 성은 생물학적으로 결정된 영구불변의 것이 아니라 긴 역사를 통하여 조정되고 경계 지어진 문명의 발명품이라는 것이다."[83]는 생각이 광범위하게 확산되기 시작하였다.

위의 인용 시에는 '사이버에로스'적인 부분이나 '성 정체성'의 문제는 보이지 않는다. 다만 '친구보다 낫다/ 애인보다 낫다'를 표현에서 알 수 있듯이 성적 구성요소로서의 '친밀감'의 문제가 드러난다. '그'라는 인칭대명사가 이를 단적으로 말해준다. 그러나 "새로운 시간을 입력하세요/ 노련한 공화국처럼/ 품 안의 계집처럼/ 그는 부드럽게 명령한다"는 시의 전반부를 통해 드러나듯 이 작품은 시대의 대표적 표상으로서 '컴퓨터'를 인식하고 있고, 이에 '그/계집'처럼 적절한 '성 정체성'을 부여하려고 한다는 점에서 이 글의 논의의 맹아(萌芽)를 제공한다고 볼 수 있다.

2-2. 사이버에로스의 확장 방향

사이버에로스의 확장 방향 보다 크게는 전자통신문화 전반에 대한 견해가 그러한 것처럼, 낙관론과 비관론으로 구분할 수 있다. 전자는 주로 '신기술 활용의 효율성'을 기반으로 하여 기술 결정론적 미래를

---

83) 김은하, 「문학 속의 섹슈얼리티, 사랑, 포르노그라피」, 『현대사회와 문학적 상상력』, 거름, 1998, pp.224~225.

낙관하는 태도를 의미하며, 후자는 '기술 만능주의에 대한 우려', 특히 전자 감시 체계의 등장을 우려하는 시각에서 비롯한다.

　1) '전자유기체'의 시각 ─ "컴퓨터의 유혹은 공리적이거나 미적인 것 이상의 것이다. 그것은 에로틱한 유혹이다. 우리는 장난감이나 오락 기구를 가지고 놀 때처럼 표면적인 면만 가지고 신선한 놀이를 다시 한다고 보아서는 안 될 것이다. 현재 정보처리 기계와 우리 사이에 벌어지는 일은 양자의 관계가 공생적인 관계가 될 것임을 예고하며 궁극적으로는 기계와 정신적으로 결합하는 것을 의미한다. 옳게 이해되었다면, 사이버스페이스의 주변에 지혜의 향기가 감돌고 있다고 보아야 할 것이다. 순수한 정보로 그려진 세계는 우리의 눈과 마음을 사로잡을 뿐만 아니라 우리의 심장도 사로잡는다. 우리의 능력이 향상되고 더 강한 존재가 된 것처럼 느낀다. 우리의 심장이 기계 속에서 뛰고 있다. 이것이 바로 에로스다."[84]

　2) '이원론 강화'의 시각 ─ "1990년대 후반에 가상현실이 갑자기 연구실을 뛰쳐나와 대중문화가 되었을 때, 나는 가상현실에서의 '육체'와 관련된 몇 가지 수사학적 주장들을 검토하기 시작했다. 내가 보기에 가상현실은 본질적으로 가부장적인 정신/육체 분리와 남근중심적이고 식민화하는 판옵티콘적(panoptic) 조망 패러다임을 유쾌하게 실체화한다. 문화적으로 '남성적인' 전망의 한 가지 사례는 가상공간에서의 표준화된 항해패러다임이다. 간단히 말하자면 아무런 방해도 받지 않는 이 관음주의적 욕망의 세계에서 눈은 눈이 원하는 것을 본

---

84) 마이클 하임, 여명숙 역, 『가상현실의 철학적 의미』, 책세상, 1997, pp.144~145.

다. 시각적 욕망을 절합하는 것은 바로 기계이다."[85)

3. 성 정체성의 변화 양상

테크놀로지에는 성이 없지만, 테크놀로지의 표상은 종종 성을 지니게 된다. "수세기 동안 기계적 대상들에는 남성이나 여성의 성적 특징이 불어넣어졌다. 그 결과 오랫동안 기계의 표상은 성적 정체성과 성 (gender) 역할에 관한 관념을 표현하는 것으로 사용되곤 했다."[86) 바로 이러한 이유 때문에 그 시대의 대표적인 기계적 대상들을 살펴보면 '성 정체성'에 대한 인식의 한 단면을 읽을 수 있다. 가령, 우리 시대의 대표적인 기계(테크놀로지)적 대상은 컴퓨터이고, 이러한 사실은 "컴퓨터의 은유적 성차에 대해서는 아직 합의가 내려져 있지 않다고 할 수 있다. 반면 컴퓨터를 성차화할 수 있다는 관념은 문화적으로 받아들여진다. 서로 모순되는. 다양하게 성차화된 은유들이 분명히 보여주는 바는 컴퓨터 담론이 남성과 여성의 역할에 대한 현재의 문화적 논쟁을 흡수한다."[87)는 것을 알 수 있다.

莊子여
그때도 상상 임신이란 게 있었습니까
마침내
가상 섹스(cyber-sex)의 시대가 도래했습니다
사람이

---

85) 홍성태 엮음, 『사이보그, 사이버컬처』, 문화과학사, 2000, p.78.
86) 클라우디아 스프링거, 정준영 역, 『사이버 에로스』, 한나래, 1998, p.22.
87) 클라우디아 스프링거, 앞의 책, p.23.

기계와 더불어 '실제처럼' 생생하게
교접할 수 있는 세상이 먼 미래가 아니라
현실이라 합니다
     -이승하, 〈상상 임신에서 가상 섹스까지〉 부분

이 작품은 현실, 실재계에서 자연스러운 것으로 여겨지는 '상상임
신'과 가상현실의 '가상 섹스'를 폭력적으로 결합하고 있다. 둘 다를
'부자연스러운', 다시 말해 '인위(人爲)의 가공물(加功物)'로 보고 있는
것이다. 그렇기 때문에 시인은 '장자여'하며, '무위자연'을 설파한 장본
인을 부르고 있다. 이러한 시적 인식은 자연-문명-가상현실이라는
세 개의 층위를 순차적으로 구분하고 있음을 드러내며, 그것은 '인간
본성'에서 멀어지는 경로와 다르지 않다는 의미를 함축하고 있다.

3-1. 성 정체성의 개념과 범위

성(性)을 인간의 자기 정체성의 근원이라고 규정하게 된 것은 19세
기에 들어서였고, 성 정체성(sexual identity)중에서도 가장 핵심적인
것이 양성의 구분이다.[88] "모든 사람은 남자 또는 여자이며 중간도
없고 예외도 없다. 비록 생물학적으로는 남녀의 생식적 특성을 모두
갖춘 예외가 발견되기도 하지만, 우리의 생활 속에서는 성 정체성의
혼동이란 거의 있을 수 없다. (…) 그런데 양성을 구별하는 방법은 간
단할 것 같지만 사실 그렇지 않다. 생물학자들은 대략 여섯 가지 조

---

[88] 성 정체성은 양성의 구분에 의해서만 구성되지 않는다. 이성애/동성애, 정상/변태
와 같은 구분들이 모두 다 성 정체성의 구성에 관여하며, 이렇게 구성된 성 정체성
은 사회 구성의 기본원리로서 사람들의 사고와 행동을 규제하는 가운데 보이지 않
는 권력의 통로가 된다. 오늘날 학자들은 성 정체성을 "남성이 주도하는 이성애적
인 외음부 성교"로 정의한다.

건을 제시하고 있다. 즉 성염색체(XX, XY), 성호르몬, 생색 세포인 정
자와 난자를 생산하는 기관, 내부 생식기, 외부 생식기, 이른바 2차
성징이 생물학적 기준이다. 그러나 이것만으로도 충분하지 않다. 정
말 중요한 것은 심리적 또는 사회적으로 형성되는 성정체감. 즉 '나는
남자다 또는 여자다'라고 느끼고 행동하고 인정받는 것이기 때문이
다."89)

이 글에서는 텍스트 자체에서 암시되는 성 정체성을 범주화하고,
그것이 기존의 성 정체성과 보이는 간극을 중심으로 살펴보고자 한다.

3-2. 성 정체성의 변화 방향

성 정체성의 변화의 방향은 1990년대 말 이후의 젊은 시인들을 대
상으로 했을 때, 대체로 세 가지 방향으로 전개되고 있음을 알 수 있
다. 물론 대상으로 하고 있는 텍스트 생산자들의 성별, 사이버 공간과
의 친밀도, 사이버에로스에 대한 이해 정도를 모두 따져봐야 그 차이
가 드러날 수 있을 것이다. 하지만 역시 중요한 점은 '페미니즘' 입장
에서 이러한 성 정체성의 변화가 옹호되고 있다는 점일 것이다. 잘
알려진 것처럼 도나 해러웨이(Donna Haraway)는 「사이보그 선언(A
Manifesto for Cyborgs)」90)에서 성차 없는 이상적 사회에 대한 희망을
사이보그에 대한 연상과 결합시킨다. 해러웨이는 사이보그가 종래 육
체적 성차에 묶여 있는 통념적인 인간 존재를 넘어설 수 있게 하는
측면을 주목한다. 예를 들면 건강한 자궁을 시뮬레이션할 수 있는 인
큐베이터는 여성을 출산의 부담에서 해방시킬 것이며, 또한 건강한

---

89) 한국철학사상연구회 편, 『문화와 철학』, 동녘, 2000, pp.200~201.
90) 한국철학사상연구회 편, 앞의 책, p.291 재인용.

사이버섹스는 가부장적 구속이나 남성 주도의 전통적 성 역할을 철폐
할 수 있게 하는 해방적 계기로 작용할 수 있다는 것이다.

1) '성 정체성'을 강화하는 경우

이 경우는 전통적인 남성/여성의 이원론적 성차, 곧바로 차별로 연
결되는 '성 개념'에 대해서는 부정적인 인식을 드러내지만, 그 문제가
'가상현실'에서 해소되거나 근본적으로 변화할 것이라는 점은 부정하
는 태도를 드러낸다.

> 아흔 아홉 명 사는 줄도 모르고
> 어쩜 이렇게 여성스럽냐고
> 어쩜 이렇게 천상 여자냐고
> 말하는 사람이 많지
> 글쎄……내가 여자만일까?
> 뭐 이런 게 다 있어?
> 전기톱과 드라이버를 들고
> 나를 분해하고 싶으신가
> 이 기계는 한 번 분해하면
> 재조립할 수가 없지
> 다시는 쓸 수가 없지
> 　　　　－한명희, 〈정체불명－바이오로보틱스 2〉 부분

이 작품에서 시인은 '여성스럽냐, 천상 여자냐'는 등 기존의 양성적
'성 정체성'을 강요하려는 억압적 태도에는 불편한 심기를 그대로 드
러낸다. 한편, 시인의 이러한 발언은 '전기톱, 드라이버'등의 도구를
사용했을 때, 그의 정체를 볼 수 있다는 상상으로 이어진다. 그럼에도

불구하고 제목처럼 '정체불명'으로 인식할 수밖에 없다는 것은 상상이
그의 '성 정체성'을 오히려 위협한다고 인식하고 있기 때문이다.

2) '성 정체성'을 위반하는 경우

이 경우는 '성차'를 부정하거나 부인하는 수준에 머물지 않고, 이를
적극적으로 '훼손'하려는 의지를 드러낸다. 가령, "크리스테바는 프로
이트에게서 출발하여 라캉으로 이어지는 전통적 정신분석이 모성적
기능의 중요성을 무시하는 것으로 보고 있다. 프로이트나 라캉은 아
이를 언어와 사회성을 나타내는 상징계로 진입하도록 하는 것은 부성
의 기능으로 보고 있으나, 크리스테바는 그들이 앞서 예시하고 있는
모성적 기능의 복합적 요소를 간과하고 있다고 주장한다. 모성에 관
한 서구의 담론은 출산 기능과 여성을 구분하지 않는다. 사실 여성이
일생에 출산하는 기회는 몇 번 되지 않을 뿐만 아니라, 때로는 전혀
출산할 수 없는 상황도 있다. 따라서 여성이나 여성성과 모성을 혼동
하는 것은 잘못이라 할 수 있다."[91]는 논의처럼 현 상황에서 당연시
되어왔던 여성의 '성 역할'에 적극적인 의문을 제기하는 태도로 볼 수
있다.

> 나는 모두의 엄마
> 세상의 수유원
> 젖기계가 될 거야
> 바닐라 초코 딸기맛의
> 젖이 나온다네

---

91) 장영란, 「크리스테바: '어머니의 이름으로'」, 『성과 사랑, 그리고 욕망에 관한 철학
   적 성찰』, 서광사, 2001, p.289.

추우면 자동으로 셔벗이 되고
녹아내리면 따뜻한 코코아
내 젖을 먹고 자랄 아기들에게
수박을 먹으면 수박물이
딸기 상상만 해도 딸기즙이 나와
말 젖이 먹고 싶으면 말을
녹용이 먹고 싶거든
숫사슴의 뿔을
버터가 먹고 싶으면 우유를 생각해
먹고 싶은 음료를 머릿속에 그리고
젖꼭지를 누르면
상상하는 대로 즙이 흘러넘치는
내 퉁퉁한 젖기계
주전자에 받아
전자레인지에 데우거나
냉장고에 넣어두고 마셔도 되는
그런 기계
어디 없나?

　　　　　　－문혜진, 〈젖기계를 상상하다〉 전문

　이 작품에서 '젖'은 분명한 여성성(모성)의 상징으로 읽히지 않는다. 그것은 차라리 하나의 가전도구의 성격을 갖는다. 그리고 그것은 '상상(미래)'에서나 가능할 것이다. 이러한 발언을 통해 시인은 현재 자신이 처한 '성 정체성'의 문제를 정확하게 인식하고 있음을 드러내며, 위반의 어려움도 동시에 보여주고 있다.

3) '성 정체성'을 무화시키는 경우

이 경우는 '가상현실'을 적극적으로 활용하여 '성 정체성' 문제를 무화시키는 방향으로 상상력을 전개하는 경우라 할 수 있다. 이를 위해서는 인식의 변화가 전제되어야 하는데 가령, "드 로레티스에 의하면 젠더와 섹슈얼리티 모두가 기본적으로 재현이며 나아가 자기재현이고 이때의 재현이란 언어나 담론 체계를 통해서 생산되는데 여기서 섹슈얼리티처럼 젠더는 속성이나 인간에게 원래부터 존재하는 본질적인 어떤 것이 아니라 '육체들, 행위들, 그리고 사회적 관계들에서 생산되는 효과들의 묶음'이다. 따라서 드 로레티스는 여성의 육체 자체가 담론의 효과일 뿐 아니라 구성이라는 점에서 여성 주체가 재현을 통해서 자신의 육체적 경험과 협상하는 과정을 강조한다."[92]는 사실의 인식 여부가 문제시 된다.

> 입술이 채 완성되지 않은 그가 말했다
> "느껴 봐, 내 입맞춤의 빛깔을"
> 나의 촉각은 진땀을 흘리며 사이버 공간에서
> 새로운 아이콘의 얼굴의 마무리를 찾기 위해
> 손가락 끝의 가는 정맥마저 전율케 한다
> (…)
> 4평의 내 방에 내려온 나의 신, 아바타는 처연한 기다림 속에서만
> 완성된다. 그가 입술을 열어 찬찬히 말을 걸어오자
> 내 리비도는 그제서야 피딱지 위에 앉은 갈증을 멈춘다
>   -고현정, 〈아바타의 사랑〉 부분

---

92) 이수자, 「몸의 여성주의적 의미확장」, 『한국여성학』, 15권 2호.

이 작품에서 우리가 읽을 수 있는 것은 일반적 의미에서 인칭의 사라짐이다. 또한 '아바타'93)는 어떤 '성'으로나 고안될 수 있다. 그런데 주목할 점은 '내가 고안한 아바타'가 나의 '신'이 되고, 둘의 대화가 '나'의 리비도적 갈증(다른 말로하면 에로스적 환상)을 해소해준다는 것이다. 따라서 이 시는 성 정체성의 문제를 지나, 사이버에로스적 충족을 차라리 겨냥하고 있다고 해야 할 것이다.

4. 마무리

우리는 문학, 특히 시보다는 만화나 SF영화와 같은 보다 대중적인 매체를 통해서 미래의 말 그대로의 의미에서 가상적인 로봇, 혹은 인간-기계, 사이보그의 모습을 만나왔다. 한 가지 놀라운 점은 이런 주제를 다룬 기존의 영화가 '성'을 부여했다면, 최근의 영화들이 '성'이 없는, 혹은 성차가 없는 모습으로 그리고 있다는 점이다. 나는 이러한 '상징'들이 '남녀'라는 우리 사회의 양성구도가 사라진 평등한 모습을 그리고자 하는 것인지, 아니면 인간의 비약적인 진보로 인해 '인간성' 자체가 무화된 모습을 그리고자 하는 것인지 판단할 수 없다.

다만, 우리의 '정체성' 문제에 있어서 컴퓨터와 인터페이스에 대한 보들리야르의 주장은 시사하는 바가 매우 크다. 그는 "타자 the Other, 즉 성적이거나 인지적인 대화자가 결코 진정으로 추구되지 않는다. 스크린을 가로지르는 것은 거울을 가로지르는 것을 환기시킨다. 스크

---

93) '아바타'란 원래 산스크리트어 '아바따라(avataara)'에서 유래한 말이다. '아바따라'는 '내려오다'라는 말을 지닌 동사 '아바뜨르(ava-tr)'에서 유래한 말로 지상에 강림한 신의 화신 또는 분신을 뜻한다.

린 자체가 인터페이스의 지점으로 겨냥된다. 기계(상호 작용적 스크린)
가 의사소통 과정을 변형시켜 하나로부터 다른 것으로의 관계를 변환
과정으로, 즉 동일자로부터 동일자로의 역전 가능성의 과정으로 변형
시킨다. 인터페이스의 비밀은 타자가 그 속에서 버츄얼하게 동일자라
는 점이다. 타자성은 기계에 의해 간교하게 몰수당한다."94)고 주장한
다. 결국, 컴퓨터는 우리가 정체성을 버리고 상상적 단일성을 받아들
이도록 초대하지만 그것은 거울처럼 우리가 입력한 말들을 되 보여줌
으로써 우리의 현존을 환기시킨다는 것이다.

인간으로서 나아가 '인간됨의 의미'를 끊임없이 되물어야 하는 '시
인'으로서 '인간 너머'를 상상한다는 것은 무척이나 곤혹스럽고 위험
한 작업이라는 사실에 동의하지 않을 수 없다. 예술이란 어쨌든 자연
의 산물이 아닌 것은 확실하기 때문이다. 그러나 한 가지 분명한 것은
이 순간 내가 주체적 존재로서 참여하고 있는 이 문명이 그러한 질문
을 제기해야만 하는 수위에 이미 도달해 있다는 점이다. 회피할 것인
가, 맞설 것인가? 아마 이 선택의 기로도 곧 폐기되어 '전자회로의 미
로' 깊은 어딘가에 버려지고야 말 것이다.

---

94) 클라우디아 스프링거, 앞의 책, pp.105~106.

시에 있어서의 리듬과 죽음의 문제

〈춘향가·전(春香歌·傳)〉 주제의 시적 변용 양상 연구
김수영 시에 나타난 〈꽃〉의 의미 연구
김종삼 시에 나타난 죽음의식에 관한 연구

〈춘향가·전(春香歌·傳)〉 주제의 시적 변용 양상 연구

1. 들머리

한국 현대시는 일반적으로 최남선의 〈해에게서 소년에게〉가 『소년』지에 발표된 1908년을 기점으로 하고 있다. 이후 암울했던 일제의 식민시대를 거치면서도 현대시는 눈부신 발전을 거듭해 왔다. 그러나 현대시가 외래문화의 이식이냐, 전통의 발전적 계승이냐에 관해서는 아직까지도 논란이 분분한 것이 사실이다. 이는 처음에는 그 형식에 있어서의 새로움이 문제시 되었고, 지금은 중세 봉건적 의식구조와 근대 시민적 의식구조라는 내용에 있어서의 문제로 옮아가고 있다. 단정적으로 새로운 형식이 유입되었기에 그 이전과의 정신적 측면의 단절이 있었다고 보기는 어렵지만, 반대로 문학이 더 좁은 의미에서 시가 형식이 곧 내용이라는 측면을 고려한다면 자유시의 전통이 미약한 우리의 경우 전통적 정신이나 정서의 계승이 순조로웠다 고는 볼 수 없다.

판소리는 한민족이 창조한 대표적 예술양식의 하나다. 이 판소리는 12작품으로 확장 고정되었는데 그중에서도 춘향가, 심청가, 흥부가 등은 현대적 재창조를 보이면서 변이를 계속하고 있다. 최근에 와서는 판소리, 소설, 희곡, 영화, 드라마, 뮤지컬 등 제 예술양식으로 급

속히 확대되어 전달되고 있다. 이처럼 한국의 대표적 고전이 된 것이
판소리이며, 그 중에서도 대표적 작품이 춘향가라 할 수 있다. 춘향가
는 다른 판소리와는 달리 비교적 명확한 발생에 관련된 설화(說話)를
가지고 있으며1), 여러 단계의 전승과정을 거쳐 소설 춘향전으로 정착
되어 고전소설의 전형처럼 인정되고 있다.

판소리 춘향가가 소설 춘향전이 되기까지는 주제의 변용이 불가피
했을 것이다. 왜냐하면 그 형식이 바뀌면서 수용의 양태 또한 달라졌
고, 일인의 작자가 아니라 다수의 익명의 작자가 전승과정에 참여함
으로써 각자의 신분, 또는 취향에 따라 강조하고자 하는 점들이 차이
를 가졌기 때문이다. 이에 대하여는 뒤에서 자세히 논할 것이다.

본 연구는 〈춘향가·전〉의 주제가 현대시에서 어떠한 모습으로 변
용되었는가를 밝히는 것을 목적으로 한다. 넓은 의미에서 한 시대의
시인은 그 시대의 상황에 자유로울 수 없고, 나아가 전통의 압력에도
자유로울 수 없다. 그는 당대의 눈으로 시를 쓰지만 그 속에는 자연스
럽게 우리가 전통이라고 부르는 것의 영향이 흔적을 남기고 있다. 그
러므로 각 시대의 시인들의 시 속에 녹아있는 전통의 흔적을 밝혀보
면 그 변용의 양상이 자연스레 들어날 것이다. 또한 이것은 흔히 원
형2)이라고 불리 우는 한 문화의 근원적 정서를 살펴보는 일이 될 것
이다.

본 연구에서 다루고자 하는 작품은 서정주의 〈추천사〉 외 '춘향의

---

1) 조재삼의 남원지방의 處女寃死에 관한 설화를 비롯한 몇 종류의 伸寃說話들이
  있다.
2) 김용직, 『문예비평용어사전』, 탐구당, 1985, p.200.
  원형에 관해서는 매우 다양하고 폭넓은 정의가 가능하나 여기서는 문자 그대로
  근본적인 형식내지 틀을 뜻한다. 인생 또는 문학에서 끊임없이 되풀이 되어 나타나
  는 기본적인 상황, 인물, 혹은 심상들을 가리켜서 원형이라 부른다.

말'이라는 부제가 붙은 두 작품이며, 전봉건의 장시 〈춘향연가〉, 박재
삼의 첫 시집 『춘향이 마음』중 '춘향이 마음 抄'라는 부제가 붙은 작
품들이다.

이를 위하여 본 연구에는 먼저 세 시인의 작품에서 나타나는 화
자3)의 모습을 살펴볼 것이다. 이를 통하여 이 화자들이 주제의 변용
에 관여하는 양상을 고찰함으로써, 각 시인들의 작품에 나타난 〈춘향
가·전〉 주제의 변용상을 알아볼 것이다.

2. 〈춘향가·전〉 주제의 고찰

춘향전을 한국의 대표적 고전 작품으로 키워온 것은 다양한 작자
와 독자의 폭 넓은 공감에 의한 집단의식의 힘이라 할 수 있다. 이러
한 집단의식의 소산으로서의 춘향전은 그러므로 일정한 시기와 작품
의 형태에 따라 주제에 있어서 얼마간의 차이를 보이는 것은 일견 당
연하다 할 수 있다.

춘향전의 주제에 관한 논의에 앞서 성립과정에 대하여 논의하기로
한다. 먼저 정노식은 판소리 춘향가의 성립과정을 박색 춘향의 冤死
(근원설화)-무당의 살풀이굿(무가)-광대의 창극조(판소리)의 단계로
설정하고 있다.4) 그러나 설성경은 무가에서 판소리로 넘어가는 과정
에 소리굿의 단계를 하나 더 설정하고 있다.5) 그에 따르면, 판소리
춘향가는 다른 판소리와는 달리 발생에 관한 설화를 지니고 있다. 이

---

3) 김준오, 『시론』, 문장사, p.202.
　시인이란 시적자아란 탈로써 세계에 대한 태도를 표명한다.
4) 천이두, 「춘향의 한과 정」, 『한의 구조 연구』, 문학과지성사, 1993, p.169 재인용.
5) 설성경, 「춘향전 주제의 특성」, 『한국문학연구방법론』, 민족문화사, 1983 참조.

설화의 공통점은 남원에 기녀이며 박색인 춘향이 어떤 문제로 인하여 원사하였다는 내용으로 요약된다. 이 설화와 그 외 춘향전에 관한 기록들을 중심으로 춘향전 형성을 재구(再構)하여 보면, 춘향굿의 제의 단계가 춘향소리굿의 제의적 연창(演唱)단계를 거쳐, 비제의적 판소리 창의 단계에 이르러 판소리인 춘향가의 단계에 이른 것으로 보인다. 이처럼 판소리로서의 춘향가는 판소리로 이행하는 과정에서 이미 이러한 변모를 보였고, 판소리로 정착한 후에도 계속 변이와 굴절을 계속 하였다. 또 이러한 변이는 판소리라는 양식의 사설(辭說)내에서만의 변이가 아니라, 양식의 확장으로까지 나아가게 되었다. 이러한 경우의 대표적인 사례가 소설로의 이행이다. 이는 판소리 춘향가는 판소리대로 유지되고, 이와 병행하여 그 사설만을 문자로 정착시켜 춘향전을 생성하게 된 것이다. 여기서 우리가 주목할 점은 판소리 춘향가와 소설 춘향전이 상호 영향을 주고 받으면서 판소리 사설의 단순 정착으로서의 춘향전, 소설 작자의 독창적 의식이 강화된 춘향전 등의 여러 갈래들이 생겨났고, 이것들이 복합적으로 춘향전의 주제 형성에 영향을 미쳤다는 점이다.

　춘향전의 주제에 대한 기존의 연구는 춘향전의 주제를 단일한 주제로 보려는 견해와 이원적(二元的) 주제로 보려는 견해로 구분된다. 대부분의 소론과 개별 작품론에서는 열(烈)이나 애정(愛情) 등 단일 주제로 보았다. 그러나 조동일 교수는 '춘향전 주제의 새로운 고찰'에서 표면적 주제와 이면적 주제란 이원론적 접근을 하였다.6) 그는 춘향전의 주제를 신분적 제약과 인간적 해방의 갈등이 인간적 해방의 승리에 귀착하는 과정을 그리면서, 신분적 제약에서 벗어나서 인간적 해

---

6) 조동일, 「춘향전 주제의 새로운 고찰」, 『우리문학과의 만남』, 홍성사, 1978, pp.189~191.

방을 이룬 것을 고취한 것으로 보기도 한다. 이처럼 표면적 주제로서
의 열녀와 이면적 주제로서의 인간적 해방이 공존하는 이유는 낡은
관념과 새로운 경험의 화합이라는 조선조 후기의 시대적 특징에 있다
고 본다. 춘향가를 위시한 판소리는 중세적 의식과 탈중세적 의식이
공존하는 시대에 생성된 것이기에 여기에는 두 시대의 요소가 이행적
시대의 특징으로서 나타난다. 춘향전도 이러한 시대적 특징 때문에
중세적 윤리가 주제를 유지하려는 측면과 이러한 요소들을 극복하려
는 새로운 측면이 함께 하게 된다. 이러한 사실은 주인공 춘향의 의식
과 춘향에 대한 타 인물들의 의식에서 잘 나타난다. 춘향은 기생이면
서도 기생이 아니고자 하는 행위와 사고를 보여 준다7) 또 춘향을 대
하는 이도령의 태도는 춘향을 기생이 아닌 존재로서 인간적 대우를
해주지만, 변부사는 춘향을 기생으로 시종 대하기 때문에 인간적 대
우를 요구하는 춘향의 저항을 받게 된다. 이러한 두 가지 의식의 대립
은 그 외에도 여러 측면에서 나타나는 일반적 현상이다. 또 이 대립은
중간자로서의 두 계층의 조화의 구실8)도 하지만 그보다는 대립이 더
지배적이라 할 수 있다.

한편, 설성경은 춘향전의 주제의 층위상을 논한9)다. 그에 의하면
판소리계 소설의 보편적 주제는 인간이 지닌 상승, 성장의식이다. 이
상승욕구는 천상적 힘에 의하여 실현하려는 천상적 세계로의 기구(祈

---

7) 오세영, 「춘향의 성격 갈등」, 『상상력과 논리』, 민음사, 1991 참조.
  춘향의 이러한 성격 때문에 춘향이 저항적 인물인가, 아닌가에 대한 논란이 벌어
  지고 이 논란은 춘향전의 주제를 확정하는 데도 영향을 미친다.
8) 윤홍로는 「화해와 새 질서」(『창작과 비평』 42호, 1976)에서 춘향이 양반과 천민
  이라는 두 대립적 계층의 화해의 가능성을 보여주는 인물로 보지만 이는 매우 수
  긍하기 어려운 논리이다.
9) 설성경, 「춘향전 주제의 특성」, 『한국문학 연구 방법론』, 민족문화사, 1983 참조.

求)와 현실적 차원에서 실현하려는 지상세계에서의 추구(追求)로 나타 난다. 또 지상에서의 실현 욕구가 보이는 하위 범주는 본능적 욕구와 문화적 욕구로 구분된다. 본능적 욕구는 일차적 욕구로서 하천인(下賤 人)들이 보여준 의식주 생활에 얽매이는 생존으로서의 욕구와 모든 계층의 인간들이 공통으로 지닌 성적인 욕구이다. 이차적 욕구로서 문화적 욕구는 삶을 위한 문화적 상승욕구로 주로 상층인들에 의해 추구된다. 이 욕구는 보다 화려하고 훌륭한 의식주의 생활을 비롯하 여 고귀한 애정의 아름다움, 비범한 지식인이 되고자 하는 우월에의 기구다. 이로 인하여 하위영역으로서의 춘향전의 보편적 주제는 판소 리계 소설의 상승욕구란 보편적 상위 주제와 함께, 타 판소리계와 구 분되는 열(烈)이란 보편적 하위 주제를 조화시키고 있다.

결국 춘향전은 열이나 정절, 애정 등의 단일 주제를 표면적 주제로 갖고 있으나 그 이면에는 당시의 시대적 정황에 따른 인간적 해방이 라는 이면적 주제가 숨겨져 있어 이들이 복합적으로 작용하고 있다고 보아야 한다.

3. 서정주 시에서의 '춘향'

서정주는 1915년 전북 고창에서 출생하여 중앙불교전문에서 수학 하였고 1936년 동아일보 신춘문예에 시 〈벽〉이 당선되어 문단에 나 왔다. 제1시집 『화사집』(1941)을 위시로 하여 모두 14권의 시집과 여 러 개의 시선집이 있다. 여기에 다루고자 하는 작품은 그의 중기시10)

---

10) 서정주의 시 세계의 시기 구분에 관하여는 여러가지 견해가 있으나, 여기서는 『화사집』, 『귀촉도』의 세계와는 다른 이미지들이 많이 등장하는 『서정주 시선』을

에 해당하는 〈추천사〉, 〈다시 밝은 날에〉, 〈春香遺文〉의 세 작품으로 제3시집 『서정주시선』(1955)에 수록된 것들이다. 이 세 작품은 춘향의 말 일(壹), 이(貳), 삼(參)이라는 부제로 연결되어 있는 연작시라 할 수 있다. 텍스트는 『미당시전집1』(민음사, 1994)로 하였다.

3.1 표면에 드러난 화자와 청자

작품에 대한 분석에 앞서 시적 화자에 대하여 논의하기로 한다. 시적 화자란 범박하게 말하면 시 속에서 말을 하는 장치다. 시적 화자는 모든 시에 현존하며, 모든 시에 작용하는 필수적 조건이다. 시적 화자는 그에 어울리는 목소리를 가지며 그에 어울리는 역할을 한다. 이 목소리와 역할이 시적 화자의 개성을 육화(肉化)한다. 김준오[11]에 따르면 "우리는 시적 화자가 실제의 시인이든 허구적이든 시인이 언어를 특수하게 사용함으로써 하나의 태도를 표현하고 있다는 사실에 보다 관심을 가져야 한다. 더구나 현대의 몰개성론 시관은 '탈, persona' 이란 용어로써 시적 화자를 실제의 시인과 엄격히 구분한다. 시가 하나의 창조물인 이상 '탈'이란 시적 화자를 '자전적으로 동일시할' 것이 아니라 '상상적으로 동일시 할' 것이라고 주장한다. 시적 화자는 제재에 대한 태도를 표명하기 위하여 창조된 극적 개성이기 때문에 시는 고백이고 자전적이 아니라, 어디까지나 허구적이고 극적이라는 것이다."

텍스트로 하므로 앞의 두 작품을 초기시로 본다.
11) 김준오, 「퍼소나」, 『시론』, 문장사, 1986 참조.

실제 시인 ⇨ 함축적 ⇨ 현상적 ⇨ 현상적 ⇨ 함축적 ⇨ 실제 독자
　　　　　　시인　　화자　　청자　　독자

텍 스 트

위의 도표에서처럼 시적 자아 곧 시의 일인칭 화자는 작품의 이면에 숨은 함축적 화자와 표면에 나타나는 현상적 화자로 다시 구분되며 이 양자는 경험적 자아 곧 실제 시인과는 구분되는 시적 자아이다. 이런 시적 자아를 바로 탈이라 한다. 이와 마찬가지로 이인칭 청자도 작품의 이면에 숨은 함축적 청자와 표면에 나타나는 현상적 청자로 나누어지며 이 양자 역시 실제 독자와는 구분된다. 실제 시인과 독자는 텍스트 밖의 인물인 것이다.[12]

그러면 이처럼 허구적이고 극적인 시적 화자를 전면에 내세우는 이유는 무엇일까? 그 이유는 시인이 시적 자아란 탈을 이용하여 세계에 대한 태도를 표명하기 때문이다. 그리고 그 태도란 세계와의 동일성이 아니라 대결의 자세다. 결국 탈은 세계와 대결하는 시인의 무기이고 갑옷인 셈이다. 탈과 관련하여 현대시의 또 하나의 두드러진 경향은 융의 용어[13]인 탈 그 자체가 시의 테마로 많이 채용되고 있는 점이다. 융적 의미의 탈은 외부세계와의 관계를 가지는 자아의 기능이다. 그것은 인간이 세계에 적응하는 개인적 체계이며 세계를 처리

---

12) 김준오, 앞의 책, p.207.
13) Jacobi, J. 홍성화 역, 『융심리학』, 교육과학사, pp.139~158.
　　칼 융은 인간의 정신구조를 Persona(탈), Soul(영혼), Shadow(그림자)로 나누었다. 퍼소나는 인간의 외적 인격, 외적 태도로서 자아와 외부세계 사이를 조정하는 것이며, 소울은 인간의 내적 인격, 내적 태도로서 자아와 내면세계 사이를 조정하는 측면이다. 이것은 다시 남성에게 있는 여성 심상인 아니마와 여성에게 있는 남성 심상인 아니무스로 나뉜다. 그리고 그림자는 무의식적 자아의 어두운 측면이다.

하는 태도다. 문제는 이 탈이 세계에 적응하지만은 진정아 자아, 곧 주체아 와는 대립되고 있는 점이다. 탈-객체아와 진정한 자아-주체 아의 이중적 자아로 이중의 삶을 영위하는 것이 현대인의 삶의 방식 이라 할 수 있다.

파킨의 견해에 따르면[14] 탈이라고 하는 시적 장치와 그 부수물들 은 다섯 가지의 일반적 수사적 목적에 기여한다고 한다.

첫째는 통일성으로 탈이란 이 함축적이고 극적인 화자가 작품의 통일성에 기여하는 이유는 이 화자가 작품에서는 불변하는 것이 보 통이며 모든 것은 이 화자의 관점에서 말해지며 그는 허구의 인물처 럼 발전할 수는 있으나 전연 딴 인물은 되지 않기 때문이다. 둘째는 객관성으로 탈이 객관성에 기여하는 이유는 탈이 시인으로 하여금 자신의 실재 개성의 구속으로부터 벗어나게 하기 때문이다. 셋째는 적절한 관점(觀點)의 극대화로 효과적인 시에서 시인이 취급하는 화 제가 시적 자아에 알맞는, 가장 흥미 있고 적절한 극적 인물의 눈을 통해 제시되기 때문이다. 넷째는 극적 긴장과 개별성에 기여하는데 그 이유는 탈이 갈등의 요소를 내포한 특수한 상황 속의 구체적 개인 이며 세계의 어떤 양상에 반응하는 인물로서 함축적 청자로 하여금 자기처럼 반응케 하거나 적어도 자기의 그런 반응을 이해하도록 자 극하여 노력하는 인물로 제시되기 때문이다. 다섯째는 특수한 이념적 관습에의 동일화(同一化)에 기여한다. 그 이유는 탈이 시대적 사회적 어떤 상황에 제약되어 생략과 압축의 역할을 시에서 하고 있기 때문 이다. 다시 말하면, 탈은 시대적 사회적 상황에 있어서 어떤 관념적 관습을 집약하고 있는 것이다.

---

14) 김준오, 앞의 책, pp.204~205.

서정주의 시에서는 화자와 청자가 모두 표면에 드러나고 있다. 먼저 화자의 경우에는 〈추천사〉, 〈다시 밝은 날에〉, 〈春香遺文〉 세 작품의 부제가 모두 '춘향의 말'이라는 데서 쉽게 알 수 있다. 말 그대로 화자인 춘향이 청자인 그 누군가에게 하는 말들이 시의 내용을 이루는 것이다. 또한, 청자의 경우도 작품 속에서 분명하게 드러난다.

> 香丹아 그넷줄을 밀어라
> 머언 바다로
> 배를 내어 밀듯이,
> 香丹아
>
> 　　　　　　　　　　　　　　－〈추천사〉

> 신령님···

> 처음 내 마음은
> 수천만마리
> 노고지리 우는 날의 아지랑이 같었읍니다
>
> 　　　　　　　　　　　　　－〈다시 밝은 날에〉

> 안녕히 계세요
> 도련님
>
> 　　　　　　　　　　　　　　－〈춘향 유문〉

서정주의 시 속에서 화자는 춘향이고, 청자는 향단, 신령님, 도련님 등이다. 이처럼 화자와 청자가 명확할 경우에는 메시지, 곧 텍스트를 지향하게 된다. 누가 말하느냐, 누가 듣느냐 보다는 어떤 내용

을 말하고 있느냐가 보다 중요한 문제가 되기 때문이다. 결국 어조나
거리(距離) 보다는 시의 주제가 비중을 갖게 된다. 또 한가지 주목할
점은 화자와 청자가 명확해지면 감정적인 면의 발화가 불가능하거나
완곡해지게 된다는 점이다. 더욱이 시에 있어서 화자는 청자의 기대
에 의해 제한 받게 되므로 함축적 청자를 향해서 거래선15)에서 벗어
나는 발화를 하기가 쉽지 않다. 이처럼 표면에 드러난 화자와 청자가
주제에 어떤 영향을 미치는 가에 대해서는 다음 장에서 상세히 다루
기로 한다.

3.2 초월(超越)로서의 원(願)

시에 있어서 여성은 가장 많이 사용되는 탈 중에 하나이다. 우리
현대시에 있어서도 김소월과 김영랑을 비롯하여 여성 화자의 사용은
매우 광범위다. 화자를 선정한다는 것은 결국 세계에 대한 태도를 결
정하는 것이다. 이 화자의 세계에 대한 태도가 결국은 시의 제재를
주제로 만들게 되기 때문이다.

서정주의 초기시의 세계는 여러 측면에서 다양하게 논의되어 왔다.
이를 간략하게 요약해보면 그의 초기시는 서구적 의미의 관능성이 지
배적이고 비극적 세계관을 보였으며 강렬하고 동물적인 이미지의 사
용이 주를 이루었다는 것 등이다.

서정주의 세번째 시집인 『서정주시선』은 이와는 사뭇 다른 양상을
보여주고 있다. 시집 전반에 대한 논의는 피하기로 하고, 이에 수록된
〈춘향전〉을 소재로 한 세 편의 작품들 만을 거론하기로 한다.

---

15) 김준오, 앞의 책, p.206.
  파킨에 따르면 시란 결국 함축적 자아와 함축적 청자 사이의 去來이며 이 거래의
  규모와 종류는 제재와 이 제재에 대한 화자의 태도에 의해 어느 정도 결정된다.

하현식은 모티브로서의 춘향에 대해 다음과 같이 언급하고 있다.[16]
"일련의 모티브로서의 '춘향'이 만들어내는 표상은 우리시의 한 원형적 경계 위에 놓여 있다. 즉 미당의 〈춘향 유문〉이 그러하고 전봉건의 〈춘향연가〉가 그러하고 박재삼의 〈춘향이 마음〉이 그러하다. 다만 미당적 춘향의 정신이 불교적 인연의 원리를 바탕으로 전통적 여인상을 창출한 것과 전봉건적 춘향의 심상이 현대적 감각으로 미학의 차원에서 표출 되어지고 있다는 점과 대비시킬 때 박재삼적 춘향의 정감은 한층 더 미당적 충격을 심화시키고 있다는데서 그 차이점을 찾아 볼 수 있을 것이다"

하현식의 말은 춘향을 소재로 하여 미당이 한국의 전통적 여인상을 창출했다는 논지로 이해될 수 있다. 여기서 단서는 춘향의 정신이 불교적 인연의 원리를 통해 어떤 초월적 경지로 들어섰다는 것이다.

> 저승이 어딘지는 똑똑히 모르지만
> 춘향의 사랑보단 오히려 더 먼
> 딴 나라는 아마 아닐 것입니다
>
> 천길 땅 밑을 검은 물로 흐르거나
> 도솔천의 하늘을 구름으로 날드래도
> 그건 결국 도련님 곁 아니에요?
>
> 더구나 그 구름이 쏘내기되야 퍼부을 때
> 춘향은 틀림없이 거기 있을 거에요!
>
> 　　　　　　　　 − 〈춘향 유문〉 3, 4, 5연

---

16) 하현식, 「전통정서의 시적 계승−박재삼론」, 『한국시인론』, 백산, 1992, p.274.

이 작품에서 불교적 세계를 직접 드러내는 시어는 도솔천이고 인연의 원리는 검은 물→구름→소나기의 순환 이미지로 나타난다. 도솔천은 욕계의 정토인 제4천의 하늘이고, 순환 이미지는 바로 불교의 윤회사상을 나타낸다. 이 시의 주제는 '저승'으로 상징되는 죽음을 극복한 사랑이고, 춘향은 이러한 구원, 즉 불멸의 사랑을 통한 구원을 기원하는 인물로 그려진다.

다른 작품 중에 하나인 〈다시 밝은 날에〉는 비교적 많이 다루어지지 않은 작품이다.

이 시의 주제 역시 시련을 이겨낸 사랑의 환희라 할 수 있다.

처음 내 마음은
수천만마리
노고지리 우는 날의 아지랑이 같었읍니다

번쩍이는 비눌을 단 고기들이 헤엄치는
초록의 강 물결
어우러저 날르는 애기 구름 같었읍니다
      (중략)
그러나 그의 모습으로 어느날 당신이 내게 오셨을때
나는 미친 회오리 바람이 되였읍니다
쏟아져 네리는 벼랑의 폭포
쏟아져 네리는 쏘내기비가 되였습니다
      (중략)
바닷물이 적은 여울을 마시듯이
당신은 다시 그를 데려가고
그 휘-ㄴ한 내 마음에

마지막 타는 저녁 노을을 두셨읍니다
그러고는 또 기인 밤을 두셨읍니다
(중략)
그리하여 또 한번 내 위에 밝는 날
이제
산ㅅ골에 피어나는 도라지 꽃같은
내 마음의 빛갈은 당신의 사랑입니다.

사랑이 시작되기 전의 불안한 심리상태가 '아지랑이', '애기 구름'등
의 이미지로 나타나고, 사랑에 휩싸인 격정이 '미친 회오리 바람', '벼
랑의 폭포', '쏘내기비' 등으로 표현된다. 또 이별 뒤의 막막함이 '저녁
놀'이나 '기인 밤'의 이미지로 그려진다. 하지만 이 놀과 밤은 한용운
의 시에서 잘 나타나듯 영원한 어둠이 아니라 〈다시 밝는 날〉, 즉 완
전한 사랑의 도래를 위한 통과제의적 시련일 뿐이다. 〈춘향유문〉과
다른 점이 있다면 드러난 청자가 도련님에서 신령님으로 바뀌었다는
점이다. 그러나 '그의 모습으로 어느날 당신이 내게 오셨을 때'라는 시
행에서 드러나듯 신령님과 도련님은 같은 존재로 볼 수 있다.

서정주의 시에서 이 시기에 주목되는 점은 동물적 이미지가 식물
적 이미지로, 강렬한 이미지가 순한 이미지로 변모한 것이다.

"『서정주 시선』에는 '나무', '그네' 그리고 '구름'과 '하늘'의 이미저리
가 커다란 비중을 차지하게 된다. 〈추천사〉와 〈춘향유문〉 등이 그 대
표적 예다. 이 두 편의 시는 그네와 나무, 구름과 하늘의 이미저리가
핵심이다."17)

---

17) 김재홍, 「미당 서정주 – 대지적 삶과 생명에의 비상」, 『미당연구』, 민음사, 1994,
　　 p.185.

이 다수굿이 흔들리는 수양버들 나무와
벼갯모에 뇌이듯한 풀꽃뎀이로부터
자잘한 나비새끼 꾀꼬리들로부터
아조 내어밀듯이, 香丹아

珊瑚도 섬도 없는 저 하눌로
나를 밀어 올려다오
彩色한 구름같이 나를 밀어 올려다오
이 울렁이는 가슴을 밀어 올려다오!

西으로 가는 달 같이는
나는 아무래도 갈수가 없다.

바람이 波濤를 밀어 올리듯이
그렇게 나를 밀어 올려다오
香丹아.

이 작품에는 그네를 뛰는 행위가 중심 사건으로 제시된다. 그리고
그네가 나무에 매여 있다는 사실이 상징적 의미를 지닌다. 즉, 그네를
뛰는 행위는 상승과 하강을 반복함으로써 더 높이, 더 멀리 솟아오르
려는 의지를 표상하는 것으로 보인다. 아울러 나무는 솟아오름의 의
미, 생명적 솟구침의 상징성을 지닌다. 그렇기 때문에 '저 하눌로/나
를 밀어 올려다오/채색한 구름같이 나를 밀어 올려다오/이 울렁이는
가슴을 밀어 올려다오!'라는 반복과 점층법에 의한 솟구쳐 오름에 대
한 강력한 동경과 갈망을 적절히 제시하게 된다. 또한 '구름'의 이미지
는 그것의 가벼움 또는 표량성이라는 속성으로 인해서 정신적 투명함

과 상승의 욕구를 표상하게 된다. '그네 → 바람 → 구름 → 하늘'로의
상승은 대지적 구속성과 운명성으로부터 벗어나서 천상으로의 상승
을 꿈꾸는 비상에 대한 의지 또는 자유에 대한 갈망을 담고 있는 것
으로 보인다.

그러나 김화영은 이에 대하여 다른 비판을 가하고 있다.[18]

"첫째, 그네의 숙명은 그것이 나뭇가지에(그것이 아무리 높은 나뭇가지
라 할지라도)'매어달려' 있다는 데 있다. 그것은 지상의 운명에 매달려
있는 인간의 조건이기도 하다. 둘째로, 시인(춘향이)은 달처럼 스스로
자유롭게 떠 있을 수가 없다. 그의 상승은 그넷줄을 밀어주는 향단이
의 도움을 필요로 한다. 그 도움은 명령문과 기원문의 형식으로 나타
날 뿐이다. 끝으로 '채색한 구름같이 나를 밀어 올려다오'에서 보는 바
와 같이 시인이 하늘에 오른다 한들 그것은 하나의 미몽에 불과할 것
이다. '채색한 구름'은 달과는 달리 덧없는 존재, 아름다운 허구일 뿐
인 것이다"

결국 시 〈추천사〉는 지상적 번뇌에서 벗어나고자 하는 '상징적 그
네'의 욕망과 동시에 주어진 조건에 대한 투철하고 거짓 없는 인식,
나아가 지상적인 것에 대한 역설적 애착이 동전의 앞과 뒤처럼 형상
화된 작품이라는 것이다.

지금까지 〈춘향전〉을 소재로 한 서정주의 세 작품을 살펴보았다.
〈추천사〉에서 '그네'의 이미지로 상징되는 상승과 하강의 반복운동,
즉 지상적 삶으로부터 하늘로 초월하려는 욕망은 반복을 거듭하게 될
뿐이지만 시의 청자가 사랑의 구체적 대상으로 변하면서 화자 '춘향'
의 바람은 완전한 사랑으로만 좁혀지게 된다. 이는 〈춘향 유문〉에서

---

18) 김화영, 「한국인의 미의식」, 『미당연구』, p.244.

드러나는 바, 〈추천사〉와 같이 '그네'와 '나무', '구름'과 '하늘'의 이미
지가 중심이 되기는 하지만은 '춘향의 사랑'이란 보다 명확한 표현에
의해 그 의미가 육체적이고 대지적인 사랑에서, 정신적이고 천상적인
사랑으로 상승해간다는 것을 알 수 있다. 결국 서정주는 고전적인 테
마에 불교적 상상력을 덧입혀 어떤 초월적 소망을 그려낸 것이다. 그
자체로는 매우 의미 있다고 할 수 있겠지만, 이승훈이 '서정주의 초기
시에 나타난 미적 특성19)'을 분석하며 지적한 것처럼 '나감/들어옴'의
대립이 전혀 없고, '올라감/내려옴'의 변증법이 존재하지 않는다는 것
은 문제로 지적될 수 있다. 지상적 삶과 길항하지 않는 예술이나 종교
는 이미 그 자체로 본래의 의미가 퇴색했다고 할 수 있기 때문이다.

4. 전봉건 시에서의 '춘향'

전봉건은 1950년 『문예』지에 서정주의 추천으로 〈원(願)〉, 〈사월
(四月)〉, 김영랑의 추천으로 〈축도(祝禱)〉 등을 발표하여 등단한 이후
1988년 타계할 때까지 꾸준한 작품활동을 통하여 전후 한국현대시사
에 값진 업적을 남긴 시인이다. 그는 1957년 김종삼, 김광림과 함께
간행한 3인시집 『戰爭과 音樂과 希望과』를 시작으로, 『사랑을 위한
되풀이』(1959), 장시집 『春香戀歌』(1967), 연작시집 『속의 바다』(1970),
『피리』(1979), 『北의 고향』(1982), 『돌』(1984) 등의 6권의 시집과 7권
의 시선집을 간행하였다. 그중 기간의 〈사랑을 위한 되풀이〉, 〈속의
바다〉, 〈춘향연가〉 등의 장시와 연작시를 개작, 한 권으로 엮은 『사
랑을 위한 되풀이』(1985)가 있다. 본 연구의 텍스트는 1985년 혜진서

---

19) 이승훈, 「서정주의 초기시에 나타난 미적 특성」, 『미당 연구』, p.466.

관에서 펴낸 『사랑을 위한 되풀이』에 수록된 〈춘향연가〉로 한다.

4.1 현상적 화자

전봉건의 시 〈춘향연가〉는 〈춘향전〉에서 소재를 따와 그 내용을 시로 형상화시킨 외적(外的) 소재[20] 변용의 장시이다. 그러나 이 작품 은 〈춘향전〉의 플롯을 전적으로 재구성했을 뿐만 아니라, 시인의 시 적 의도에 맞지 않는 부분은 과감히 삭제하고 있다.[21] 3부작으로 나 누어진 이 시의 전체의 이야기는 감옥에 갇힌 춘향의 독백과 환상(꿈) 속에서 전개된다. 즉 〈춘향연가〉에는 주인공 '춘향'의 현실적 행위가 전혀 일어나지 않으며, 모든 사건은 옥중에 갇힌 춘향의 독백내지 환 상, 과거에의 회상에 의하여 간접적으로 진술되거나 묘사되는 형식을 취하고 있다.

> 女子예요
> 그래요, 나는 女子예요
> 그런데 나는 獄에 있어요
> 女子는 아이를 낳아요
> 나도 낳을 수 있어요

---

20) Keneth Burke는 「Psychology and Form」에서 작품의 소재를 內的 소재와 外的 소재로 나누었다. 내적 소재란 독자들이 잘 알지 못하는 생소한 소재이고, 외적 소 재란 독자들에게 이미 알려져 있는 보편적 소재로, 거기에는 역사적 사실, 신화, 전설, 고전작품 등이 있다.
　김현자, 「한국 현대시 작품연구」, 민음사, 1989, p.183 재인용.
21) 전봉건은 〈사랑을 위한 되풀이〉(1985)에 〈춘향연가〉를 재수록할 때, 초판본 〈춘 향연가〉(1967)를 개작·퇴고하여 3부작으로 나누었다. 그렇게 함으로써 이야기의 단락을 분명히 하고, 뜻의 전달을 쉽게 하자는 생각 때문이었다고 〈사랑을 위한 되풀이〉의 서문에서 시인 스스로 밝히고 있다.

어머니가 나를 낳은 것처럼
그런데 나는 獄에 있어요
어머니의 이름은 月梅
아버지의 姓은 成氏
그래서 나는 成春香
어머니는 숲을 헤치고 아버지는
냇물을 더듬어서 산에 올랐어요
봉우리에 壇을 차려 빌었어요
한밤의 꿈
青鶴 탄 仙女가 어머니를 찾아왔어요
花冠彩衣의 仙女는 桂花 핀
가지 하나를 들고
열달이 지났어요
온 방에 彩雲이 玲瓏한데
어머니는 구슬을 낳았어요
그것이 나였어요
그런데 나는 獄에 있어요

작품의 첫머리에 해당하는 위의 부분에서 볼 수 있듯이 이 작품에
서는 청자는 숨어 있고, 현상적 화자인 춘향만이 나타나고 있다. 이러
한 경우에는 언어가 특히 표현기능이 강조되기 때문에 화자의 주관적
정조가 잘 드러나고 이를 듣는 사람은 몰래 듣는 독백과도 같은, 또는
엿들어지는 독백과도 같은 서정성을 느끼게 되어 화자의 주관적 정조
에 쉽게 반응하게 된다.

4.2 승화(昇華)로서의 애(愛)

〈춘향연가〉의 주제를 알아보기 전에 장시(長詩)로서의 이 시의 특징들에 대해 알아보기로 한다. 이 작품은 일천행이 넘는 방대한 분량과 극적 플롯의 의도적 구성이란 특징을 갖고 있다. 이 작품의 장시로서의 의의에 대해서는 먼저 김우정이 〈춘향연가〉(1967)의 해설에서 두 가지 점을 들고 있다. 하나는 이 시가 전통적 재능과 개성을 새 시대에 적응시키려는 실험적 작업의 결과라는 점과 다른 하나는 모국어의 아름다움과 구성의 비밀을 재현시키고 있다는 것이다. 또한 신동욱은 그의 '전봉건론'에서 이 시는 "첫째, 현대 독자를 위하여 사상 · 미의식 · 시대의 제도 · 도덕적 가치 · 전통성의 계승 등을 새롭게 인식시키고 민족의 정신적 긍지를 후세의 독자들에게 쉽게 이해시킨다는 뜻이 있고, 둘째는 춘향의 이야기가 담고 있는 내용이 현대의 시점에서 재해석되고 평가될 가치를 드러내는 창의적인 이해를 위한 하나의 재창조"라는 점을 들고 있다.22)

한편 하현식은 서사시로서의 〈춘향연가〉가 단순히 스토리 구성에 집착하기 보다는 고전 본래의 객관적 서술성을 버리고 완전히 주관화하는데서 그 특징을 살려내고 있다고 하면서 이른바 고전적 인물의 성정을 시인의 당대로 전이시켜 현대적 의식으로 변용함으로써 과거와 현재가 통일적 의미로 융화되었다고 본다.23)

이처럼 〈춘향연가〉의 의의는 그것이 언어적 측면에서의 실험이었고, 전통적 정서를 현대적으로 변용했다는 데 있다. 이 변용을 위하여 시인은 현상적 화자만을 등장시켰고, 화자의 상황을 옥중이라는 구속

---

22) 하현식, 앞의 책, p.230 재인용.
23) 하현식, 앞의 책, 「사유와 직관의 원근법 – 전봉건론」, p.231.

의 상태로 제한하고 있다.

> 하지만 나는 당신을 보지 못해요
> 깜깜한 獄에 갇힌 깜깜한 먼 눈이
> 보는 것은 깜깜한 獄門에 매달린 저 섬쩍한 허수아비
> 당신의 말을 잊지는 않아요
> 하지만 깜깜한 獄에는 깜깜한 어둠뿐
> 꽃도 없어요 구름도 없어요 이슬도 없어요
>
> —p.45

사랑하는 사람이 찾아오는 것도 단지 환상을 통해서일 뿐이다. 하지만 옥중의 춘향은 구속된 자신의 처지만을 자각할 뿐, 사랑의 추억에 대하여 어떤 기쁨도 드러내지 않는다. 이 시의 주제가 사랑인 것은 분명하지만 처음부터 끝까지 옥중에 갇힌 화자만이 등장하는 것은 이 사랑이 현실적으로 가능한 어떤 것이 아님을 상징한다고 할 수 있다. 이에 대해 오세영은 "〈춘향연가〉의 테마는 이 시의 소재가 그렇듯이 물론 이성애(異性愛)다. 그러나 그 사랑은 성애나 육체적 사랑이 아니라, 플라토닉한 것으로 승화되어 있다. 사회적 삶의 완성이 공동체적 사랑에 의해 이루어질 수 있으리라고 믿는 시인은 이제 개인적 삶의 완성은 에로스의 완전한 합일에 있다고 믿는 것이다. 인간은 근원적으로 고독한 존재이며, 또 미완의 존재인 바, 그것을 완성에 이르도록 만들어 주는 것은 물론 이성과의 완전한 결합이다. 그런데 성애란 육체에 국한된 사랑이요 육체 역시 결국 유한한 것이니까 영원한 삶의 완성이란 정신적인 것에서 얻어지지 않으면 안된다"고 말하고 있다.[24]

---

24) 오세영, 「장시의 개념과 가능성」, 『상상력과 논리』, 민음사, 1991, p.186.

그는 계속해서 인간의 완성을 자유의 개념과 연결시키고 사랑으로
완성된 세계는 또한 참다운 자유의 세계여야 한다면서 〈춘향연가〉가
〈춘향전〉의 모든 사건을 지워버리고 오직 옥중에 갇힌 춘향만을 부
각시킨 이유를 구속과 자유, 사랑의 완성이라는 테마를 결합시키기
위한 방편으로 보고 있다. 실제 이 시에서는 〈춘향전〉과는 달리 이도
령의 모습이 끝내 나타나지 않는다.

> 보세요 이것은 썩어 문드러진 자리
> 보세요 이것은 매맞아 터진 살 에이는 狼藉한 바람
> 하지만 어머니 나는 보아요
> 나는 이곳에 앉아 있어도
> 나는 獄中에 갇혀 있어도
> 나는 廣寒樓 앉아 있는것
> 육천 매디로 맺힌 마음인 것을
> 육천 매디로 얽힌 사랑인 것을
> 보세요 저만치 섰는 그이
> 환하게 섰는 그이
>
> —p.41

어머니에게 고백하는 형식으로 되어 있는 이 부분에서도 춘향의
사랑은 현실적인 그 무엇이라 기보다는 현실의 고통, 즉 갇힘과 매맞
음 따위와는 전연 다른 차원에서 이루지고 있다. 따라서 이 작품에서
의 옥중에 갇힘은 현실적으로 육체가 구속되었다는 의미 보다는 상징
적인 의미에서 삶의 질곡에서 허덕이는 일상에의 갇힘이라고 해야 하
며, 시인은 구속된 삶으로부터의 구원은 사랑의 완성에 의해서만 가
능하다고 역설하고 있는 것이다.

이상에서 살펴 본 바와 같이 〈춘향연가〉의 의의는 고전 〈춘향전〉의 사랑의 테마를 인간의 존재론적 근거의 차원으로까지 끌어올렸다는 의미가 있지만, 이를 위해 〈춘향전〉이 시대적·사회적 정황과 맞물린 상황에서 기능했던 카타르시스적 의미를 모조리 지워버렸다는 데서 아쉬움이 남는다고 할 수 있다.

5. 박재삼 시에서의 '춘향'

박재삼은 1933년 동경에서 태어났다. 1953년 『문예』에 〈江물에서〉가 모윤숙의 추천으로, 이어 55년에 『현대문학』에 〈섭리(攝理)〉가 유치환, 〈정적(靜寂)〉이 서정주의 추천을 받아 문단에 나왔다. 고려대 국문과를 3년 중퇴하였고, 1961년 구자운, 박성룡, 박희진, 성찬경 등과 함께 『60년대 사화집』 동인으로 참여하였다. 1962년 처녀시집 『춘향이 마음』을 출간하였고, 그 밖에도 『햇빛 속에서』(1970), 시선집 『천년의 바람』(1975) 등을 출간하였다. 여기서 다루고자 하는 작품은 처녀시집 『춘향의 마음』 중에서 '춘향'의 모티브가 직접적으로 등장하는 작품들로서 텍스트는 『천년의 바람』(민음사)으로 하였다.

5.1 현상적 청자

화자와 청자와의 관계 구조에 따라 추출한 유형에서 화자는 드러나지 않고 청자가 지향되는 경우를 볼 수 있다.

어지간히 구성진 노래 끝에도 눈물나지 않던 것이 문득 머언 들판을 서성이는 구름 그림자로 눈물져 올 줄이야.

　　사람들아, 사람들아
　　우리 마음 그림자는, 드디어 마음에도 등을 넘어 내려오는
　　눈물이 아니란 말가.

　　－문득 李道令이 돌아오자, 참 가당찮은 세월을 밀어버리
　　어, 天地에 넘치는 바람의 희안한 그림자를 春香은 눈물 속에
　　아로새겨 보았을 줄이야.
　　　　　　　　　　　　　　　　　　－〈바람 그림자를〉 전문

　　이 작품에서 우선 드러나는 청자는 2연의 '사람들아, 사람들아'다.
결국 청자는 일반적 의미의 사람들인데 화자는 감추어져 있다. 정확
하게는 불분명하다. 1연에서는 내용만으로 보면 화자가 춘향인 것처
럼 보이기도 한다. '어지간히 구성진 노래 끝에도 눈물나지 않던' 심정
은 이도령과 이별한 춘향의 심정으로 읽히기 때문이다. 하지만 마지
막 연으로 가면 '춘향은 눈물 속에 아로새겨 보았을 줄이야' 하면서
춘향의 마음을 읽고 있는 다른 화자가 등장한다. 이처럼 화자가 불분
명할 때는 현상적으로 들어나는 청자에게 주목하게 된다. 이 작품의
경우, 현상적 청자가 '사람들'이기 때문에 마치 옛날이야기를 어떤 내
레이터로부터 듣는 듯한 그런 느낌이 생겨나는 것이다.
　　박재삼의 『춘향이 마음』은 서정주의 시들이 〈춘향의 말〉이라는 부
제로 명확하게 화자 지향임을 밝힌데 반해, 〈춘향이 마음〉 초(秒)라는
부제에서 이미 청자 지향적임을 드러내고 있다. 더욱이 '춘향의 마음'
도 아니고 '춘향이 마음'이라고 함으로써 그의 작품들이 다분히 이야
기와 같음을 나타내고 있고, 그의 시가 고전 소설보다는 설화 쪽에
가깝게 다가 서 있음을 보여준다.

5.2 화해(和解)로서의 한(恨)

민족문화의 보편적 정서로서의 한(恨)은 그 폭과 깊이에 있어 일면적으로 논의하기가 매우 어려운 측면이 있다. 여기서는 논의의 폭을 좁혀 〈춘향전〉에서의 한의 문제와 박재삼 시에서의 한(恨)의 유사점과 차이점에 대해서만 살펴보기로 한다.

박재삼 시의 기본 정조가 한이라는 것은 많은 논자들에 의하여 밝혀진 바 있다. 먼저 김주연은 "『춘향이 마음』에서 재삼은 그의 세계를 전폭적으로 이미 내보이고 있다. 그것은 한마디로 말해서 한(恨)의 세계다. 춘향에 대한 집착은 설화에 대한 집착인데, 그것은 시인이 지금의 시점에서 생각하는 어떤 관념의 유추(類推)로서 발생한 것이 아니다. 시인은 춘향의 아픈 마음, 아픈 몸을 통해서 못다 푼 한 처녀의 애달픈 한에 그 시적 모티프를 자극당하고 있는 것이다. 그것은 우리 정서의 한 대표적인 모델을 오랫동안 이루어온, 이를테면 우리의 근원정서(根源情緒)와 일치 한다. 이 자리에서 왜 우리시의, 문학의 근원정서로서 한이 주류를 이루고 있는가 하는 것은 논외의 일에 속한다. 그러나 그것은 문학이 가치로 삼고 있는 개성과 초월성의 차원에서 관찰될 때, 일반적으로 부정적인 판단아래 놓이고 있다는 점은 일단 주목할 필요가 있다25)"고 말하고 있다.

이를 정리하면 박재삼 초기시의 기본정서는 한(恨)이고, 이것은 그의 설화(說話)에 대한 집착에서 비롯하며 문학의 기치로 볼 때 부정적인 판단아래 놓인다는 것이다. 이에 대한 자세한 논의는 작품을 분석하며 다루기로 한다.

한편 하현식은 박재삼 시의 한(恨)의 문제를 자연(自然)과 결부시켜

---

25) 김주연, 「恨과 그 이후」, 『천년의 바람』 해설, 민음사, 1974, p.18.

다음과 같이 언급하고 있다.[26]

"박재삼 시의 출발은 '춘향'이라는 원형적 인간상을 기저로 삼아 기다림과 그리움의 정조를 추출해내고 이를 다시 전통적 심정으로 확립하여 집단적인 적용을 가함으로서 보편적인 정조로 구축한다. 그리고 이러한 보편적인 정조의 특성을 인간 자체로서가 아니라 자연의 모습을 통해 반영시켜 형상화의 단계에 이르게 된다. 이는 곧 전대의 인간과 자연을 분리시켜 정조의 묘미를 반영하였던 방법론에서 심화되어진 종합적인 구조로서의 의의를 구축한 예가 된다고 보겠다"

하현식의 논지는 박재삼의 시가 인간적 한의 맺힘을 자연이라는 객관적 상관물을 통해 형상화 시킨 데서 의의가 있다는 것이다.

목이 휘인채 꽃진 꽃대같이 조용히 春香이는 잠이 들었다.
칼 위에는 눈물방울이 어룽져 꽃이 파리 겹쳐진 그것으로 보였다. 그렇다. 그것은 달밤일수록 영롱한 것이 오히려 아픈, 꽃이파리, 꽃이파리. 꽃이파리들이 되어 떨고 있었다.
　　　　　　　　　　　　　　　　　－〈華想譜〉 1연

刑틀에 매여 원통하던 일을 이승에서야 다 풀고 갔으련만
저승에 가 비로소 못잊겠던가
春香이 마음은 조롱조롱 살아 다시 열렸네
　　　　　　　　　　　　　　　　　－〈葡萄〉 1연

위의 두 작품에는 하현식의 말처럼 춘향의 한과 그 상관물이 자연스럽게 결합되고 있다. '꽃진 꽃대/잠든 춘향'이 어울리고, 그래서 '눈

---

26) 하현식, 앞의 책, pp.276~277.

물방울/꽃이파리'의 결합이 가능해지게 된다. 또 포도나무에 열린 포도송이가 알알이 맺힌 춘향의 한(원통하던 일)이라고 보기도 한다. 여기서 지적할 수 있는 것은 이러한 표현은 분명 자연과 인간의 대립이라는 측면을 넘어 선 것임에는 분명하지만, 하현식의 말처럼 어떤 종합적 구조를 획득했다기보다는 단순한 감정이입의 차원으로 읽힌다는 점이다. 이것은 김주연이 말한 '문학이 기치로 삼는 개성과 초월성의 차원에서 관찰 할 때 부정적인 판단아래 놓이는' 이유의 하나 이기도 하다. 일반적으로 신화나 설화의 시간은 순환적이고 반복적인 데 반하여 역사적 시간은 진행적이고 일직선적이라고 한다. 인간은 바로 이 두 개의 시간적 차원에서 살고 있다. 전자에는 인간 원형, 궁극적 가치기준, 전논리적 심성 등이 놓이고 후자에는 변화와 진보, 창조, 논리적 심성이 놓인다. 이 두 개의 차원의 결속이 바로 문화의 진정한 리얼리티를 구현할 수 있는 것이다.

천이두는 〈춘향가・전〉의 한의 문제에 대해서 다음과 같이 말하고 있다.[27)]

"한국인의 한의 궤적에는, 얼핏 보면 체념과 타협으로 기울어지는 경향이 짙고, 오늘보다는 내일에 희망을 걸며 살아가는 숙명론적 퇴영성이 짙은 것처럼 보이기도 할 것이다. 춘향의 한의 궤적에서도 자기 한을 초극하기 위하여 적극적인 행동으로 내닫는 것도 아니고, 한결같이 인내와 체념으로 일관하여 있는 모습을 볼 수 있는 것이 사실이기는 하다. 그러나 이 견해는 춘향의 행위의 궤적에서 볼 수 있는바 소극적인 대응 자세의 밑바닥에 간직되어 있는, 끈질기고 적극적인 지향성을 간과하고 있다고 아니 할 수 없다. 춘향의 한은 인내의 차원

---

27) 천이두, 〈춘향의 한과 정〉, 『한의 구조 연구』, 문학과지성사, 1993 참조.

에 머물고 있는 것만은 아니다. 그 인내의 과정, 즉 '삭임'의 과정을
통하여 춘향은 인간으로서의 성숙의 과정을 겪는 것이며, 새로운 삶
의 지평을 열어가는 것이다"

　이어 그는 춘향에 있어서의 한의 전개를 네 단계로 나누어 설명하
고 있다. 첫째는 춘향과 이몽룡의 사랑과 그 좌절 연유되는 한의 형
성단계고, 둘째는 변학도의 핍박으로 인한 원한의 증대, 셋째 단계는
인내와 극기로서 역경을 극복하는 한의 '삭임'의 단계고, 마지막으로
는 인간적 성숙과 더불어 한을 극복하고, 화해·관용을 실천하는 단
계이다.28)

　그런데 박재삼의 시에서는 네 번째 단계가 나타나지 않는다.

　　감나무쯤 되랴,
　　서러운 노을빛으로 익어가는
　　내 마음 사랑의 열매가 달린 나무는!

　　이것이 제대로 벋을 데는 저승밖에 없는 것 같고
　　그것도 내 생각하던 사람의 등뒤로 벋어가서
　　그 사람의 머리 위에서나 마지막으로 휘드러질까본데.

　　그러나 그 사람이

28) 이러한 단계를 거쳐갈 때 춘향의 한은 질적인 변모를 하게 된다. 처음 춘향의 한
　　은 別恨 또는 情恨이었고 그래서 怨보다는 嘆에 더 많은 비중을 갖게 되고, 願恨으
　　로 발전해 나간다. 그와 아울러 춘향의 한은 情으로 나아가는 화해 지향성을 갖추
　　기에 이른다. 더구나 춘향과 변부사 사이의 대립 관계를 해결하는 것은 당사자들이
　　아닌 제3자인 이도령에 의해서이다. 요컨대 변부사와 춘향의 관계는 불구대천의
　　관계가 아니라, 화해의 가능성이 예비되어 있는 그런 것이다.
　　　천이두, 앞의 책, p.207.

그 사람의 안마당에 심고 싶던
느꺼운 열매가 되는지 몰라!
새로 말하면 그 열매 빛깔이
前生의 내 숯설움이요 숯소망인 것을
알아내기는 알아 낼는지 몰라!
아니, 그 사람도 이 세상을
설움으로 살았던지 어쨌던지
그것을 몰라, 그것을 몰라!

　　　　　　　　　　　-〈恨〉 전문

　직접적으로 한(恨)이라는 제목을 가지고 있는 작품이다. 이 시에서
의 한(恨)은 바로 이루지 못한 사랑의 한이다. 이루지 못했기에 '서러
운 노을빛'으로 익어가는 것이다. 그런데 이 빛깔은 뒤편에 가면 '前生
의 내 숯설움이요 숯소망이다' 하지만 사랑하는 사람이 그걸 아는지
확신할 수 없다. 2연에서 나타나는 '저승'의 이미지는 사랑이 끝까지
이루어지지 못함을 말하고 있다. 그래서 가지를 뻗을 곳이 저승 밖에
는 없고, 그것도 사랑하는 사람의 등 뒤라는 절망적 인식이 나온다.
그런데 시의 후반부에 가면 내 사랑을 받아들이지 않은 그 사람도 어
쩌면 세상을 설움으로 살았을지 모른다는 생각이 든다. 결국 사랑이
아니라 '설움'을 통해서 '나'와 '그 사람'은 하나로 묶일 수 있는 것이
다. 물론 그것도 가능성일 뿐 확실한 것이 아니다. 이를 김주연은 박
재삼이 '유보(留保)의 미학'을 터득했기 때문이라고 본다.[29]
　"유보(留保)의 미학, 여유(餘裕)의 미학이 등장한 것이다. 설움으로
만 이 생을 마친 한 많은 삶을 모티브로 삼고 그것을 끝까지 시의 주

---

29) 김주연, 앞의 책, pp.19~20.

조로 삼으면서도, 그것을 치사하고 비겁한 일방적인 복수의 형태로만 치닫는 것을 그는 슬그머니 굴절시키고 있다"

이 유보의 미학을 뒷받침하기 위하여 박재삼이 선택한 한(恨) 처리 방법이 카타르시스로서의 울음이라고 김주연은 보고 있다. 다시 말해, '삭임'의 과정에서 '한(恨)' 녹아 없어진다는 것이다. 그런데 문제점은 이 한이 사라지면서 원(願)이나 정(情)이 함께 자취를 감춘다는 것이다. 천이두 식의 화해나 관용이 아니라 '설움'을 통한 동질화가 나타나 버린다.

> 어쩔 수 어쩔 수 없는 거라요. 우리의 할 말은 우리의 살과
> 마음 밖에서, 기쁘다면 우리보다도 기쁘게, 슬프다면 우리보
> 다도 슬프게, 확실히 쟁쟁쟁 아지랑이되어 있는 거라요. 참,
>
> (중 략)
>
> ⋯ 그러니 우리가 만나 옛말 하고 오손도손 살 일이란 것
> 도, 조촐한 비개인 하늘 밑에서 서로의 눈이 무찌개선 서러운
> 산등성같은 우리의 마음일 따름이라요.
>
> ―〈無縫天地〉 부분

사랑을 말하려 해도, 그 말이 이미 우리의 살과 마음 밖에서 스스로 있고, 사랑하는 사람과 오손 도손 사는 것마저도, 실은 그저 마음일 뿐이라고 하고 있다. 여기에 이르러 박재삼의 시는 설움이나 한(恨)을 넘어서버리게 된다. 박재삼은 초기에는 '춘향의 마음'을 통해서 이루지 못한 사랑의 한(恨)을 보지만, 차츰 그것이 성패(成敗)에 관련이 없는 설움임을 알게 되고, 여기서 더 나아가 인간의 존재론적 물음에 까지 이를 확장하게 된다. 이 과정에서 최초 그가 가졌던 설화에의

관심은 자연히 모습을 감출 수 밖에 없는 것이다.

6. 마무리

『춘향가·전』은 한국의 대표적 예술 양식의 하나인 판소리 〈춘향가〉가 고전 소설 『춘향전』으로 정착되면서 그 적층성(積層性)으로 인해 다양한 주제를 가지게 되었다. 이는 당대의 사회상과 문화 의식이 작품의 내면에 가라앉음으로서 표면적 주제와 이면적 주제라는 이중의 구조를 획득하게 되었다고 할 수 있다. 『춘향가·전』의 표면적 주제가 사랑, 정절 등이라 할 수 있다면 그 이면적 주제는 인간적 해방으로 나타난다. 이러한 주제의식에 힘입어 『춘향가·전』은 여타의 다른 장르 속에서도 수많은 변형의 모습으로 나타나곤 하였다. 본 연구에서는 『춘향가·전』의 주제가 서정주, 전봉건, 박재삼 등의 현대 시인들의 작품 속에 나타나는 양상을 시적 화자를 중심으로 하여 살펴보았다.

서정주의 경우에는 시 표면에 화자와 청자가 모두 드러남으로써 결국 메시지 지향이 강하며, 춘향의 사랑이 지상적인 것에만 머물지 않고 초월을 그리는 원망(願望)의 감정으로 변형됨을 보았다. 반면에 전봉건의 장편 서사시에서는 시 자체가 장편 서사라는 양식을 택함으로서 외적 소재 변용이 되었고, 작품 속에서는 철저하게 화자만 들어났다. 전봉건의 춘향은 사랑을 통하여 구원으로 나아가려는 인간의 보편적 승화의지를 가진 인물로 그려지고 있음을 알 수 있었다. 박재삼의 경우에는 그의 설화에 대한 관심과 더불어 춘향의 사랑이 한(恨)의 균질화내지는 보편화로 만나고 있다. 그의 시들에는 현상적 청자

만이 들어나 마치 옛날이야기를 듣는 듯 한 효과를 자아내며, 춘향
또한 사랑의 인물보다는 우리 문화의 한 원형으로서 한(恨)을 삭이는
전통적인 여인상으로 그려지고 있다.

본 연구에서 미진한 부분이 있다면, 화자를 연구 중심에 두었을 때
꼭 살펴보아야할 거리와 어조의 부분이 빠져 있다는 점이다. 이러한
문제점의 보완을 그러나 다음 기회를 기약하기로 한다.

김수영 시에 나타난 〈꽃〉의 의미 연구
-〈꽃잎〉 연작을 중심으로-

1. 들머리

전후 현대시를 모더니즘과 관련하여 논의할 때, 김수영은 빼놓을 수 없는 시인 중의 한 명이다. 그의 시는 모더니즘과 일정한 비판적 거리를 유지하면서 동시에 모더니즘의 범위 안에서 전개되었기 때문이다. 김수영은 30년대의 이상과 같은 과격한 형식 실험을 하지는 않았지만, 김소월이나 서정주와 같은 의미의 서정시를 단 한편도 쓰지 않은 매우 특이한 시인이라 할 수 있다. 그는 언제나 현실과 역사 속에서 존재할 수밖에 없는 소시민으로서의 자신의 정체성을 가지고 있었고, 동시에 역사의 진보를 믿는 반전통주의적 전망을 담보하고 있었다. 그의 이러한 면모는 그의 작품에서 산문성과 묘사가 아닌 진술이라는 시적 태도로 나타나 있다. 따라서 김수영의 시 속에서 하나의 상징적 어휘에 주목한다는 것은 그만큼 많은 위험 요소를 내포한다고 할 수 있다. 그의 시의 산문성과 진술성은 시어 하나, 하나가 내포하고 있는 다양한 울림에 의지하여 쓰여 진 작품들과는 사뭇 다른 양상으로 나타날 수밖에 없기 때문이다.

그럼에도 불구하고 이 연구에서는 김수영의 시 속에 나타난 〈꽃〉

의 의미를 탐색해보고자 한다. 이는 전후시 중에서 〈꽃〉을 존재론적 의미로 본 김춘수의 〈꽃〉과는 다른 인식적 의미가 김수영의 작품 속에 나타날 것이라는 일견 단순한 기대 때문이다. 뿐만 아니라 설움, 비애, 자유 등 김수영의 시의 특질을 지칭해왔던 추상적 관념어들을 뒷받침할 수 있는 시어들의 명확한 의미를 찾아보고자 하는 한 시도이기도 하다. 이 연구의 기본 텍스트는『김수영 전집 1·詩』(민음사)로 하였다.

2. 〈꽃잎〉 연작 이전의 〈꽃〉의 의미

이 연구는 1967년 쓰여 진 〈꽃잎〉 연작을 기점으로 하여, 그 전후의 〈꽃〉의 의미와 변화를 살펴보고자 한다. 이에 앞서 하나의 시어로서의 〈꽃〉의 의미를 정리해 볼 필요가 있다. 〈꽃〉은 동서고금을 막론하고 시인들로부터 가장 사랑받는 제재의 하나였다. 이승훈에 따르면 "꽃은 여러가지 상징적 의미를 소유한다. 그러나 꽃의 상징적 의미는 서로 다른 두 가지 기본적 관점에 의해 규정된다. 그 두 가지 관점이란 꽃을 본질과 형태로 나누어 보는 일을 일컫는다. 꽃은 본질적으로 일시성, 봄, 아름다움을 상징한다. (중략) 꽃의 상징을 해석하는 다른 관점, 곧 그 형태에 의하면 꽃의 중심의 이미지이며, 따라서 영혼의 원형을 상징한다"[30]고 볼 수 있다.

한편, 김현자는 한국 현대시에 나타난 꽃과 새의 시적 변용상을 살피는 자리에서 꽃을 '명명 행위와 이미지의 변용'으로 살피고 있다.[31]

---

30) 이승훈, 『문학상징사전』, 고려원, 1995.
31) 김현자, 『한국시의 감각과 미적 거리』, 문학과지성사, 1997.

그녀에 따르면, 꽃은 '형상과 명명 행위'의 측면에서 생각해 볼 수 있는데, 이때의 대표적인 작품이 김춘수의 〈꽃〉이라 할 수 있다. 또한 '기다림과 바라봄의 원형 심상'으로도 생각할 수도 있는데, 이때는 김남조의 〈달맞이 꽃〉, 이해인의 〈달맞이 꽃〉 등을 대표작으로 볼 수 있다. 마지막으로 '불, 피, 보석, 향기, 영원성으로의 꽃'을 들 수 있는 바 이는 바슐라르적 의미에서의 상징들이라 할 수 있다. 결국 그녀가 말하는 〈꽃〉은 하나의 인식 대상이거나 상징이 아니라 다양한 이미지의 변주를 범주화 한 것이라 보아야 할 것이다.

결국 〈꽃〉은 많은 시인들에 의하여 사랑받아 왔고, 하나의 원형으로까지 자리 잡았음을 알 수 있다. 김수영의 시에 나타나는 〈꽃〉의 의미도 이러한 기본적인 상징에 덧붙여 김수영의 개인적 특질이 다채로운 무늬를 이루며 변주되어 나타날 것이다.

2.1. 설움의 인식

1945년에 발표된 김수영의 초기 데뷔작 중에 하나인 〈孔子의 生活難〉은 그의 시의 지평을 살펴보는 데 있어 중요한 방향타의 역할을 한다. 먼저 이 작품을 살펴보기로 하자.

꽃이 열매의 上部에 피었을 때
너는 줄넘기 作亂을 한다

나는 發散한 形象을 求하였으나
그것은 作戰같은 것이기에 어려웁다

국수——伊太利語로는 마카로니라고

　　먹기 쉬운 것은 나의 叛亂性일까
　　　　　　　　　　　　　－〈孔子의 生活難〉 부분

　　이 작품에 대해서는 많은 논란이 있어 왔다.[32] 이들 논란이 주목하고 있는 점은 이 작품의 '난해성'이지만 이 글에서는 그것과는 무관하게 〈꽃〉과 관련하여 이 작품을 보고자 한다. 우선 눈에 띄는 것은 '꽃이 열매의 上部에 피었'다는 진술이다. 이 진술은 꽃이 진 다음에야 열매가 맺을 수 있는 자연 현상에는 완전히 위반된 진술이다. 이 하나의 진술만으로도 김수영의 〈꽃〉이 감상하거나 상상하는 자연적 대상물과는 다른 자리에 위치하고 있음이 쉽게 드러난다고 할 수 있다.

　　이 작품의 구조를 표면에 드러나는 대로 살펴보면 다음과 같다. '꽃이 열매의 상부에 피다/나는 발산한 형상을 구한다/국수―이태리어로는 마카로니'가 한 짝을 이루고 다시 '너는 줄넘기 작난을 한다/그것은 작전같은 것이기에 어려웁다/먹기 쉬운 것은 나의 반란성일까'가 반대편의 짝을 이룬다. 불완전하나마 나/너의 대립이 이루어지고 있다. 그런데 마지막 행에 오면 너의 자리에 '나의 叛亂性'이 온다. 결국 불완전했던 나/너의 대립이 와해되어 버리는 것이다. 따라서 인용된 부분은 모두 '나의 叛亂性'의 일부가 된다. '꽃이 열매의 上部에' 피는 것은 분명한 반란이다. 그리고 그것은 '나의 반란성'의 중요한 일부를 이룬다. 이처럼 '반란성'에 초점이 모아지기 때문에 뒤를 잇는 '바로 보마'라는 의지적 결론이 가능했을 것이다.

　　이처럼 〈孔子의 生活難〉은 김수영의 시세계의 단초를 드러내는 작

---

32) 황동규 편, 「김수영의 문학」, 민음사, 1991.
　　위 책에 실린 유종호의 「시의 자유와 관습에 굴레」나 염무웅의 「김수영론」 등이 위와 같은 논란의 내용을 담고 있는 대표적인 글이라 할 수 있다.

품이라 할 수 있다. 하지만 여기서 주목하고자 하는 점은 이 작품에 나타난 것처럼 그에게 있어서, 〈꽃〉은 '반란성', 즉 인식적 행위와 연관된 그 무엇이라는 점이다.

설움이 김수영의 시에서 주요한 심리적 모티프가 되었다는 점은 많은 평자들에 의하여 논의된 바 있다. 설움은 또한 '소시민적 비애'라는 모습으로 그려지기도 했다. 문제는 이러한 설움의 원인이 무엇이고, 그것을 시인은 어떻게 인식하고 있는가 하는 점일 것이다. 이에 대하여 이상호는 김수영의 초기시를 중심으로 한 글에서 '이상과 현실의 괴리를 좁힐 수 없는 처지에 놓인 한 자아의 인식에 깊게 패힌 골'로 파악하고 있다.[33] 반면에 김주연은 "설움은 50년대 초반에서 중반에 이르는 김수영의 시에서 주요한 심리저 모티프가 되어 있다. 그는 전쟁으로 포로가 되고, 다시 석방되는 파란 만장한 청년 체험을 통해 비로소 상실의 아픔을 맛본다. 서울에서 태어나 서울에서 학교를 다닌, 서울 중산층 풍경을 보고 자란 그는 전쟁이 준 충격적 경험 때문에 소년기와 청년기를 지탱시켜 준 학문과 진리의 바탕이 붕괴되고 있음을 알게 된다. 설움이라는 일종의 배반감은 이같은 상실감의 다른 표현임이 분명하다"고 보고 있다.[34] 이렇게 본다면, 김수영의 설움의 원인은 개인적인 상실 체험이 현실과의 갈등을 더욱 깊게해 자아 인식의 차원에까지 다다른 것이라고 할 수 있다.

    눈에 걸리는 마지막 물건이 무엇이냐고 물어보는 듯
    영롱한 꽃송이는 나의 마지막 忍耐를 부숴버리려고 한다

---

33) 이상호, 「자아추구의 시학: 김수영의 초기시를 중심으로」, 『1950년대 한국문학』, 보고사, 1997.
34) 황동규 편, 앞의 책, p.266.

나의 마음을 딛고 가는 거룩한 발자국소리를 들으면서
나는 지금 마지막 붓을 든다

누가 뭇엇이라 하든 나의 붓은 이 時代를 眞摯하게 걸어가
는 사람에게는 恥辱

물소리 빗소리 바람소리 하나 들리지 않는 곳에
나란히 옆으로 가로 세로 위로 아래로 놓여있는 무수한 꽃
송이와 그 그림자
그것을 그리려고 하는 나의 붓은 말할수없이 깊은 恥辱

이것은 누구에게도 보이지 않을 글이기에
(아아 그러한 時代가 온다면 얼마나 좋은 일이냐)
나의 動搖없는 마음으로
너를 다시한번 치어다보고 혹은 내려다 보면서 無量의 歡喜
에 젖는다

　　　　　　　　　　　　　　　　　　 ─〈九羅重花〉 부분

　　1954년에 쓰여 진 이 작품을 전후로 한 많은 시들에서는 '설움'이라
는 어휘가 작품 속에 그대로 드러나고 있다. 하지만 이 작품 속에는
'설움'의 직접적 표현은 없다. 대신에 '치욕'이라는 말이 등장하고 있
다. 김수영은 자신의 일상적 현실과 당대의 역사적 현실 둘 다와 끊임
없이 갈등하며 시를 써왔다. 이러한 갈등은 개인적으로는 설움과 비
애를 토로하고, 역사적 현실에 부닥쳤을 때는 자유와 혁명을 갈망하
는 모습으로 나타나고 있다.35) 그런데 〈꽃〉과 관련된 작품들에서는

---

35) 문혜원, 「한국 현대시와 모더니즘」, 신구문화사, pp.88~91.

이와는 사뭇 다른 양상이 나타나고 있다.

〈九羅重花〉는 제목 그 자체가 글라지오스라는 꽃 이름이다. 결국 하나의 대상으로서 〈꽃〉을 본다는 것이다. 또한 '그것을 그리려고 하는 나의 붓은'이라는 표현에서 드러나듯이 대상으로서의 위치는 확고하다. 그런데 시인은 대상에게만 집중하지 못한다. 그 대상을 향하고 있는 자신의 의식에 대하여 끊임없이 말하고 있기 때문이다. 그 의식이란 바로 '치욕'이라는 것이다. 이를 요약해 보면 다음과 같다. 글라지오스라는 하나의 대상이 있다. 나는 그것을 그리려고 붓을 든다. 그러나 그것은 이 시대를 진지하게 걸어가는 사람에게는 치욕이다. 하지만 아무에게도 보이지 않을 글이기에 나는 꽃을 그린다. 여기서 대상과 마주하고 길항하는 김수영의 의식의 전개과정을 볼 수 있다.

그렇다면 왜 글라지오스를 보며 김수영은 자신의 붓이 치욕이라고 느끼게 된 것일까? 그 대답을 작품 안에서 찾아 볼 수 있다. 이 꽃은 그 형상이 '물소리 빗소리 바람소리 하나 들리지 않는 곳에/ 나란히 옆으로 가로 세로 위로 아래로 놓여 있'기 때문이다. 현실과 세계 속에서 모든 인간은 그처럼 놓여 있어야 하는 것인지 모른다. 그런데 우리는 언제나 높고 낮음, 많고 적음 등으로 서로를 위치지우기 때문에 갈등과 차별이 존재하는 것이다. 이 시대를 진지하게 걸어가는 사람이란 바로 글라지오스와 같은 형상을 추구하는 자일 것이다. 그 다음은 '부끄러움을 모르는 꽃들/누구의 것도 아닌 꽃들/너는 뇌가 먹고 사는 물의 것도 아니며/나의 것도 아니고 누구의 것도 아니기에' 언제나 매여 살아야만 하는 시인에게 '치욕'이라는 감정을 불러일으키는 것이다. 이렇게 본다면 〈九羅重花〉는 김수영이 〈孔子의 生活難〉에서 구하였던 '發散한 形象'의 보다 구체화된 모습이라고 할 수 있다.

꽃은 過去와 또 過去를 向하여
피어나는 것
나는 결코 그의 種子에 대하여
말하고 있는 것은 아니다
또한 설움의 歸結을 말하고자 하는 것도 아니다
오히려 설움이 없기 때문에 꽃은 피어나고

꽃이 피어나는 瞬間
푸르고 연하고 길기만한 가지와 줄기의 內面은
完全한 空虛을 끝마치고 있었던 것이다

中斷과 斷續과 諧謔이 一致되듯이
어지러운 가지에 꽃이 피어오른다
過去와 未來에 通하는 꽃
堅固한 꽃이
空虛의 末端에서 마음껏 燦爛하게 피어오른다

― 〈꽃(二)〉 전문

 1956년에 쓰여진 이 작품에는 '설움'이라는 어휘가 직접적으로 나
타나기는 하지만, 시 어디에도 설움의 감정은 드러나지 않는다. 〈九
羅重花〉에서 보였던 대상의 묘사도 없고, 따라서 자연적 의미에서의
〈꽃〉은 나타나지 않는다. 결국 이 작품은 어떤 의식의 작용, 혹은 결
과로서의 〈꽃〉의 의미를 물을 것을 요구하고 있는 셈이다.
 먼저 '꽃'은 과거와 과거를 향하여 피어난다. 그러나 설움을 벗어버
렸을 때, 즉 가지와 줄기의 내면(內面)이 공허(空虛)를 끝마쳤을 때,
'꽃'은 과거와 미래로 통하는 견고한 꽃이 된다. 이는 반전통주의자로

서 혹은 〈巨大한 뿌리〉에 등장하는 전통주의자로서의 김수영의 면모
가 확연히 드러나는 작품이라고 할 수 있다. 따라서 김수영의 초기의
시에서는 〈꽃〉과 관련하여 설움이나 비애 등이 명확한 관련성이 없
음을 알 수 있다.

2.2. 설움 인식의 확장

초기의 김수영의 작품들, 다시 말해 〈孔子의 生活難〉에서 〈꽃
(二)〉에 이르는 시들 속에는 엄밀한 의미에서 자연적 대상으로서의
〈꽃〉이 존재하지 않는다. 뿐만 아니라 〈꽃〉은 설움이나 비애 등 시인
의 감정을 실어나르는 매개의 역할도 하지 않는다. 오히려 시인이 지
향했던 어떤 의지적 결과의 추상적 표현으로 나타난다고 보아야 할
것이다. 그러나 〈꽃잎〉 연작의 시기에 가깝게 쓰여진 작품들 속에는
그 전에는 보이지 않았던 설움의 감정들이 곳곳에 드러나고 있다. 이
것이 시인의 인식이 변화 결과인지, 어떤 지를 알아 보는 것이 이 장
의 목적이다.

> 深淵은 나의 붓끝에서 퍼져가고
> 나는 멀리 世界의 奴隷들을 바라본다
> 塵芥와 糞尿를 꽃으로 마구 바꿀 수 있는 나날
> 그러나 深淵보다도 더 무서운 自己喪失에 꽃을 피우는 것은
> 神이고
>
> 나는 오늘도 누구에게든 얽매여 살아야 한다
>
> 도야지우리에 새가 날고

　　　국화꽃은 밤이면 더한층 아름답게 이슬에 젖는데
　　　올 겨울에도 산 위의 초라한 나무들을 뿌리만 간신히 남기고
　　　살살이 갈라갈 동네아이들…
　　　손도 안 씻고
　　　쥐똥도 제멋대로 내버려두고
　　　닭에는 발등을 물린 채
　　　나의 宿題는 微笑이다
　　　밤과 낮을 건너서 都會의 저편에
　　　영영 저물어 사라져버린 微笑이다

　　　　　　　　　　　　　　　　　　　　－〈꽃〉 전문

　　1957년에 쓰여 진 이 작품에 흐르는 정서는 분명히 '설움'이다. 그
러나 그것은 동시에 '미소'이면서 '설움'인 무엇이다. 의지의 결과를 추
상적이고 관념적인 '무엇'으로 그려냈을 때, 그 때는 '塵芥와 糞尿를
꽃으로 마구 바꿀 수 있는 나날'이었다. 그러나 '深淵보다도 무서운 自
己喪失'에 핀 '꽃'이었음이 드러난다. 그러므로 '나는 오늘도 누구에게
든 얽매여 살아야 한다'는 진술은 체념이면서 동시에 새로운 인식의
출발점이다. 시인은 3연에서 보이는 초라하면서 정겨운 삶, 일상적
현실을 결코 외면할 수도, 초월할 수도 없었기 때문이다. 따라서 그의
숙제인 '微笑'는 설움이면서 온전히 설움만은 아닌 그 무엇이 되는 것
이다.

　　여기서 다시 김수영의 설움의 원인을 생각해 볼 필요가 있다. 이에
대하여 정현종은 "詩와 행동, 추억과 역사"라는 글에서 다음과 같이
말하고 있다.

"그의 설움의 연원은 대개 세 가지로 말해 볼 수 있다. 즉 시인의 과거―6. 25를 전후한 우리의 역사와 겹쳐져 있는 과거가 그 하나이고, 생활현실이 두 번째 연원이며 세 번째는 위의 두 가지와 좀 다른 것으로서, 설움의 의미라고 할 수 있는데, 즉 살아있다는 증거로서의 설움이다. 그의 설움은 그것이 우리의 역사적 고난이나 생활 현실에서 나온 것이기 때문에 당연한 노릇이지만, '슬픔'과 뉘앙스를 좀 달리한다. '슬픔'이 형이상학적이고 명상적이며 인간이 있는 곳에는 어디에나 있는 보편적인 것으로 느껴지는 반면 '설움'은 한결 현실적이고 우리의 한에 가까운 우리만의 슬픔 같은 느낌을 준다. 말하자면 한국적 슬픔이 설움인 셈이다. 그러나 그의 설움은 무겁거나 칙칙하지 않은데, 그 이유는 역시 자유분방한 연상을 가능케 하는 그의 동적 상상력 때문이며 따라서 시의 진행이 상식을 차원을 끊임없이 넘어서고 있기 때문이며 또한 자기와 자기 아닌 것을 바라보는 시선이 갖고 있는 비판적(지적) 능력 때문이라고 할 수 있다."[36]

정현종에 의하면 김수영의 설움의 색다른 원인은 한국인으로서의 설움과 인간으로서의 슬픔이 복합적으로 작용하고 있다는 것이다. 이것은 앞 장에서 살펴 본 개인의 체험과 당대의 현실이라는 면보다는 확실히 확장된 인식이라고 할 수 있다. 김수영은 〈꽃〉에 이어 〈싸리꽃 핀 벌판〉에 이르면 '싸리꽃 핀 벌판에서/나는 왜 이다지도 疲勞에 집착하고 있는가'라고 하며, 이러한 심경을 직설적으로 토로하고 있다. '都會의 저편'으로 사라져버린 '微笑'가 그의 숙제라는 것을 새삼 인식한 다음, 시인은 '都會뿐만 아니라 시골'에도 넘쳐흐르는 '피로'를 보고 이에 집착하고 있는 것이다. 이러한 집착은 결국 〈깨꽃〉이라는

---

36) 황동규 편, 앞의 책, p.228.

아름다운 작품에 와서 하나의 결정체로 응결된다.

　　　나는 잠자는 일
　　　잠속의 일
　　　쫓기어다니는 일
　　　불같은 일
　　　암흑의 일
　　　깨꽃같이 작고 많은
　　　맨 끝으로 神經이 가는 일
　　　暗黑에 휘날리고
　　　나의 키를 넘어서-
　　　병아리같이 자는 일

　　　눈을 뜨고 자는 억센 일
　　　短命의 일
　　　쫓기어 다니는 일
　　　불같은 불같은 일
　　　깨꽃같이 작은 자질구레한 일
　　　자꾸자꾸 자질구레해지는 일
　　　불같이 쫓기는 일
　　　쫓기기 전 일
　　　깨꽃 깨꽃 깨꽃이 피기 전 일
　　　成長의 일

　　　　　　　　　　　　　　　-〈깨꽃〉 전문

　1963년에 쓰여 진 이 작품은 해석이 쉽지 않은 난해시라 할 수 있
다. 먼저 작품 속에 드러나는 행위(일)를 정리해 보면 다음과 같다. 잠

자는 일, 쫓기어다니는 일, 불같은 일, 자질구레한(해지는) 일 등이다. 그런데 이러한 일들은 다시 다음과 같이 재정리 된다. 잠자는 일/자질구레한 일, 쫓기어다니는 일/불같은 일로 볼 수 있다. 뒤의 짝의 경우, 2연에서 '불같이 쫓기는 일'이라는 표현이 이러한 정리를 뒷받침하고 있다. 앞의 짝의 경우는 잠자는 일은 '나의 키를 넘어서―병아리같이 자는 일'이며, 이것은 '깨꽃같이 작고 많은 맨 끝으로 신경이 가는 일'이며 그래서 '깨꽃같이 작은 자질구레한 일'로 연결될 수 있다. 이렇게 보면, 이 작품의 두 축은 '잠자는 일과 쫓기는 일'이 된다.

 김수영은 그 자신이 무엇인가를 인식하면, 그것을 인식하는 자의식을 또한 점검하며, 인식 자체를 부단히 뛰어넘으려는 의지를 보였던 시인이다. 결국 그는 대상이나 인식에 매료되거나 도취하는 법이 없었다고 할 수 있다. 이를 염두에 두고 이 시를 생각해 볼 수 있다. 김수영의 삶이란 '눈을 뜨고 자는 억센 일'이다. 즉 행동할 수는 없으나 인식하기를 중단할 수도 없는 그러한 삶이란 것이다. 눈을 뜨고 잔다는 것이 결국 그러한 행위일 수밖에 없기 때문이다. 이 행위가 그의 의식 속에 '불같이 쫓기는'자의 모습을 각인시키고 있는 것이다. 그리고 이것은 다시 자질구레한 모든 일, 다시 말해 '깨꽃같이 작고 많은 맨 끝으로 신경'이 가기 전에, '깨꽃'이 피기 전에 그의 '성장'의 일이었던 것이다. 이렇게 본다면 '깨꽃'은 김수영이 어쩔 수 없이 설움으로 인식한 한국적 현실과 인간의 보편적 슬픔, 즉 살아있다는 슬픔이 함축적으로 집약된 수월한 이미지이며, 앞의 설움의 인식들이 더 한층 확장된 결과의 표현체라 할 수 있다.

 〈깨꽃〉은 김수영의 50년대 〈꽃〉과 관련된 작품들에 비하여 추상적 관념성이 비교적 덜하고, 〈꽃잎〉 연작에 나타나는 리듬이 앞서 보인다는 점에서 매우 중요한 작품이며, 보다 자세히 분석될 충분한 가치가 있다고 여겨진다.

3. 〈꽃잎〉 연작에 나타난 〈꽃〉의 의미

김수영의 작품 연보에 따르면 〈꽃잎〉(一)은 1967년 5월 2일, 〈꽃
잎〉(二)는 5월 7일, 〈꽃잎〉(三)은 5월 30일에 쓰여 진 것으로 되어
있다. 결국 이 세 작품은 한 달이 못 미치는 시기에 집중적으로 만들
어졌음을 알 수 있다. 이것은 〈꽃〉이 1956년과 1957년 11월에 각기
쓰여 졌음에 비추어 볼 때, 더 한층 의미를 갖는다고 할 수 있다. 더
욱이 그의 마지막 작품인 〈풀〉이 1968년 5월 29일에 쓰여 졌음을 미
루어 볼 때, 가장 후기에 속하는 작품들이라 할 수 있다. 먼저 (一)과
(二)의 전문을 보기로 한다.37)

(一)
(1)누구한테 머리를 숙일까
(2)사람이 아닌 평범한 것에
(3)많이는 아니고 조금
(4)벼를 터는 마당에서 바람도 안 부는데
(5)옥수수잎이 흔들리듯 그렇게 조금

(6)바람의 고개는 자기가 일어서는줄
(7)모르고 자기가 가닿는 언덕을
(8)모르고 거룩한 산에 가닿기

---

37) 〈꽃잎〉 연작 만을 분석의 대상으로 취함으로 지금부터는 작품을 지칭할 때, (一),
　　(二), (三)이라는 일련번호 만을 사용하기로 한다.

(9)전에는 즐거움을 모르고 조금
(10)안 즐거움이 꽃으로 되어도
(11)그저 조금 꺼졌다 깨어나고

(12)언뜻 보기엔 임종의 생명같고
(13)바위를 뭉개고 떨어져내릴
(14)한 잎의 꽃잎같고
(15)革命같고
(16)먼저 떨어져내린 큰 바위같고
(17)나중에 떨어진 작은 꽃잎같고

(18)나중에 떨어져내린 작은 꽃잎같고

(二)
(19)꽃을 주세요 우리의 苦惱를 위해서
(20)꽃을 주세요 뜻밖의 일을 위해서
(21)꽃을 주세요 아까와는 다른 時間을 위해서

(22)노란 꽃을 주세요 금이 간 꽃을
(23)노란 꽃을 주세요 하애져가는 꽃을
(24)노란 꽃을 주세요 넓어져가는 소란을

(25)노란 꽃을 받으세요 원수를 지우기 위해서
(26)노란 꽃을 받으세요 우리가 아닌 것을 위해서
(27)노란 꽃을 받으세요 거룩한 偶然을 위해서

(28)꽃을 찾기 전의 것을 잊어버리세요

(29)꽃의 글자가 비뚤어지지 않게

(30)꽃을 찾기 전의 것을 잊어버리세요

(31)꽃의 소음이 바로 들어오게

(32)꽃을 찾기 전의 것을 잊어버리세요

(33)꽃의 글자가 다시 비뚤어지게

(34)내 말을 믿으세요 노란 꽃을

(35)못 보는 글자를 믿으세요 노란 꽃을

(36)떨리는 글자를 믿으세요 노란 꽃을

(37)영원히 떨리면서 빼먹은 모든 꽃잎을 믿으세요

(38)보기싫은 노란 꽃을

3.1. 리듬의 발견

김수영의 시 전반을 놓고 말할 수는 없지만, 그가 산문성, 진술성의 시인으로 이해되고 있는 것을 생각해 볼 때, 그의 작품 속에 뛰어난 리듬감을 갖추고 있는 작품들이 있다는 것은 의외의 경우라 할 수 있다. 이러한 사정에 대하여 서우석은 "김수영 : 리듬의 희열"이라는 글에서 다음과 같이 말하고 있다.

"김수영의 시는 전부가 그런 것은 아니지만 리듬과 싸운 흔적이 있는 시들이다. 그의 산문을 읽어 보면 퍽 매끄럽게 읽히는데 그 이유는 그가 글의 리듬을 판단하고 리듬의 호흡을 느끼는 본능적인 감각을 가진 때문이다. 절제와 세련을 지니고 있으면서도 그가 시를 씀에 있어서 리듬의 문제에 고통을 감수하며 도전했기 때문에 더욱 값진 결과를 가져온 것 같다"[38)

리듬감이 뛰어난 작품들로는 〈눈〉, 〈풀〉 등과 함께 여기서 다루고
자 하는 〈꽃잎〉 연작을 들 수 있다. 김수영이 작품에서 리듬감을 획
득하는 방법은 반복과 대조라는 비교적 일반적인 방법을 취하고 있
다. 특히 리듬감의 획득을 위한 소리 반복의 경우는 가장 빈번하게
사용되는 수법이지만 그것이 기계적인 소리 반복에 그칠 때, 더 큰
문학적 의미를 획득하지는 못한다. 소리 반복은 의미론적 심오함과
맞물릴 때만이 풍부한 문학적 가치를 갖게 되는 것이다. 이 장에서는
〈꽃잎〉 연작이 가지고 있는 리듬감의 특질을 살펴보고, 이를 토대로
〈꽃〉의 의미가 어떻게 변모하였는가를 알아보고자 한다.

 (一)과 (二)는 김수영의 후기시 중에서 일찍부터 여러 평자의 관심
을 끌어왔다. 김현승은 "이러한 작품에서 이 시인은 이미지의 선택에
전혀 지성이나 상식의 구애를 받지 않는다. 감각의 손에 잡히는 대로
끌어내어다 이미지의 단층을 쌓아 나간다. 그만큼 시는 발랄하고 대
담해진다. 그러면서도 이 작품에는 꽃잎으로 암시하는 주제가 깔려
있다. 아무리 새로운 수법으로 쓰는 작품에도 김수영의 시에는 그 밑
바닥에 사상성이 깔려 있다. 그리고 그 사상서의 본질은 대개가 현대
사회에 결핍된 요소들—즉 사랑과 이해 또는 우아한 생명력 같은 것
을 강조하고 있다."[39]고 하고 있다. 그러나 이 평가는 작품의 구체적
분석에 의거했다기보다는 평자의 김수영에 대한 인상에 의거한 점이
더 크게 작용했다고 보인다. 다른 것으로는 황동규를 생각할 수 있
다.[40] 그는 "정직의 공간"에서 "〈꽃잎〉(一)도 반복 효과를 사용했지만
〈꽃잎〉(二)는 그것을 더욱 철저하게 사용한다. 반복은 〈꽃잎〉 뿐 아

---

38) 황동규 편, 앞의 책, p.173.
39) 황동규 편, 앞의 책, 『김수영의 시사적 위치와 업적』, p.65.
40) 황동규 편, 앞의 책, pp.125~126.

니고 김수영이 자기 시 전체에서 사용한 테크닉이기도 하다. 원래 반
복은 대상이 되는 명제를 강조하거나, 주술적으로 시에 새 분위기를
주는 기능을 갖고 있다. 김수영의 대부분 작품에서는 반복이 강조를
위해 쓰여 지고 있지만, 〈꽃잎〉과 〈풀〉에서는 그보다도 주술적인 효
과를 위해 사용되고 있다고 볼 수밖에 없다"고 전제한 뒤, "〈꽃잎〉은
김수영의 후기시 가운데서 상당히 독특한 자리를 차지하고 있는 작품
이다. 혹시 그가 사고로 갑자기 세상을 뜨지 않았다면, 이 시에서 출
발하여 그의 최후 작품이라고 추정되는 〈풀〉을 통과하여 연장되는
하나의 새롭고 확실한 선 위에 이 시를 놓을 수 있을지도 모른다. 그
선은 그의 시에 자주 등장하는, 아내, 자유, 성(性) 등 잘 알려진 소재
를 떠나 평범한 사물을 통해 감정의 추상과 조형을 동시에 이루는 하
나의 틀을 보여 주었을 것이다"라며 〈꽃잎〉의 의의를 말하고 있다.

  (一)을 볼 때, 우선적으로 눈에 띄는 것은 2연의 형태이다. (6)~(11)
까지는 자연스런 행갈음이라 보기 어렵다. 자연스런 읽힘을 위해서는
(7)과 (8)의 '모르고'는 앞 행의 끝으로 가야 하고, (9)의 '전에는'도 역
시 앞 행 끝으로 가야하며, 반대로 '조금'은 다음 행의 앞으로 가야
한다. 이처럼 자연스런 읽힘을 훼방하는 데는 두 가지 이유를 생각할
수 있다. 첫째는 이런 왜곡을 통하여 그 다음 연이 낭독의 속도를 얻
게 되고, 이 연의 의미 파악이 어려워짐과는 반대로 다음 연의 의미
파악이 쉬워진다는 점이다. 이는 띄어쓰기가 보여주는 바 대로 박자
가 진행되는 3연과 비교하여 생각하면 그 효과를 알 수 있다. 다른
하나는 이러한 앙장브망의 사용은 두 이미지의 겹침, 또는 새로운 이
미지의 환기를 노린다는 것이다. 이는 (9)와 (10)의 의미가 다의적으
로 해석될 수 있음을 통해 충분히 납득될 수 있을 것이다. 그렇다면
2연에서의 이러한 전략의 목표는 어디에 있는가? 이러한 의문은 3, 4

연과의 관계를 살펴봄으로써 저절로 해명된다.

(12)~(18)까지는 그 중심에 (15), 즉 '革命같고'가 놓여 있음을 알 수 있다. 띄어쓰기를 통한 박자의 흐름이 지속적으로 축소되어 (15) 에서 그 정점에 다다르기 때문이다. 이렇게 집중된 (15)는 (16)부터 (18)에 걸쳐 '바위/꽃잎'이라는 이미지를 거느린다. 그 이미지들의 움 직임은 한결같이 '떨어진다'는 것이다. 이의 해명을 위해서는 1연으로 다시 되돌아가 보는 일이 필요하다. (1)~(5)까지는 모두 '누구한테 머 리를 숙'이는 행위와 관련된다. 여기서 중요한 점은 그 대상이 '사람' 은 아니라는 것이다. 이렇게 놓고 보면 다음과 같은 해석이 가능해진 다. '꽃잎'이 떨어져 내리는 것은 '바위'를 뭉개버릴 만큼 '혁명'적인 사 건이지만, 인위에 의한 '혁명'과는 다른 그 무엇이다. 그 '무엇'이 바로 (一)에 드러난 〈꽃〉의 의미라 할 수 있다. 하지만 그 의미의 완전한 드러남을 위해서는 또 다시 (二)의 분석을 필요로 한다.

(二)의 리듬은 매우 주술적이다. 그것은 '꽃을 주세요'가 어떤 필연 적 대상을 향하고 있지 않기 때문이다. 이를 파악하기 위해서 반복되 는 문구의 골격을 서우석에 따라 추려보면 다음과 같다.[41)

> 꽃을 주세요 …… 를 위해서 (19)~(21)
> 노란 꽃을 주세요 …… (한) 꽃을 (22)~(24)
> 노란 꽃을 받으세요 …… (하기) 위해서 (25)~(27)
> 꽃을 찾기 전의 것을 잊어버리세요 꽃의 …가 …(하)게 (28)~(33)
> ……를 믿으세요 노란 꽃을 (34)~(36)
> ……(한) 모든 꽃잎을 믿으세요 보기 싫은 노란 꽃을 (37)~(38)

---

41) 황동규 편, 앞의 책, pp.179~180.

이 반복에서 나타나는 명사는 '꽃'이고 형용사는 '노란'이고 동사는 '주세요, 받으세요, 잊어버리세요, 믿으세요' 등이다. 이들 단어의 반복 출현 구조 사이에 변화되는 이미지가 첨가된 것이 말하자면 이 시의 구조이다. 따라서 이 구조의 의미를 밝히는 것이 곧 〈꽃〉이 무엇을 뜻하는지 알 수 있는 지름길이 될 것이다. 이 구조 안에서 변화하는 이미지를 도표화해 보면 다음과 같다.

우리의 고뇌…	금이 간…	원수를 지우기 위해…	글자
뜻밖의 일…	하애져가는…	우리가 아닌 것…	소음
아까와는 다른 時間…	넓어져가는	거룩한 우연…	글자

1연~3연까지를 도표화한 것이 바로 위의 표다. 이를 다시 설명하면 다음과 같다. 1연과 2연은 모두 '주세요'라는 동사에 의지하고 있다. 이것은 '우리의 苦惱를 위해서' '금이 간 꽃'을, '뜻밖의 일을 위해서' '하애져가는 꽃을', '아까와는 다른 時間을 위해서', '넓어져가는 소란을' 달라는 것이다. 이 요구가 끝난 다음에 곧바로 '받으세요'라는 동사가 나온다. 받는 이유는 '원수를 지우지 위해', '우리가 아닌 것을 위해', '거룩한 偶然을 위해' 등이다. 결국 1~3연까지의 '주고 받는' 행위는 1연에서 제시된 이미지들을 소멸시키기 위한 것이다.

이 소멸이 있은 다음에야 4연과 5연의 '잊고 믿는' 행위가 가능해진다는 것이다. 결국 앞의 세 연은 뒤의 2연을 위한 전제의 역할을 하는 것이다. 4연은 글자−소음−글자로 이미지가 환원되고 있다. 그러나 (29)의 '글자'가 비뚤어지지 않은 것인 반면에 (31)의 '글자'는 다시 비뚤어진 것이라는 차이가 있다. 그 이유는 (31)의 '글자'가 (30)의 '소음'을 허락한 글자이기 때문이다. 4연의 '잊어버리세요'라는 요청은 앞의 전제를 잊으라는 것으로 해석될 수도 있고, 반대로 앞의 전제를 충족시키지 못한 모든 것을 잊어버리라는 의미로도 볼 수 있다. 여기서는 '꽃'을 찾기 전의 것을 잊어버리라는 의미이므로 후자의 해석이 보다 타당하다고 본다.

〈꽃〉의 의미가 명확해지는 것은 5연에 들어와서라 할 수 있다. (34)의 '내 말을 믿으세요 노란 꽃'을 에서 노란꽃이 곧 말임이 명확히 드러나기 때문이다. 그런데 이 말, 즉 노란 꽃은 계속되는 행에서 '못 보는 글자', '떨리는 글자', '영원히 떨리면서 빼먹은 모든 꽃잎'으로 바뀌고 있다. 여기에 이르면 '내 말=글자=노란 꽃' 이라는 사실이 보다 분명하게 드러난다. 시인에게 있어 말, 또는 글자는 그 자체로 시일 수밖에 없다. 그러나 이 시는 쓰여 진 시가 아니다. 또는 쓰여 진 시가 간과한 그 무엇이다. 왜냐하면 그것은 시인이 '영원히 떨리면서 빼먹은 모든 꽃잎'이기 때문이다.

(一)과 (二)를 종합적으로 생각해 보면 〈꽃〉의 의미가 한층 명확해진다. (一)에서 꽃은 '혁명'같은 그 무엇이지만 인위적인 것은 아니다. (二)에서의 〈꽃〉은 결국 시인의 말, 즉 시들이지만 그 자체가 아니라 시가 빼먹은 무엇이다. 아무리 순수한 시라 할지라도 결국은 인위의 산물이라는 점을 결코 벗어날 수 없기 때문이다. 또한 글자로서의 그 것은 '소리'의 순수성과는 사뭇 다른 양상을 지닐 수밖에 없는 운명을 가졌다. 이러한 문제들에 대한 해명은 〈꽃잎〉(三)을 추가 했을 때에 만 온전한 모습으로 나타난다.

3.2. 변증적 의미의 획득

(三)은 앞의 두 작품에 비하여 리듬에 대한 배려도 약하고, 구조의

단단함도 덜해 보인다. 일반적으로 생각하는 김수영의 시에 더 가깝다. 이 때문에 황동규는 "김수영은 닷새 차이로 〈꽃잎〉 두 편을 완성하고 약 한 달 후에 〈꽃잎〉(三)을 추가했다. 그것은 열 네살 난 식모애를 '사람이 아닌 평범한 것'에 대비시킨 것으로 그 나름대로 아름다움을 갖고 있지만, 위의 두 편처럼 절망에서 출발하는 것이 아니라 절망하지 않을 수 없는 입장을 밝히는 기타의 다른 시와 같은 태도를 보이고 있다"고 평하고 있다.[42) 그러나 이러한 평가는 김수영의 후기 시에서 보이는 탁월한 리듬감만을 염두에 두고 행해진 것으로 〈꽃잎〉 연작에서 (三)이 갖는 의미를 과소평가하고 있다. 불과 한 달이라는 짧은 기간에 집중적으로 쓰여 진 〈꽃잎〉 연작은 (三)의 분석 내용이 덧붙여졌을 때에만 비로소 추상적, 관념적 한계를 벗어나 그 확연한 의미가 드러날 것이라는 것이 이 연구의 주된 논지다.

(三)
(1)순자야 너는 꽃과 더워져 가는 花園의/(2)초록빛과 초록빛의
　　너무나 빠른 변화에
(3)놀라 잠시 찾아오기를 그친 벌과 나비의/(4)소식을 완성하고

(5)宇宙의 완성을 건 한 字의 생명의/(6)歸趨를 지연시키고/(7)소
　　녀가 무엇인지를
(8)소녀는 나이를 초월한 것임을/(9)너는 어린애가 아님을/(10)너
　　는 어른도 아님을
(11)꽃도 장미도 어제 떨어진 꽃잎도/(12)아니고/(13)떨어져 물 위
　　에서 썩은 꽃잎이라도 좋고

---

42) 황동규 편, 앞의 책, pp.127~128.

(14)썩는 빛이 황금빛에 닮은 것이 순자야/(15)너때문이고/(16)너
　　는 내 웃음을 받지 않고
(17)어린 너는 나의 全貌를 알고 있는 듯/(18)야아 순자야 깜찍하
　　고나/(19)너 혼자서 깜찍하고나

(20)네가 물리친 썩은 문명의 두께/(21)멀고도 가까운 그 어마어마
　　한 낭비
(22)그 낭비에 대항한다고 소모한/(23)그 몇 갑절의 공허한 投資
(24)大韓民國의 全財産인 나의 온 정신을/(25)너는 비웃는다

(26)너는 열네살 우리집에 고용을 살러 온 지/(27)三일이 되는 五
　　일이 되는지 그러나 너와 내가
(27)접한 시간은 단 몇분이 안되지 그런데/(28)어떻게 알았느냐 나
　　의 방대한 낭비와 난센스와
(29)허위를/(30)나의 못 보는 눈을 나의 둔갑한 영혼을
(31)나의 애인 없는 더러운 고독을/(32)나의 대대로 물려받은 음탕
　　한 전통을

(33)꽃과 더워져가는 花園의/(34)꽃과 더러워져가는 花園의
(35)초록빛과 초록빛의 너무나 빠른 변화에
(36)놀라 오늘도 찾아오지 않는 벌과 나비의/(37)소식을 더 완성하
　　기까지

(38)캄캄한 소식의 실낱같은 완성/(39)실낱같은 여름날이여
(40)너무 간단해서 어처구니없이 웃는/(41)너무 어처구니없이 간
　　단한 진리에 웃는
(42)너무 진리가 어처구니없이 간단해서 웃는/(43)실낱같은 여름

바람의 아우성이여

(44)실낱같은 여름풀의 아우성이여/(45)너무 쉬운 하얀 풀의 아우
성이여

(三)은 얼핏 보아서는 내용마저도 한 눈에 들어오지 않을 만큼 분
량이 많은 작품에 속한다. 그러나 이 정도의 분량은 김수영의 다른
작품들, 예컨대 〈엔카운터誌〉, 〈電話이야기〉, 〈사랑의 變奏曲〉, 〈먼
지〉 등에 비하면 그리 많다고 볼 수도 없다. 그럼에도 불구하고 이
작품은 다른 작품들과는 달리 리듬감을 배려하고자 애쓴 흔적이 여러
곳에서 발견된다. 그것은 앞의 두 작품의 연장선상에서 이 (三)을 생
각했다는 가장 쉽게 눈에 띄는 증거가 될 것이다.

2연, (5)~(19)까지는 그 형태상 (一)의 3, 4연과 비교될 수 있다.
(一)의 경우에는 띄어쓰기에 의한 자연스러운 박자의 흐름이 가운데
의 '革命같고'를 향하고 있다. 반면에 (三)의 경우에는 가운데 행의 '아
니고'를 향하여 여타 행들의 마지막 음절의 동일성이 반복의 효과를
내고 있다. (7), (8), (9), (10)은 모두 '-을(를)'로 끝나고, (13), (15),
(16)은 '-고'로, (18), (19)는 '-나'로 끝맺고 있다. 불완전하나마 반복
의 효과가 나름대로 살아나고 있는 것이다.

다음으로는 1연과 5연의 반복을 들 수 있다. 이 두 연은 거의 같은
내용이 행갈이와 같은 행의 반복을 첨가하면서 되풀이 되어 있는 것
이다. 다만 이때는 앞의 작품들과는 달리 이 반복이 주술적 효과를
노렸다기보다는 강조를 위한 것으로 보인다. 이러한 사정은 마지막
연인 6연에서의 행들의 반복을 통해서도 알 수 있다. 6연, 즉
(38)~(45)는 '실낱같은 …이여'가 기본형인 (39), (43), (44), (45)와 '너
무……웃는'이 되풀이되는 (40), (41), (42)의 두 형태가 반복되는 단

순한 구조로 되어 있다. 그밖에도 행의 앞부분에 '나의'가 반복되는 (30), (31), (32) 등 작품 곳곳에 리듬감을 주는 반복들이 산재해 있다.

그렇다면 (三)을 〈꽃잎〉 연작의 종합적인 최종 작품으로 보거나, 적어도 (一), (二)를 보충하는 것으로 보았을 때, 이 연작에서 드러나는 〈꽃〉의 의미는 무엇인가? 이 문제를 해명하기 위해서는 다시 앞의 (二)의 분석으로 돌아가야 한다. 앞에서 〈꽃〉은 시인의 말, 글자 곧 시라는 의미가 드러났다. 그런데 그것은 시 그 자체가 아니라 시인이 아직 쓰지 못한 것, 또는 쓰면서 빼먹은 그 무엇이었다. 그래서 이 문제는 자연스럽게 '소리'와 만나게 된다. (二)에서 '소리'는 '글자'가 다시 비뚤어지게 하는 그 무엇이기 때문이다.

'순자'는 (一)에 나타나는 '사람이 아닌 평범한 것'으로 볼 수 있다. '순자'는 '소녀'가 아니고, '어른'도 '아이'도 아니기 때문이며, 그럼에도 불구하고 나의 어마어마한 낭비와 난센스를 알고 있기 때문이다. 또한 '순자야'는 결국 '소식을 완성하'는 존재다. 결국, '순자야'는 어떤 지시적 대상을 말하는 것이 아니라, 다시 말해 명명하는 행위가 아닌, 마지막 연에 나타나는 '아우성', 즉 발음되는 소리 그 자체를 지칭한다. 이렇게 보았을 때, (三)의 공간이 花園임에도 불구하고 '꽃'이 주요한 이미지로 등장하지 않는 이유가 밝혀진다. 그것은 花園 안에서 화자의 시각이 '꽃'으로부터 자연스럽게 스스로를 완성하는, 너무 간단해서 어처구니가 없는 진리를 담보하고 있는 '여름바람', '여름풀', '하얀풀'등으로 옮겨갔기 때문이다. '바람'과 '풀'은 제 온 몸으로 소리를 낸다. 그 소리의 의미는 무엇인가. 그 자체로 완성된 宇宙와 교감하고 있다는 단순한 표시에 지나지 않는다. 애써 추구한 인위와 그 인위의 글자들이 모두 사라질 수밖에 없는 자리인 것이다. '바람'과 '풀'로 집약된 김수영의 이러한 인식의 깊이는 앞서 본 황동규의 지적

처럼 〈풀〉로 가는 연장선상에 있다는 점에 매우 중요한 의의를 가진
다는 점을 다시 강조한다.

4. 마무리

김수영의 시에 나타난 〈꽃〉의 의미를 〈꽃잎〉 연작을 중심으로 하
여, 그 이전과 이후로 나누어 살펴보았다. 50년대를 관통하는 김수영
의 시가 다분히 '설움'과 '비애'등에 치우쳐있음에도 불구하고 〈꽃〉이
주요 모티프로 등장하는 시편들 속에서는 인식적 냉철함이 비교적 잘
유지되고 있었다. 이는 초기 데뷔작인 〈孔子의 生活難〉으로부터 〈깨
꽃〉에 이르기까지 직접적으로 설움을 토로한 작품이 없다는 것으로
명확해졌다. 그러나 그가 추구했던 '發散한 形象'은 그 후의 여러 작
품들 속에서 보다 구체화된 모습으로 나타남으로써 김수영의 〈꽃〉이
하나의 지시적 대상이거나 감정 토로의 매개물 이상의 의미를 가지고
있음을 확인할 수 있었다.

〈꽃잎〉 연작의 경우는 (一)과 (二)에 중점을 두어 분석하려는 시도
는 있었다. 그러나 두 작품의 의미에 중점을 두었든, 리듬 구조에 중
점을 두었든 이 두 경우는 모두 일면적일 수밖에 없다는 한계를 가지
고 있었다. 다시 말해, 김수영의 후기 작품 중에서 특이하게 리듬의
구조적 측면과 의미론적 층위가 잘 맞물려 들어간 작품을 어느 한 층
위에 우선한 분석으로 총체적 의미를 밝혀내는 데에는 부족했다는 것
이다. 더욱이 대다수의 논자들이 (三)이 기존의 김수영의 시의 문법과
비교했을 때 특이한 점이 없다는 이유를 들어, 〈꽃잎〉 연작 전체를
분석의 대상으로 하지 않았던 문제점도 있었다. 이 연구는 이러한 문

제점들을 파악하여 보완하고자 하였다. 그 결과, (一)과 (二)에서 막연하게 드러났던 〈꽃〉의 의미가 (三)을 보완함으로써 보다 구체적으로 형상화될 수 있었다. 아울러 이 결과는 김수영의 최후작인 〈풀〉로 가는 연장선상에서 하나의 분석틀을 제공할 수 있는 가능성을 보인다는 점에서 또 다른 의의가 있다 하겠다.

김종삼 시에 나타난 죽음의식에 관한 연구

1. 들머리

김종삼은 1953년 작품 활동을 시작하여 1983년 지병으로 타계할 때까지 30여 년간 시작활동을 지속했다. 그는 생전에 『십이음계』(1969년, 삼애사), 『시인학교』(1977년, 신현실사), 『누군가 나에게 말했다』(1982년, 민음사) 등 세 권의 시집과 『북치는 소년』(1979년, 민음사), 『평화롭게』(1984년, 고려원) 등 두 권의 시선집을 상재했다.

사후 그의 시세계에 대한 연구는 생전에 비하여 매우 활발해졌다. 그러나 대부분의 연구들이 기존의 논의를 연장하는 선에 머무르고 있고 체계적이고 종합적인 연구는 아직 이루어지지 못하고 있다. 시인의 죽음은 그가 구축한 시세계가 더 이상 변화할 수 없음을 의미한다. 따라서 그 이후의 연구는 시인이 추구하였던바 삶에 대한 총제적 비전의 파악에 초점이 맞춰져야 한다. 이러한 의미에서 본 연구는 지금까지는 부분적 형태로 이루어진 김종삼 시의 주제들의 변모양상과 상호관련성을 살펴볼 것이다. 아울러 각 주제들에 대한 시인의 주체적 인식이 드러남에 따라 김종삼의 현실인식의 변화가 밝혀지기를 기대한다.

1) 기존 연구 검토

김종삼 시에 대한 기존의 연구 성과를 크게 기법, 구조를 다룬 것과 시적 정서를 다룬 것으로 나누어 정리하면 다음과 같다.

기법, 구조를 다룬 것 : 김현, 김주연, 오규원[43] 등은 그의 시가 회화성을 지향한다는 점에서 '묘사의 시'로 보았고, 이승훈[44]은 김종삼의 상상력의 구조를 물과 돌의 이미지를 통해 밝혀냈으며, 하현식[45]은 그의 시를 언어의 미감과 의미망을 조화시킨 예로 보고 '미완의 수사학'이라 칭하고 있다. 또 이숭원[46]은 김종삼의 죽음 의식에 주목하여 삶과 죽음의 관계를 통한 그의 시의 구조를 탐색하고 있다.

시적 정서를 다룬 것 : 김춘수[47]는 김종삼의 시를 '존재자로서의 일상적 슬픔'을 드러낸 것으로 보았고 김현[48]은 김종삼의 비극적 세계관에 주목하여 '방황의 시'로, 황동규와 윤병로[49]는 그의 미적 집착과 낭만주의적 특성에 초점을 맞추어 그의 시를 '보헤미안적 방황'이 표현된 것으로 보았다. 이밖에 이경수[50]는 김종삼의 시가 국내에서는 특유한 '부정의 범주'에 속한다고 보았고 신규호[51]는 탈속적 기독교적 박애주의를 지향한 것으로 보았다.

---

43) 김 현, 『한국문학사』, 민음사, 1973, p.282.
　　김주연, 「비세속적인 시」, 『김종삼전집』, 청하출판사, 1988, p.237.
　　오규원, 「라프시스 시인론」, 『현실과 극기』, 문학과지성사, 1976, p.63.
44) 이승훈, 「평화의 시학」, 『김종삼전집』, pp.303~322.
45) 하현식, 「김종삼론」, 『한국시인론』, 백산출판사, 1990, pp.180~204.
46) 이숭원, 「김종삼 시에 나타난 죽음과 삶」.
47) 김춘수, 「김종삼과 시의 비애」, 『김춘수전집2·시론』, 문장, 1982, p.473.
48) 김 현, 「김종삼을 찾아서」, 『김종삼전집』, p.238.
49) 황동규, 「잔상의 미학」, 『김종삼전집』, p.257.
　　윤병로, 「순진한 보헤미안의 시론」, 『소설문학』, 1985. 5, p.87.
50) 이경수, 「상상력과 부정의 시학」, 『김종삼전집』, p.268.
51) 신규호, 「김종삼론」, 『성결신학교논문집 17집』, 1988, pp.259~273.

2) 연구방법론

김종삼 시의 주제를 체계적으로 논의하기 위해서는 무엇보다도 먼
저 시기 구분 문제를 검토해야만 한다. 시기가 구분된다면 과연 몇
기로 구분할 수 있는가? 구분된 시기에 따라 각 시기의 주제들이 어
떻게 달라지며 그러한 변모의 원인은 무엇인가? 하는 문제들이 검토
될 수 있다. 반대로 시기구분이 불가능하다면 그 원인은 무엇이며, 어
떠한 주제들이 일관되고 있는가 하는 점들을 밝혀내야 할 것이다.

일반적으로 기존의 평자들은 전기, 중기, 후기의 3분법을 사용하고
있다. 김성춘[52]에 의하면 이러한 3분법을 사용한 논자들로는 김현,
황동규, 이승훈 등을 들 수 있다. 그러나 김현과 황동규는 김종삼의
시세계를 명확히 3분했다고는 볼 수 없다. 두 사람은 김종삼의 시세
계가 계속 진행되는 중에 후기시라는 개념을 미지의 어떤 것으로 가
정한 채 초기와 중기라는 용어를 사용하고 있다. 이와는 달리 이승훈
은 비교적 명확하게 초기, 중기, 후기의 3분법을 언급하고 있다. 그는
「평화의 시학」에서 김종삼의 삶의 방식은 초기의 '내용없는 아름다
움', 『북치는 소년』의 세계로부터 중기의 '라벨, 세잔느, 파운드에의
경도', 『시인학교』를 거쳐 '시란 무엇인가', 『누군가 나에게 물었다』라
는 근본적인 물음의 세계로 전개된다고 보고 있다.

그러나 김종삼 사후에 발표된 연구들은 연구자의 필요에 따라 시
기 구분을 하거나[53] 아예 무시하는 경향을 보인다. 본 논문에서는 전
기와 후기로 나누어 연구를 진행할 것이다. 이승원[54]은 시의 해설로

---

52) 김성춘, 「김종삼 시연구」, 『부산대학교 교육대학원 논문집』, 1987. 8, p.6.
53) 김성춘, 앞의 논문, p.6.
   김성춘은 김종삼의 시가 후기에 해당하는 시기는 명확하지만(진술적인 시로 변모
   하는 79년 8월 발표작품 「앞날을 위하여」 때부터 후기의 시작으로), 시집별 순서에
   의거하여 4기로 나누어 분류 해석하고자 함을 밝히고 있다.

는 황동규의 「잔상의 미학」과 이승훈의 「평화의 시학」이 김종삼 시의 전반적 이해에 도움을 준다고 밝히면서, 그러나 김종삼의 시세계를 순수한 미학주의로 보거나 그의 초기시를 현실, 생활과는 절연된 시나 인간부재의 반휴머니즘을 드러낸 것으로 본 것은 쉽게 수긍이 가지 않는다고 이의를 제기하고 있다. 이승원은 김종삼이 고집스럽게 자기세계를 일관해온 시인이어서 시의 변화를 단적으로 말하기 어려울뿐더러 후기시에 보이는 개재된 삶의 모습은 그의 초기시에 이미 은밀히 잠복되어 있었던 것으로 이해해야 함을 지적하고 있다.

본 연구에서 필자는 후기시의 중요한 측면들이 초기시에 잠복되어 있다는 이승원의 지적에는 대체로 동의한다. 그러나 시의 변화가 전혀 드러나지 않는다고는 할 수 없다. 다시 말해, 김종삼의 시에 있어서 초기시에 드러난 현실인식과 후기시의 그것과는 분명한 차이점이 있고 따라서 이러한 변화를 이끌어낸 시인의 주체적 인식에도 전후를 가름할 수 있는 변화가 있다는 것이다. 이런 변화의 전환점은 시집 『누군가 나에게 말했다』가 마련하며 보다 정확하게는 1979년에 발표된 「앞날을 향하여」를 전후로 하는 시기라 할 수 있다.

김종삼의 시세계를 이렇게 전기와 후기로 구분하는 근거로는 그의 시가 묘사중심에서 진술중심으로 바뀌어 갔다는 점을 우선적으로 들 수 있다. 시가 묘사중심에서 진술중심으로 바뀐다는 것은 단순한 기법상의 전환만을 의미하지는 않는다. 시에 있어서의 묘사는 사물에 대한 관찰, 관조, 천착을 전제로 하는 개념이다. 적어도 묘사는 시인과 대상 사이의 거리를 요구한다. 또 묘사중심의 시는 병치의 기법을 드러낸다. 병치의 기법은 단순히 서로 대조되는 두 사물을 나란히 놓

---

54) 이승원, 「김종삼 시의 내면구조」, 『근대시의 내면구조』(새문사, 1988), p.192.

음으로써, 두 사물에 대한 종합적이고 변증법적인 시각을 불러온다.

다시 말해, 묘사중심의 시란 시인이 세계를 일정한 거리를 두고 정립한 다음 그 간극을 종합적이고 변증법적으로 지향하고자 한다는 것이다. 이에 반하여 진술중심의 시란 시인과 세계 어느 한쪽, 혹은 양쪽의 상호침투를 통해 서로를 이해하는 방법이다. 그러므로 진술중심의 시는 대상과 시인 사이의 거리를 유지하지 않는다. 이러한 태도의 변화는 필연적으로 주체의 인식의 변화에 영향을 받으며, 동시에 그 변화를 반영하게 될 것이다.

본 연구의 자료는 『김종삼전집』(청하출판사, 1988)로 한정하였다.

2. 전기의 시세계 — 현실인식의 확립 양상

2-1. 미적가치의 탐구

김종삼의 시세계를 연구하는데 있어서 지금까지 가장 중요하게 다루어진 것이 바로 그의 미적가치에 관한 부분이었다. 시선집 『북치는 소년』의 해설로 쓰여 진 황동규의 「잔상의 미학」중에서 "아름다움이 들어있는 부재는 그 자체만으로 자족의 세계를 이루게 된다. 생과의 관계를 최대한도로 단절하고 아름다움 그것도 내용 없는 아름다움을 추구하는 것을 우리는 미학주의의 한 극치라 부르지 않을 수 없다."[55]라고 밝힌 구절은 이후 많은 연구자들에게 전범이 되어버렸다. 그럼에도 불구하고 미적집착의 개념, 원인, 양상과 한계점 등에 대한 체계적이고 종합적인 연구는 아직 이루어지지 못하고 있다. '김종삼은 미학주의자다'라는 전제에 힘입어 손쉬운 논의를 전개하려 했던 경향

---

55) 황동규, 앞의 책, p.254.

이 있었음을 부정할 수 없다. 이러한 경향은 김종삼이 남긴 많은 일화들을 통하여 시를 해석하려는 듯한 극단적인 경우까지도 드러냈다.[56]

본 연구는 김종삼 시에 있어서의 미적집착을 하나의 태도로 간주하는 데서 출발한다. 다시 말해 미적집착이란 세계에 대한 시인의 주체적 인식이란 관점이다. 그러므로 미적 집착은 미적가치를 강조하는 태도를 의미한다. 가치란 일반적으로 인식주체의 관심 + 대상 + 인식주체와 대상의 관계로 형성된다.[57]

세계라는 대상을 인식주체인 김종삼은 예술가(시인)아른 자의식을 갖고 관심을 기울였다. 이때 발생할 수 있는 관계는 일반적으로 세계와 자아의 화해, 세계와 자아의 갈등, 그리고 갈등의 심화로 인한 투쟁의 세 양태로 정리할 수 있다.

A) 세계 = 자아
B) 세계 〉 자아
　 세계 〈 자아
C) 세계 / 자아

생의 전 기간에 걸쳐 A나 B, C의 한 경우만을 지속한다는 것은 매우 어려운 일이지만, 김종삼의 경우에는 세계와의 갈등이 지속된 것으로 보인다. 그러나 그 갈등의 양상은 초기에서 후기로 갈수록 변모되는 양상을 드러낸다. 그 변모양상의 포착은 본 연구의 전 부분에서 다루어질 것이므로 일단은 유보하기로 한다. 전기 김종삼의 시세계를 이해하기 위해서 필요한 것은 그가 세계와의 갈등 속에서 시를 써왔

---

56) 권정순, 「김종삼시의 심미주의적 특성」, 석사논문, 연세대학교 교육대학원, 1989.
57) 멜번 레이더 저, 김광명 역, 『예술과 인간가치』, 이론과 실천, 1988, pp.23~24.

다는 점이다. 이때 그가 지향한 것이 미적가치의 세계, 다시 말해 순수가치의 세계다. 지향이 의식과 대상 사이의 관계라면 그 과도한 양상이 집착이 될 것이다. 순수가치의 세계라는 목적에의 과도한 지향이 바로 미적집착의 개념이 된다. 그것은 세계와의 갈등에 기반하고 있으며, 다양한 양태로의 표출 가능성을 갖고 있다.

1) 미적가치의 지향

미적집착이 세계와 자아의 관계 설정의 한 결과임을 이미 밝혔다. 그렇다면 세계와 자아의 관계 설정은 언제, 어떻게 이루어지는가 하는 문제가 제기된다. 이 문제 제기는 김종삼 시에 있어서 미적집착의 내용은 무엇인가 하는 문제와 같다고 할 수 있다. 시인에게 있어서 세계와의 관계란 시를 쓰는 순간부터 이루어진다고 볼 수 있다. 그러나 엄밀하게 말해서 시세계는 시인, 시, 독자라는 3개의 기본항과 시인과 시, 시와 독자라는 2개의 상관항이 어울렸을 때 성립된다는 점을 고려할 때58) 시가 지면을 통하여 발표되는 순간부터라고 할 수도 있을 것이다. 그러나 보다 근본적인 문제도 있음을 간과할 수 없다. 그것은 다름 아닌 존재의 문제다. 존재자로서의 자각이 있어야만 개인은 세계를 발견할 수 있고, 이런 발견이 있은 후에야 세계와의 관계 맺음이 가능하기 때문이다.

이를 정리하면 다음과 같다. 김종삼의 미적 집착은 존재와 세계의 관계 맺음의 결과이다. 그것은 세계와의 갈등에 근거하고 있으며, 갈등의 원인은 김종삼의 체험의 영역에서 비롯한다. 시란 결국 체험을 형상화해내는 것에 다름 아니기 때문이다. 따라서 미적 집착의 원인

---

58) 윤재근, 『시론』, 둥지, 1990, p.636.

은 김종삼의 체험의 영역에서 찾을 수 있을 것이다. 이승훈[59]은 현대
시란 20세기라는 세계적 상황과 밀착되면서 나타나는 시를 말한다고
정의하면서 20세기의 정신 상황들을 정리하고 있다. 그는 뒤이어 현
대문학에 나타나는 기본적 단절을 스피어즈의 이름으로 소개한다. 이
를 살펴보면, 형이상학적 단절, 심미적 단절, 수사학적 단절, 시간적
단절의 네 가지 범주를 설정할 수 있으며, 덧붙여 심리학적 단절과
역사적 단절을 추가할 수 있다. 이승훈의 이러한 논의는 한 시인을
연구함에 있어서 개인이라는 지엽적 문제와 세계라는 보편적 문제를
함께 다루어야 한다는 것을 의미한다. 김종삼의 개인적 체험은 지엽
적 문제지만 이 체험들의 일반적 원리는 세계라는 보편적 문제와 무
관할 수 없기 때문이다.

　김종삼의 시에 나타나는 체험 유형 가운데 중요한 것들을 정리하
면 다음과 같다.

① 유년기 ― 동생의 죽음(개똥이, 운동장), 알 수 없는 죽음(아데라이
　　데) / 미선계의 분위기(평화, 문짝) / 자기중심적 사고를 형성케
　　한 가족사항(쑥내음의 동화)
② 소년기 ― 독서(보들레르에서 릴케로의 경사 ; 의미의 백서) / 음악심
　　취(낭만파―고전파―인상파 ; 시인을 찾아서, 문명의 배에 침몰하는 토
　　끼) / 고학
③ 청년기 ― 해방 후의 혼란상(전통과 역사의 단절 ; 안으로 닫힌 시정
　　신) / 한국전쟁의 참상(민간인, 어둠에서 온 소리)

---

59) 이승훈, 『시론』, 고려원, 1984, 9판, pp.242~253.

선별하여 본 이상의 체험들은 역으로 추론된 것이다. 한 개인의 일생을 통하여 의미를 부여할 수 있는 체험은 무수히 많을 것이다. 시인 김종삼은 자신이 의미 있다고 판단한 체험들을 시작의 모티브로 사용하였다. 따라서 그의 작품 전반을 면밀히 검토한 결과 위와 같은 정리가 가능했다. 이 정리를 바탕으로 다시, 김종삼의 체험을 일반화 시키면 다음과 같다.

첫째, 김종삼의 사고는 매우 자기중심적이다.
둘째, 그의 학습은 비체계적으로 진행되었다.
셋째, 유년기부터 죽음과 관련된 인상이 짙게 배어난다.

위 사실들을 염두에 두고 김종삼이 성장한 시기의 시대배경을 알아보기로 하자. 김종삼의 소년기에서 청년기에 이르는 기간은 대략 일제 말(중일전쟁, 태평양전쟁) −해방과 혼란 −한국전쟁으로 이어지는 역사의 격동기로 일반화될 수 있다. 이러한 격동기에 김종삼은 어떤 단절을 경험하게 되었는가? 그의 경우 가장 중요하다고 할 수 있는 것은 바로 언어의 단절현상이다. 공식적인 모국어로 일본말과 글을 사용하다가 갑자기 한국어와 글을 모국어로 되찾게 되었기 때문이다. 이러한 언어의 단절 현상은 손쉽게 전통과의 단절로 이어질 수 있다. 왜냐하면 전통이란 몸으로 익히는 것을 제외한 대부분이 말과 글을 통해 전승, 발전되기 때문이다.

김종삼의 외면적 상황은 이처럼 혼란스럽고 격한 것이었다. 자의식이 강한 그의 내면적 상황은 어떠했을까? 그는 받아들일 수 없는 세계와 접하면서 유년의 행복했던 시기를 꿈꾸는 과거지향적 일면을 보여준다. 그러나 그 과거의 모습 속에는 알 수 없는 죽음의 음영이 드

리워져있다. 어린 아우의 죽음으로부터 촉발된 것으로 보이는 죽음의
음영은 시인의 내면에 죄의식이라는 콤플렉스를 구체화시켰다고 보
인다.

결국 김종삼의 최초 세계인식은 비극적이고 비화해적인[60] 어떤 모
습으로 결정되었다. 세계를 의욕하고 존재를 건설해야 할 때 김종삼
은 순수가치의 세계 / 타락한 가치의 세계라는 이분법적 세계인식을
형성했다. 이러한 이분법적 대립에 있어서 현실의 대립항으로 정립될
수 있는 것들, 즉 동심, 순수, 평화, 환상, 아름다움 등 초월적 가치들
을 김종삼의 시는 지향하게 되는 것이다.

2) 미적가치의 양상

앞장에서 미적집착의 원인을 살펴보았다. 혼란스러운 내면상황과
외적상황이 어울려 빚어낸 체험들 속에서 김종삼은 순수가치의 세계
/ 타락한 가치의 세계라는 이분법적 사고를 형성하게 되었다. 이러한
사고는 타락한 가치가 판을 치는 현실의 세계를 수용하거나 참여할
수 없는 것으로 만듦으로써 세계와의 비화해적 관계를 형성한다. 이
관계설정은 발전하여 김종삼의 비극적 세계관이 되고, 그러한 세계인
식이 미적집착에의 강한 추진력이 되는 것이다. 본 장에서는 순수가
치의 세계에 집착하는 김종삼의 시가 구체적으로 어떤 양상으로 전개
되는가 하는 점을 살펴보고자 한다. 이를 위해 먼저 김종삼의 언어인
식에 관하여 살펴보기로 한다.

　　가) 오래인 限度表의 停屯된 밖으로는

---

60) 김　현, 앞의 책, p.238.

晝間을 가는 聖河의 흐름속을 가며
오는
구김살이 稀薄하였다.

모호한 빛발이
쏟아지는 수효와의 驛라인이
엉키어 永劫의 현재 라는
길이 열리어지기 前
固執되는 夜水의 그늘이
되었던 앝이한 집들, 울타리
였다.

分娩되는
뜨짓한 두려움에서

永劫의 현재 라는
內部가 비인
하늘이 가는
납덩어리들의……

있다는 神의 墨守는 차츰 어긋나기 시
작
하였다.

　　　　　　　　　　　　　－〈擬音의 傳統〉 전문

나) 희미한
　　風琴 소리가
　　툭 툭 끊어지고

있었다.

그동안 무엇을 하였느냐는 물음에

다름아닌 人間을 찾아다니며 물 몇 桶 길어다 준 일밖
에 없다고

머나먼 廣野의 한복판 얕은
하늘 밑으로
영롱한 날빛으로
하여금 따우에선

－〈물 桶〉 전문

다) 미구에 이른
아침

하늘을
파헤치는
스콥소리

－〈라산스타〉 전문

김종삼의 언어인식에서 가장 먼저 주목해야 할 점은 그의 시의 '난
해성'과 관련된 것들이다. 이숭원[61]은 "그의 초기시가 이미지의 조형
성에 치중하고 의도적인 시행의 단절이라든가 의미의 교란을 꾀한 것
은 부정할 할 수 없는 사실이다. 아마도 그 당시 무언가 새로운 시를
써보겠다는 의욕이 그러한 난해시를 쓰도록 유도했는지 모르겠다."고

---

61) 이숭원, 「김종삼 시에 나타난 죽음과 삶」, p.283.

하면서 김종삼 시의 난해성을 실험이라는 측면에서 해명하고자 시도한다.

위의 인용 작품 중에서 가)는 초기시 가운데 가장 난해한 작품 중에 하나이다. 限度表는 限度標의 오자일 가능성이 많고 停屯은 停頓의 오자 혹은 의도적 왜곡으로 보인다. 더욱이 '晝間을 가는 聖河의 흐름'의 의미와 '뜨짓한' 등은 어휘 자체가 성립하지 않으며, 의미가 명확하지 않다. 즉 이 시에서 김종삼은 관념적 한자어의 사용, 고의적 비틀림 혹은 왜곡들을 통하여 명확한 의미의 형성을 방해하고 있다.

나)에서는 일상적 문맥의 파괴라는 기법이 드러난다. 2, 3, 4연에는 서술어가 필요함에도 불구하고 표면에 나타나지 않는다. 2연과 3연은 하나의 연으로 묶여야 의미가 통함에도 불구하고 구분되어 있다. 의도적으로 혼란을 조성하려는 듯 문장의 맥락이 흐트러져 있는 것이다.

다)는 세 작품 중에서 가장 늦게 발표된 것이다. 시행의 불완전함과 난해함, 무의미함을 통한 시형의 붕괴 현상이 가장 잘 드러나 있다.

김종삼의 시가 드러내는 이러한 난해성은 결국 무엇을 지향하는가 하는 점을 살펴볼 필요가 있다. 이를 위하여 "무언가 새로운 것을 써 보겠다"는 의지의 산물로 본 이숭원의 견해에 주목하자. 과연 그 의지는 어떠한 의지인가 하는 점을 먼저 해명해야 한다. 이경수는 이러한 의지를 변형이나 파괴의 의지[62]로 보고 있다. 언어가 존재의 거소이며 존재의 붕괴가 언어의 붕괴에 다름 아니라는 논리를 끌어올 수 있다.[63] 그러나 김종삼의 시에 있어서 존재의 문제는 그리 심각한 것으로 보이지는 않는다. 즉 세계와 자아와의 끊임없는 싸움의 기록으로

---

62) 이경수, 앞의 책, pp.259~269.

63) 박이문, 「시와 과학」, 『시의 이해』, 민음사, 1984, p.84.

본다면 김종삼의 시는 벤의 공작성의 개념[64]과 맞아 떨어질 것이다. 그리고 그 싸움의 강도가 전기에서 후기로 갈수록 치열해져야 한다는 것이다. 그러나 김종삼의 시에 있어서 난해성을 유지하는 여러 기법들이 후기에 올수록 매우 약화되는 모습으로 나타남을 알 수 있다. 그것들은 시속에 돌출하거나 갈등하는 요소가 아니라 어떤 한 목적에 조화하는 방향으로 나아간다. 그 목적이란 다름 아닌 아름다움의 형상화와 이를 위한 환상의 창조라는 것이다.

　　　라) 내용 없는 아름다움처럼
　　　　　가난한 아희에게 온
　　　　　서양나라에서 온
　　　　　아름다운 크리스마스카드처럼

　　　　　어린 양들의 등성이에 반짝이는
　　　　　진눈깨비처럼
　　　　　　　　　　　　　　　　　　－〈북치는 소년〉 전문

　　　마) 나는 音域들의 影響을 받았다.
　　　　　구스타프 밀러와
　　　　　끌로드 드뷔시도 포함되 있다.
　　　　　그들의 傾向과 距離는
　　　　　멀고 그 또한
　　　　　구름빛도 다르지만
　　　　　　　　　　　　　　　　　　－〈音域〉 전문

---

64) 정현종·김주연·유평근 역, 「현대시의 제 문제」, 『시의 이해』, 민음사, 1984, p.331.

라)를 황동규는 문장을 채 못 이루는 세 더미의 낱말 무리로 된 작품 같다고 하면서 시의 끝 행인 '진눈깨비처럼' 다음에 제목인 〈북치는 소년〉을 덧붙이면 전체맥락이 살아난다고 하면서[65] 김종삼이 노리는 것이 殘像效果라고 보고 있다.

마)는 후기에 속하는 작품으로 아름다움을 불러일으키지만 불분명한 언술로 이루어져있다. "나는 음역들의 영향을 받았다" 라든가 "그들의 경향과 거리는 /멀고 그 또한 / 구름 빛도 다르지만"처럼 거리, 경향, 구름 빛의 연결이 매우 모호하다. 김종삼의 언어 인식은 전기에서 후기로 향할수록 변모되고 있다는 모습의 시편들이 보이지만 김종삼은 이미지의 조형성에 치중하여 낯선 환상의 세계를 구축하는 방법을 발견하게 된다. 즉, 시어와 이미지를 골라 문맥적 의미를 파괴한 채 배열함으로써 현실을 초월한 환상의 세계와 접하는 방법을 터득한 것이다. "나는 릴케가 말한 ―새로운 언어 개념에 대해서 경건히 머리를 수그리는 기쁨을 오늘에 이르기까지 잊어버리지는 않고 있다. 그는 말하기를 새로운 언어란 언어의 도끼가 아직 들어가 보지 못한 깊은 수림 속에서 홀로 숨 쉬고 있다고 말했다. 말하자면 함부로 지껄이는 언어들은 대개가 아름다운 정신을 찍어서 불태워버리는 이른바 언어의 도끼와 같은 수단에 지나지 않는다. 그와 같은 언어 속에서는 새로운 말이 없다는 것이 릴케의 지론이다".[66]고 김종삼 자신의 언어 이론을 밝히고 있다. 이른바 '내적 독백의 언어론'을 펼치고 있는 것이다. 사물들의 신비가 시인 내부에서 그 자신의 심오한 감각들과 용해되어 마치 그 자신의 풍경이거나 한 것처럼 알려지는 내밀한 고백의 풍성한 언어는 아름다움인 것이다. 이런 세계내의 공간을 일찍이 릴

---

65) 황동규, 앞의 책, pp.249~250.
66) 김종삼, 「의미의 백서」, 『김종삼 전집』, p.229.

케는 죽은 자와 어린아이만이 가질 수 있다고 하였다. 즉 이 세계내
공간은 순수한 가치의 세계를 지향하기 위한 한 경향으로 자리잡아가
는 모습을 살펴보았다. 지금부터는 소위 환상 창조 경위라 일컬어지
는 음악 지향성에 관하여 알아보기로 하겠다.

> 바) 물
> 닿은 곳
>
> 神羔의
> 구름밑
>
> 그늘이 앉고
>
> 杳然한
> 옛
> G · 마이나
>
> $-\langle$G · 마이나$\rangle$ 전문

> 사) 잔잔한 聖河의 흐름은
> 비나 눈 내리는 밤이면
> 더 환하다
>
> $-\langle$聖河$\rangle$ 전문

김주연은 김종삼의 시가 지닌 묘사적 성격은 그의 시에 나타나는
회화적 이미지와도 적절하게 걸 맞는다고 밝히면서 "간혹 음악에 관
한 이야기도 나오지만 그것조차 그에게는 회화적인 이미지로 비쳐진
다. 기본적으로 정태적이기 때문이다. 사물들은 생겨나고 발전하고

없어지는 것이 아니라 거기 그 자리에 그렇게 머물고 있다. 그러다가 마치 물이 증류하듯 죽음이라는 추상 공간 속으로 홀연히 빨려 들어 간다"[67]고 지적하고 있다.

위의 인용 작품 바)와 사)가 모두 뛰어난 묘사로 되어있기 때문에 김주연의 이런 논리는 매우 타당성을 지닌다고 보인다. 음악의 창조 원리는 이와 다르기 때문이다. '음악은 소리, 곧 직접적으로 주어지는 하나의 역동적인 흐름에 의해 순수히 귀에 호소하기 위하여 창조된 하나의 허구적 시간 속에서 전개된다.'[68] 이 가상적인 시간은 살아있 는 시간의 이미지로서 음악의 제1환영이 된다. 이 환영 속에 하나의 유기적이고 살아 있는 구조로서 멜로디들이 움직이고 화음들이 자라 며 리듬들은 우세하게 된다. 결국 회화적인 이미지는 정태적이고 음 악적인 이미지는 역동적인데 이 두 종류의 이미지가 어떻게 유사성을 가질 수 있는가 하는 문제가 제기된다. 이숭원은 "보통 음악과 시의 연결은 언어의 음악성과 결부된 운율의 문제로 처리되고 있으나, 김 종삼의 경우는 특이하게 환상과 이미지의 교호작용이 음악의 연상성 과 결합된 양상을 보인다."[69]고 지적하고 있다. 또 랭거도 "음율의 시 간적 진행은 청각을 통하여 청자에게 체험됨으로써 일차환상(primary illusion)을 이룩한다. 그러나 이 일차환상은 청각의 시간성에만 국한 하지 않고 공간적 형상성을 조성해서 이차적 환상을 창조한다. 일차 적 환상이 음악을 들을 때 일어나는 청자의 시간적 반응이라면 이차 환상은 그 곡의 전체적 내용을 통해 청자가 환기하는 공간적 정황이

---

67) 김주연, 앞의 책, p.301.
68) 수잔 K. 랭거 저, 이승훈 역, 『예술이란 무엇인가』, 고려원, 1985, p.24.
69) 이숭원, 『근대시의 내면구조』, p.196.
　그는 음악과 서정시의 결합 가능성을 디오니소스적 예술충동, 발생학적 연관성 등을 들어 논의를 연장하고 있다.

다. 이 이차환상은 서정시가 이미지와 운율을 통해 조성해내는 환상의 성격과 유사성을 갖는다."70)고 밝혀 이숭원의 논의를 뒷받침하고 있다.

결국 김종삼 시의 음악지향성이란 음악이 곡의 내용을 통해 환기해내는 청자의 공간적 정황, 즉 순수포에지의 상태를 지향한다는 것이다. 앞의 작품 바)에서 보이듯이 극히 묘사적이 이미지들을 조형하여 특이하게 환상의 공간을 연출해내는 것이다. 김종삼이 추구하는 미적가치란 그의 언어인식과 음악지향성을 통해 나타나듯이 현실이 타락상이 제거된 환상의 세계, 즉 순수한 아름다움의 세계라 할 수 있다.

3) 미적가치의 한계

앞에서 이미 미적 집착이 순수한 가치세계에 대한 주체적 인식 태도임을 밝혔다. 즉, 세계에 대한 인식의 한 결과로서 미적집착이 성립되었다는 것이다. 그러나 이러한 인식이 열린 것이 아니라 닫힌 것임을 앞 장을 통해 알 수 있었다. 세계를 닫힌 것으로 인식했을 때 그 인식의 단단함만큼이나 강한 한계가 설정될 수밖에 없음은 또한 자명한 이치이다. 김종삼의 미적집착이 그 자신의 경험영역에서 이끌어진 결과이므로 더욱 그러하다. 살아간다는 것은 경험의 양과 질을 확장한다는 것과 다르지 않다. 그렇게 확장되는 경험은 새로운 의미의 현실인식을 요구할 것이다. 이 요구에 따르지 않는 시정신은 그러므로 일정한 한계를 노출할 수밖에 없다. 본 장에서는 미적집착에 따른 인식의 한계가 김종삼의 시에 어떠한 영향을 미치고 있는가 하는 점을

70) 수잔 K. 랭거, 앞의 책, pp.13~25.

밝혀보고자 한다.

　김종삼의 전기 현실인식은 타락한 가치의 세계 대 순수한 가치의 세계라는 대립적인 구조로 이루어져 있었다. 현실은 타락한 것이고 죽음과 공포, 혼란과 무질서가 가득한 곳으로 김종삼은 인식했다. 그래서 그는 이러한 현실에 몸담지 않고, 그 자신의 순수함이 지켜질 수 있는 어떤 환상의 세계를 꿈꾸었다.

　　아) 저기
　　　어두워 오는
　　　북문은 놀러갔던
　　　아이들을 잡아먹고도
　　　남아 있었읍니다.

　　　빠알개 가는
　　　자근 무덤만이
　　　돋아나고 나는
　　　울고만 있었읍니다.

　　　　　　　　　　　－〈개똥이〉 중에서

　　자) 열너살 때
　　　〈午正砲〉가 울린 다음
　　　점심을 먹고
　　　두 살인가 세 살 되던
　　　동생애를 데리고
　　　평양고등보통학교 운동장에 놀러갔읍니다
　　　(중략)

  그애가 보이지 않았읍니다
  그애는 교문을 나가 뒤도 돌아보지 않고 울다가 그치고
  울다가
  그치곤 하였읍니다

  저는 그 일을 잊지 못하고 있읍니다
  그애는 저보다 먼저 죽었기 때문입니다
                                     -〈운동장〉 중에서

  순수한 가치의 세계를 지향하다보니 김종삼의 시는 자연스럽게 유
년의 추억들로 향하게 된다. 릴케의 말처럼 기억의 보고 속에 담겨있
는 유년의 체험들만큼 순수하고 아름다운 것들이 없기 때문이다.[71]
  김종삼이 유년의 체험을 시의 모티브로 사용했다면 그가 이룩한
환상은 동화적 성격을 벗어날 수 없다. 환상이 동화적 성격을 갖는다
는 것은 일견 자연스러운 것처럼 생각된다. 그러나 모든 환상이 꼭
동화적인 것은 아니다. 예컨대 환상은 현실에 대한 절망의 극복으로
서 창출되는 그 나름의 문학적 기능 또한 갖고 있다.[72] 그러나 김종
삼의 환상은 현실과의 대결의 결과라기보다는 그 자체가 하나의 원초
적 현실 같아 보인다.[73]

---

71) 죽은 자와 어린이들만이 순수하다는 릴케의 말을 김주연은 「비세속적인 시」에서
   다시하고 있다. 유년의 체험에 대한 릴케의 의미 부여는, 그의 널리 알려진 저서
   『젊은 시인에게 보내는 편지』속에 풍부하게 담겨 있다.
72) 18세기말 유럽의 낭만주의자들이 추구했던 환상적 공간도 이 같은 현실적, 문화
   적 맥락 속에서 파악될 수 있다. 대표적인 것으로서 시인 노발리스의 '메르헨의 환
   상적 성격'이라는 견해를 들 수 있다.
   편집부 편, 『미학사전』, 논장, 1988, pp.107~109 참조.
73) 김주연, 앞의 책, p.300.

앞의 시 아)와 자)에서 보이듯 김종삼의 그 원초적 현실에는 일말
의 죄의식이 자리 잡고 있다. 시인은 어렸을 때 동생과 함께 놀러 나
갔다가 어린 동생을 잃어버렸고 그 아이는 죽는다. 이 체험이 시인에
게 깊은 죄의식을 심어주었던 것이다. 이 죄의식은 시인이 현실과의
대결이나 싸움에 나서는 것을 가로막는 장애요인으로 시인과 함께 성
장한다. 시인이 미선계의 분위기를 좋아했고, 유년시절 세례까지 받
은 기독교인이었음에도 불구하고 죄의식이 구속의식의로 발전하지
못했다는 점은 이를 반증해주고 있다.

> 차) 그해엔 눈이 많이 나리었다. 나이어린
>   소년은 초가집에서 살고 있었다.
>   스와니江이랑 요단江이랑 어디메 있다는
>   이야길 들은 적이 있었다.
>   눈이 많이 나려 쌓이었다.
>   바람이 일면 심심하여지면 먼 고장만을
>   생각하게 되었던 눈더미 눈더미 앞으로
>   한 사람이 그림처럼 앞질러 갔다.
>   － 〈스와니江이랑 요단江〉 전문

위 시에서 드러나듯 이국적 정조의 사용은 흔히 환성적인 분위기
를 더하기 위하여 사용되는 수법이다. 그러나 포스터의 민요를 시로
옮긴 듯싶은 이 작품에도 어딘가 그늘이 드리워져 있음을 느낄 수 있
다. 환상적인 분위기를 고조시켜도 시인의 죄의식은 조금도 가라앉지
않기 때문이다. 이러한 경향은 〈音樂－마라의 죽은 아이들을 追慕하
는 노래에 붙여서〉 등의 작품에 와서 그 절정을 이룬다.

현실과의 대결이나 투쟁을 감행할 수 있는 근원적인 힘을 잃어버
린 김종삼의 환상의 세계는 그 자신의 시세계를 매우 좁고 협소한 틀
안에 가둬버린다. 10행 미만의 소품적 구성과 환상의 세계를 더 강렬
하게 드러내기 위한 이국적 정조 및 용어의 남발은 오히려 현실과의
대결을 더욱 절망적으로 만드는 요인으로 작용한다.

> 카) 廣漠한地帶이다기울기
>   시작했다잠시꺼밋했다
>   十字架의칼이바로꼽혔
>   다堅固하고자그마했다
>   흰옷포기가포거놓였다
>   돌담이무너졌다다시쌓
>   았다쌓았다쌓았다돌각
>   담이쌓이고바람이자고
>   틈을타凍骨이잦아들었
>   다포거놓았던세번째가
>   비었다.
>
> ─〈돌각담〉 전문

이 작품은 '삶의 단단한 구조이기보다는 허망함'74)을 읽을 수 있다
는 지적처럼 삶의 견고성, 통합성을 바라는 의지가 좌절된 후 김종삼
의 현실인식은 결국 삶에 대한 폐허의식으로 발전하는 한 길을 갈 수
밖에 없다.

지금까지 김종삼의 미적집착은 과거 지향적이었고 동화적 성격을

---

74) 이승훈, 앞의 책, p.316.

가진다는 것과 그 동화적 성격 속에 죄의식이 잠복하고 있음을 살펴
보았다. 이 죄의식은 구속의식으로 적극적으로 발전하지 못하고 김종
삼의 시세계를 좁은 틀 안에 가둬버렸다. 소품적이고 좁은 시세계 속
에서 시인은 현실과의 대결이나 투쟁 의지를 상실한 채, 점차적으로
삶에 대한 폐허의식을 발전시켰음을 알 수 있다. 삶을 폐허 위에서
견디는 것으로 인식할 때 만나게 되는 것이 바로 방황의 문제이다.
다음 장에서는 김종삼 시의 방황의 성격을 규정해보고자 한다.

2-2. 미적가치와 방황의 문제

김종삼 시에 나타나는 방황의 성격을 규정하는 방법은 다음의 두
가지로 정리할 수 있다. 하나는 시인의 성품이나 일화 등을 통해 나타
나는바 현실과는 절연된 채 꿈의 세계를 그리는 표상으로서의 방황이
다. 장석주[75]는 "김종삼은 선험적 비관주의 패배주의의 뿌리가 너무
깊다. 그의 삶에 대한 이해와 인식은 '초월적 낭만주의'의 한 성향을
드러낸다"고 보았고, 김시태[76]는 '시인의 방황은 자아의 진실을 훼손
또는 은폐시키려는 온갖 현실의 장벽으로부터 벗어나려는 끊임없는
시도이다. 김종삼은 현실의 세계와 꿈의 세계 사이를 방황하는 고독
한 순례자, 영원한 낭만주의자'로 보고 있다. 이러한 견해와 다른 하
나는 소극적이든 적극적이든 간에 현실인식이 개입되어 자아와 세계
의 부단한 관계설정의 산물로서의 방황을 말하고 있다. 따라서 전자
는 대체적으로 낭만주의의 한 성향으로서 방황을 보고 있고, 후자는
보다 적극적인 의미를 탐색하고자 시도하고 있다고 볼 수 있다.

---

75) 장석주, 「한 미학주의자의 상상세계」, 『김종삼전집』, pp.23~24.
76) 김시태, 「언어의 고독한 축제」, 『한국현대시연구』, 민음사, 1987.

1) 방황의 현실적 의미

본 연구에서는 후자와 관련된 논의만을 대상으로 하여 김종삼 시에 나타나는 방황의 성격을 논의해보고자 한다. 왜냐하면 이 연구는 김종삼 시의 현실인식의 변모양상을 탐구하는 것을 그 목적으로 하기 때문이다.

가) 몇 개째를 집어보아도 놓였던 자리가
    썩어 있지 않으면 벌레가 먹고 있었다.
    그렇지 않은 것도 집기만 하면 썩어 갔다.

    거기를 지킨다는 사람이 들어와
    내가 하려던 말을 빼앗듯이 말했다.

    당신 아닌 사람이 집으면 그럴 리가 없다고-.
                                    -〈園丁〉중에서

김현은 위 시에서 보이는 김종삼의 특징은 비극적 세계인식이라고 밝히고 있다.[77] 과수원에서 자기가 집은 과일마다 썩어있거나 벌레 먹은 것이라는 발견은 썩지 않은 것도 자기가 집으면 썩는다는 비극적인 생각으로 발전해나간다. 다른 사람이 그럴 리 없다는 단정적인 발언은 그와 세계와의 불화를 객관적으로 판명한다. 계속하여 김현은 "비극적 세계인식은 그러나 세계에서의 도피를 뜻하는 것은 아니다. 그것은 오히려 긍정적인 세계를 열망하기 때문에 얻어지는 아픈 소리이다. 그는 그의 긍정적인 세계를 관념적으로 표출하지는 않는다. 그

---

77) 김 현, 앞의 책, p.238.

가 보여주는 긍정적 세계는 타인의 아픔을 폭 넓게 수락하고 그것을
얼싸 안으려는 잡초의 의지로 표상된다"[78]고 김종삼 시의 비극적 세
계인식의 특징을 밝히고 있다.

> 나) 어린 校門이 보이고 있었다
> 한 기슭엔 雜草가
>
> 죽음을 털고 일어나면
> 어린 校門이 가까웠다.
>
> 한 기슭엔
> 如前 雜草가,
> 아침 메뉴를 들고
> 校門에서 뛰어나온 學童이
> 學父兄을 반기는 그림처럼
> 복실 강아지가 그 뒤에서 조그맣게 쳐다보고 있었다
> 아우슈뷔츠 收容所 鐵條網
> 기슭엔
>
> 雜草가 무성해 가고 있었다
>   ─〈아우슈뷔츠〉 1연

김현은 위 시에서 죽음을 털고 일어나서 강인하게 생존해가는 잡
초를 통해 김종삼의 비극적 세계인식이 현실도피가 아님을 역설하고
있다. "비극적 세계인식은 현실도피를 뜻하는 것은 아니다. 그러나 거

---

78) 김 현, 앞의 책, p.239.

기에는 세계의 중심에 자기가 서있지 않다는 자각이 숨어 있다. 자기의 의사대로 세계를 만들어 갈 수 없다. 아니 세계를 변화시킬 수 없다. 그렇지만 세계를 그대로 수락할 수는 없다. 그가 할 수 있는 것은 그래서 방황뿐이다"79)라고 김종삼의 방황의 원인을 규정하면서, 김종삼에게 있어 글쓰기가 곧 방황의 표현이라고 결론 맺고 있다.

본 연구에서는 김현의 이러한 논의에 대해서 두 개의 질문을 제기하고자 한다. 그 하나는 잡초의 의미가 죽음을 이겨낸 생존의 의지로만 파악되는가 하는 것이고, 다른 하나는 김종삼의 글쓰기가 세계와 불화를 포함한 방황의 표현이라면 과연 그 글쓰기의 내용들은 어느 방향을 향하고 있는가 하는 점이다.

앞에서 이미 김종삼의 현실인식이 폐허 위에 자리 잡고 있었음을 밝힌바 있다. 시 〈돌각담〉에서 읽을 수 있는 삶의 허망함은 위의 인용 시에서도 그대로 드러난다. 즉, 잡초가 생존의 의지가 아니라 참상의 허망으로 읽힌다는 것이다. 아우슈비츠의 참상은 인류가 인류에게 행한 혹독한 죄악중의 하나로 손꼽을 수 있다. 이러한 참상을 시적 모티프로 하여 작품을 생산한 시인이라면 필경 생명의 끈질김과 인류에 대한 희망을 소유한 의지적 시인으로 평가되어야 마땅할 것이다. 그렇지 않다면 시인은 이런 참상을 저지르는 인간들과 어쩔 수 없이 어울려 살 수밖에 없는 현실을 등지고 어떤 이상적 경지를 추구하는 시인이라 해야 할 것이다.

　다) 방대한

　　공해 속을 걷자

---

79) 김　현, 앞의 책, p.240.

　　　술 없는

　　황야를 다시 걷자

　　　　　　　　　　　　　　　　　－〈걷자〉 전문

　　김종삼은 위 시에서 인류의 문명을 '공해'로 파악 했고, 그의 현실
적 삶을 '술 없는/ 황야'로 여기고 있음을 보여준다. 이밖에도 〈그럭저
럭〉, 〈난해한 음악들〉, 〈가을〉 등에서도 김종삼은 현대 문명이라는
것을 어지럽고 속이 메슥거리게 하는 것들로 파악하고 있음을 드러낸
다. 다시 말해 김종삼은 인간이라는 이름의 행위와 업적들에 대하여
심한 회의를 가지고 있었던 것이다. 글쓰기는 김종삼의 방황의 표현
으로 볼 수 있을 것이다. 그러나 그 내용은 시 다)에서 보이듯 공해,
술이었다. 현실을 돌아보면 어지럽고 술에 취해 있을 때, 즉 환상에
취했을 때만이 견딜 수 있다는 내용으로 가득 차 있다.

　　결국 김종삼의 방황은 세계와의 불화라는 큰 문제보다는 그가 빚
어낸 환상이 일시적이고 허무할 수밖에 없다는 지엽적인 문제에서 비
롯된 것으로 보아야 한다. 말라르메는 허무의 깊숙이 내려가 본 경험
으로 그 밑에 있는 아름다움을 발견하고 그 완벽한 표현이 시밖에 없
다고 선언했지만 김종삼의 경우에는 극복할 만한 대상이 없이 일시적
인 환상에 의지한 그의 삶은 더 허무할 수밖에 없었고 그래서 환상에
서 다른 환상으로 옮겨 가는 순간이 방황으로 표현되었다고 할 수 있
을 것이다.

3. 후기의 시세계 - 죽음의식의 표출 양상

3-1. 죽음의식의 전개

인간은 죽음에 대하여 어떤 표상을 갖고 있으며 그것과의 관계 속에서 살아간다. 그리고 삶에 대한 이해는 죽음에 대한 그것에 따라서 달라진다. 바로 그 때문에 사람들은 예로부터 거듭 죽음이 무엇이며 그것을 어떻게 맞이해야 하는가, 그리고 그것이 지니는 현실적 의미는 무엇인지 물어왔다. 죽음은 특히 20세기에 들어와 중요한 철학적 주제 가운데 하나가 되어왔고 세기 초의 여러 참상을 목도해온 많은 예술가들의 중심적인 주제가 되기도 했다.

"죽음의 외관이 지어내는 공포와 연민, 죽음의 의식적 충동에서 야기되는 허무와 비애 등이 70년대 말기부터 생성되는 김종삼 시의 내역이라 하겠다"[80]고 하현식은 후기시에 드러나는 김종삼 시의 주제적 변모를 밝히고 있다.

본 연구에서는 후기 시세계의 주요 주제를 죽음의식으로 보고자 한다. 전기시에서 미적 집착이 강하게 드러나고 그에 따른 주체적 인식이 형성되었듯이 후기시에는 죽음의식이 전면에 부상하여 시인의 주체적 인식의 변화를 요구하고 있다는 보는 것이다. 따라서 이 장에서는 잠재되어 있던 김종삼의 죽음의식의 내용이 무엇이고, 그것이 어떠한 계기를 통해 점차적으로 표면화 되었는가 하는 과정을 밝혀보고자 한다.

1) 원초체험 속의 죽음

김종삼의 삶의 비극성은 유년기에 체험된 여러 죽음의 모습들과

---

80) 하현식, 앞의 책, p.201.

무관하지 않음을 앞에서 살펴보았다. 이러한 체험들은 원초체험이라 부를 수 있다. 그것은 기억의 문제와 연관될 수밖에 없다. 문학의 세계와 실제의 세계가 다르듯이 기억 속의 과거는 실제 과거 그 자체는 아니다. 실제의 현실은 비양태적이고 비양식적이며 따라서 모호하고 불가용적이다. 그러나 기억이 모든 것을 변형시켜 분간할 수 있는 사건의 형태로 재현된다. 기억 속의 과거는 일종의 추상화된 과거다. 다시 말하면 의미화 되어있을 뿐 아니라 원래 감각하고 지각한 체험의식, 즉 정서와는 다른 정서로 보존되어 있는 과거이다.[81]

베르그송은 기억을 습관에 의하여 형성되는 것과 일회적인 특수한 사건의 자발적 회상의 두 가지로 나누었다. 러셀도 이 분류대로 전자를 습관적 기억이라 하고 후자를 진정한 기억이라고 하였다. 문학에서 중요한 것은 물론 후자의 기억이다. 이것은 과거를 인식하고 보존하고 재현하는 기능을 가진 기억이다. 기억에 대한 지배적 이론인 재현론은 기억을 과거체험이 보장되는 '저장고'로 본다. 기억은 심상을 단지 상상되거나 가정된 것이 아니라 믿어진 것으로 재현한다. 따라서 이런 신념의 감정이 기억의 중요한 구성 성분으로 지적되는 것이다.

　　가) 사면은 잡초만 우거진 무인지경이다
　　　　자그마한 판자집 안에선 어린 코끼리가
　　　　옆으로 누운 채 곤히 잠들어 있다
　　　　자세히 보았다
　　　　15년 전에 죽은 반가운 동생이다
　　　　더 자라고 둬 두자

---

81) 김준오, 『시론』, 문장, 1986, pp.283~285.

먹을 게 없을까

─〈虛空〉 전문

나) 나 꼬마 때 평양에 있을 때
기독병원이라는 큰 병원이 있었다
(중략)

어느 날 일층 복도끝에서
왼편으로 꼬부라지는 곳으로 가 보았다
출입문이 반쯤 열려 있었다
(중략)

널찍하고 길다란 하얀 탁자 하나와 몇 개의 나무의자가
놓여져 있었다
먼지라곤 조금도 찾아볼 수 없었다
딴나라에 온 것 같았다
(중략)

덜미를 잡힌 채 끌려 나갔다
거기가 어딘줄 아느냐고
〈안치실〉 연거푸 머리를 쥐어박히면서 무슨 말인지 몰
랐다.

─〈아데라이데〉 중에서

다) 옛 이야기로서 고리타분하게 엮어지는 어렸을 제 이야
기이다. 그맘때만 되면는 까닭없이 재미롭지도 못했고 죽고
싶기만 하였다.

그 즈음에는 인간들에게는 염치라곤 없이 보이리만큼 너무
지나치게 아름다움이 풍요하였던 자연을 가까이 하면 할수록
더욱 그러하였다.

-〈쑥내음 속의 童話〉 중에서

위의 세 작품은 김종삼의 원초체험 속에 자리한 죽음의식을 구성
하는 내용들을 잘 보여주고 있다. 작품 가)는 어려서 죽은 동행의 이
야기를 하고 있고, 나)는 그 자신의 체험 속에 죽음이 얼마나 가까이
있는가 하는 점을 말하고 있으며, 다)는 자연과의 친화감을 '죽고 싶
기만 하였다'로 표현하면서 유년의 죽음이 공포와 불안에 휩싸인 감
정이 아니라는 점을 밝혀주고 있다. 이밖에도 〈어디에 있을 너〉, 〈개
똥이〉, 〈운동장〉 등의 작품과 〈세 개의 무덤〉, 〈地〉, 〈死別〉 등에서
도 이와 유사한 정조를 보여 주고 있다.

하나의 사태를 기억한다는 것은 그 사태를 다시 경험하는 것이지
만 최초에 경험했던 방식과는 다르게 경험하게 된다. 기억은 경험의
특수한 유형이다. 왜냐하면 현실적 경험이 풍경, 소리, 육체적 억압,
기대, 미세하고 발전되지 않은 반응들의 혼란임에 반하여 기억은 인
상들을 선택함으로써 구성되었기 때문이다.[82]

'안치실'의 의미를 알 수 없었다는 김종삼의 진술처럼 그가 유년에
체험한 죽음들의 의미는 그 즉시에 형성되는 것은 아니다. 그것은 훗
날 김종삼의 현재적 희망을 담은 채 회상이라는 기억작용에 의하여
형성된 의미이다. 이때 그의 현재적 희망이란 유년이 순수한 가치의
세계이어야 한다는 것이다. 그러므로 과거의 기억 속에 담겨있는 죽
음 속에는 공포와 불안이 아니라 애틋하고 따스한 정조가 흐르는 것

---

82) 수잔 K. 랭거, 앞의 책, pp.237~238.

이다.

2) 사건으로서의 죽음

원초체험 속에 담겨져 있는 죽음의 내용들은 지극히 개인적이고
개별적인 것이었다. 어린 동생과 친구들이 죽었고 가까운 이웃들이
죽은 것이다. 이웃, 나와 항상 교제의 관계에 있으면서 사랑하던 사람
의 죽음은 현상적인 삶에 있어서는 가장 깊은 상처를 남긴다. 나에게
는 우선 타인의 죽음을 통해서만 죽음의 운명과 무상성의 일반적 의
미가 이해되고 구체화되기 때문이다. 그러나 일반적인 의미 규정은
이 구체화를 통한 그 자체로서는 충분한 것이 되지 못하고 죽음의 본
질에 대한 배경적 규정에 머물 뿐이다.[83] 그러한 의미규정은 나에게
죽음의 가능성을 암시한다. 이 가능성을 강화시키는 것은 대규모의
죽음, 참상의 목도에서 이루어질 수 있다.

> 라) 1947년 봄
> 深夜
> 黃海道 海州의 바다
> 以南과 以北의 境界線 용당浦
>
> 사공은 조심 조심 노를 저어가고 있었다.
> 울음을 터뜨린 한 嬰兒를 삼킨 곳
> 스무 몇 해나 지나서도 누구나 그 水深을 모른다
> ─〈民間人〉 전문

---

83) 정동호 외 편, 『죽음의 철학』, 청람, 1985, pp.60~61.

마) 밤하늘 湖水가엔 한 家族이
　　 앉아 있었다
　　 평화스럽게 보이었다

　　 家族 하나하나가 뒤로 자빠지고 있었다
　　 크고 작은 人形같은 屍體들이다

　　 횟가루가 묻어 있었다

　　 언니가 동생 이름을 부르고 있다
　　 모기 소리만하게

　　 아우슈뷔츠 라게르.
　　　　　　　　 - 〈아우슈뷔츠 라게르〉 전문

　작품 라)는 〈어둠에서 온 소리〉와 함께 한국전쟁을 전후로 한 민족의 참상을 시로 옮긴 작품이다. 이 시는 감정을 억제하고 정황을 묘사하는데 집중한다. 그러나 이 정황 묘사의 뒤에 흐르는 비정함과 참혹함을 읽어내기는 그리 어렵지 않다. 다른 한 편의 시 〈어둠에서 온 소리〉에서는 "군데군데 잿더미는 아무렇지도 않았다/ 못볼 것을 본 어린 것의 손목을 잡고/ 섰던 할머니의 황혼마저 학살되었던/ 僻地이다"라고 비교적 감정을 전면에 노출시키고 있다. 이숭원은 이러한 죽음체험이 "그의 유년기 죽음체험을 잠재의식 속에서 불러냈으며, 그의 평생의 시작을 죽음 주위에 맴돌게 하였고 평화로운 정경 주위에 죽음의 배경이 깔리게 하였다"고 지적한다.[84] 유년에 체험한 죽음보다 한국전쟁을 전후하여 겪게 되는 죽음체험들이 훨씬 더 강렬하고 깊은 인상을 남겼으리라는 추측에는 쉽게 동의할 수 있다. 하지만 체험이 너무 강해 도리어 시적 모티브로서의 기능을 상실했다는 논리를 어떻게 받아들여야 하는가? 이숭원의 논리가 간과한 점은 한국전쟁을 통한 죽음체험을 김종삼은 아지 나의 것으로 받아들이지 않고 있다는 점이다.

다음 시 마)는 한국전쟁이라는 사건의 체험이 있은 후에 연상작용으로 쓰여 진 작품 중의 하나이다. 〈아우슈뷔츠 라게르〉, 〈아우슈뷔츠〉, 〈地帶〉 등 세 편의 작품은 모두 2차대전 중에 있었던 유태인 학살의 대명사로 일컬어지는 '아우슈비츠'를 모티브로 하여 쓰여 진 작품이다. 이 작품들은 예외 없이 감정이 일체 배제된 묘사로 일관되고 있다. 또 '크고 작은 인형'(〈아우슈뷔츠 라게르〉), '검은 標本'(〈地帶〉)처럼 등장인물들이 비인격체로 묘사되고 있다. 한결같이 죽음의 모습을 그려내면서 비인격체를 등장시키는 김종삼의 의도는 무엇인가? 필자의 견해로는 김종삼이 한국전쟁에서의 죽음체험이나 그것의 연상작용으로 이루어진 아우슈비츠의 참상을 하나같이 '사건'의 형태로 받아들였기 때문으로 보인다. 유년기 죽음체험에서 보이던 애틋하고 따스한 정조가 일체 사라지고 비정하고 냉정한 어조가 전면에 흐른다. 사건으로서의 한국전쟁의 죽음체험은 보다 광범위하고 참혹한 것이지만 시인에게 있어 그것은 현재의 희망(욕망)을 옮겨 심어 이룩할 수 있는 기억(회상)의 대상이 아니므로 그만큼 거리라 멀게 느껴지는 것이다. 그러므로 죽음이 공포와 불안의 모습으로 다가오고 김종삼의 시 전반을 지배하는 요소로 자리 잡는 순간은 보다 훗날에 이루어진다고 보아야 한다. 아직은 '나', 존재의 문제가 아니었던 것이다.

---

84) 이숭원, 「김종삼 시에 나타난 죽음과 삶」, p.290.

3) 죽음의식의 표면화

앞에서 김종삼의 시에 있어서 죽음의식이 애틋하고 따스한 정조를 드러내는 기억으로서의 그것과 비정하고 냉정한 묘사로 일관하는 사건으로서의 그것으로 구성되어 있음을 알 수 있었다. 이 두 개의 체험 영역은 후자가 시간적 거리가 가까움으로 더 강한 인상을 남겼다고 볼 수 있으나 전자는 심리적 거리가 후자보다 가까움으로 잠재적인 죽음의식에서는 등가의 구성물 역할을 한다고 볼 수 있다.

김종삼의 작품 중에서 죽음의식의 표면화를 알리는 역할을 하는 작품은 바로 〈시체실〉이라고 볼 수 있다.

> 바) 우리들은 달리는 列車속에 앉아 있었다
>   할 말이 남아 있지 않았다
>   터널 속을 지나고 있었다
>
> —〈시체실〉 중에서

시인은 무슨 이유에서인지 시체실에 간다. 거기에는 교통사고로 죽은 남자, 음독한 여자, 병사한 아이, 그리고 싱겁게 죽어간 친구가 있다. 마치 '他界에서의 屍體檢査를 進行하는 느낌'이라고 시인은 그 생소함을 표현하고 있다. 시인은 일행은 친구의 유일한 혈육인 여동생에게 친구의 죽음을 알리지 않기로 결정하고 돌아온다. 일행은 달리는 열차 속에 앉아 있었고 할 말이 남아 있지 않은 상태에서 터널 속을 지나고 있었다. 이 작품은 갖가지 죽음의 모습을 마치 '챠트'처럼 구성하여 보여줌으로써 삶의 허망함을 더욱 고조시키고 있다. 뿐만 아니라 '시체검사를 진행하는 느낌'이라는 표현과 '할 말이 남아 있지 않았다'라는 표현 사이에서 죽음의 실존적 상황을 암시해준다. 우리

는 모두 죽는다. 그 누구가 아니라 차례가 되면 우리 모두가 죽는다는
인식이 실존적 죽음 인식의 첫걸음이다. 곧 실존한다는 것은 죽음에
직면하여 서 있는 것을 의미하는 것 외에 아무것도 아니라는 뜻이다.

> 사) 나는 입원하여도 곧 죽을 줄 알았다
> 십여 일 여러 갈래의 사경을 헤매이다가 살아나 있었다.
> 현기증이 심했다.
> 마실을 다니기 시작했다.
> 시체실 주위를 배회하거나
> 죽어가는 사람의 침대 옆에 가 죽어가는 얼굴을 들여다
> 보다가
> 긴 복도를 왔다갔다 하였다.
>   ─〈앞날을 향하여〉 중에서

시인은 비로소 나의 가능성으로서의 죽음을 체험한다. 사경을 헤매
다 살아난 체험은 비록 가체험이지만 이 체험을 통하여 시인은 죽음
의식을 그의 시 전면에 드러내는 것이다. 작품 사)의 후반부에서 시인
은 가난한 이웃 아낙네가 가망이 없다는 남편의 호흡기를 떼지 않기
위해 노력하는 모습, 즉 삶의 모습을 발견한다. 삶이란 현실의 수많은
고통과의 부대낌에 다름 아니다. 약하고 가난한 이들까지도 이 혹독
한 현실 앞에서 쉽사리 물러서지 않고 적극적인 의지의 모습으로 살
아가고 있음을 발견하는 것이다.

김종삼의 작품에 나타나는 '시체실'의 이미지를 정리해 보면, '안치
실(〈아데라이데〉)' ─ '시체실(〈시체실〉)' ─ '시체실(〈앞날을 향하여〉)'의
순서로 나타난다. 〈아데라이데〉에서 보이는 죽음과의 친화성은 친구

의 죽음을 통한 실존적 자각의 계기로 이 자각은 다시 자기 자신의 죽음에 대한 가체험을 통한 일상세계의 발견으로 나아간다. 이 진행은 김종삼의 시에 있어서 후기로 올수록 현실인식이 강화되고 있음을 보여주는 대표적인 한 단면이라고 할 수 있을 것이다.

3-2. 죽음의식과 현실과의 관계

이 장에서는 후기시에 들어서면서 치열해진 김종삼의 죽음의식이 어떻게 환상/현실의 대립이라는 김종삼의 전기시를 변모시키는가 하는 점을 살펴보고자 한다. 그러나 김종삼의 죽음의식이 전기시에 있어서의 미적집착만큼 명확한 것이었다고는 할 수 없다. 죽음의식은 현실인식의 변화를 수반하면서 그 자체도 변화해가는 과정에 있었기 때문이다. 따라서 이 장에서는 김종삼의 시에 드러나는 죽음의식 양상을 체계적으로 점검하면서 이와 관련된 현실인식의 문제점들을 파악하고자 한다.

1) 죽음의식의 제 양상

실존철학에서는 자신의 죽음도 어느 때엔 한번 닥쳐올 하나의 사건으로서 곧 이미 살아있지 않은 상태로 어김없이 옮아가는 존재변화를 의미하는 다가오고 있는 죽음으로서 문제되는 것은 아니고, 또 마찬가지로 죽음으로 인도하는 시간적으로 흐르는 사망의 경과로서 문제되는 것도 아니고, 이 사건이 오늘 현재에 이미 나의 생생한 삶에 대하여 가지는 의의가 문제이며 죽음에 관한 지식이 삶에 끼치는 변혁의 힘이 문제가 된다고 역설하고 있다.[85] 다시 말해 실존 철학에

---

85) 정동호 외 편, 「죽음의 철학」, p.213.

있어서 죽음이 문제가 되는 것은 그것이 삶과 갖는 관련성에서 비롯된다는 것이다. 시 〈앞날을 향하여〉 이후 김종삼이 보여주는 죽음의식은 다음의 몇 갈래로 나누어 고찰할 수 있다.[86)]

① 종결화음의 죽음의식

죽음을 유기체로서의 사명을 다하고 그 본래의 모습으로 되돌아가는 것이라고 생각하거나 죽음이 삶의 절정, 혹은 극치를 이룬다는 생각 등이 이 속에 포함된다.

> 가) 나는 무척 늙었다 그러므로
>   나는 죽음과 친근하다 유일한 벗이다
>   함께 다닐 때도 있었다
>   ―〈前程〉 중에서

> 나) 나는 나에게 말한다
>   죽으면 먼저 그곳에 가라고
>   ―〈글짓기〉 중에서

> 다) 나는 누구나 한번 가는 길을
>   어슬렁어슬렁 가고 있었다
>
>   세상에 나오지 않은

이러한 의미에서 쥐찰즈도 죽음을 사실로서의 죽음, 확신으로서의 죽음, 경과로서의 죽음으로 분류하고 있다. 그러나 이 셋 중에 어느 하나도 그 자체로는 실존적인 죽음이라 할 수 없다. 왜냐하면 삶을 변혁하는 힘의 문제가 빠져있기 때문이다.
86) 앞의 책, 「실존철학에서의 죽음의 문제」, pp.211~249 참조.

　　　　樂器를 가진 아이와
　　　　손쥐고 가고 있었다

　　　　　　　　　　　　　　　－〈풍경〉 중에서

　　라) 머지 않아 나는 죽을거야
　　　　산에서건
　　　　고원지대에서건
　　　　어디메에서건
　　　　모차르트 플루트 가락이 되어
　　　　죽을거야

　　　　　　　　　　　　　　　－〈그날이 오며는〉 중에서

　　위의 네 작품에서 공통적으로 드러나듯 죽음은 결코 고통스러운
무엇이 아니다. 그것은 유년에 뛰놀던 언덕으로 돌아가거나 평화의
어떤 곳으로 들어가는 것일 뿐이다. 그래서 김종삼은 '인간의 죽음이
뭐냐고/ 묻는 이에게 모차르트를 못 듣게 된다고'(〈對話〉)고 대답할
수 있는 것이다. 이러한 생각의 끝에는 그의 독백처럼 '죽음만이 극치
가 될지도 모른다'(〈풍경〉의 散文중에서)는 종결화음식 죽음의식이 깔
려있다.

　　② 추락의 죽음의식
　　죽음이란 끝없는 고통 속에서 생을 마감하는 일이거나 지옥으로
추락하는 것이라는 의식이다. 이때에는 죽음에 대한 공포와 불안이
두드러지게 나타나게 된다.

　　마) 나 지은 죄 많아

죽어서도
영혼이
없으리

                    -〈라산스카〉 중에서

바) 나는 죽어가고 있었다
   며칠째 지옥으로 끌리어가는 최악의 고통을 겪으며
   죽음에 이르고 있었다.
   (중략)

   이틀만에 깨어난 것이다
   고되인 걸음이 시작되었다
   앞으로 앞으로

                    -〈아침〉 중에서

사) 입원하고 있었습니다
   육신의 고통을 견디어 낼 수가 없었습니다
   (중략)

   그러나 하나님은 저의 한 손을
   잡아 주지 않았습니다.

                    -〈궂은 날〉 중에서

아) 아무 것도 아무도 물기도 없는
   소금 바다
   주검의 갈림길도 없다.

                    -〈소금 바다〉 중에서

　육신의 고통이 몰고 오는 죽음의 외형에 공포감을 드러내면서 시인은 자신이 죽어서도 영혼이 없는 존재이거나 지옥으로 떨어질 것이라고 믿는 죄의식을 극단적으로 드러내고 있다. 뿐만 아니라 〈소금바다〉와 같은 작품에서는 '주검의 갈림길도 없다'는 극한의 허무감을, 〈꿈이었던가〉에서는 '수억년간 악력과 곤충'들에게 시달리는 주검의 연쇄가 계속된다는 끔찍한 상상, 다시 말해 추락에의 공포를 드러내고 있다.

　③ 실존적 죽음의식

　실존한다는 것은 죽음에 직면하여 서있는 것이라고 실존철학자들은 주장한다. 야스퍼스는 죽음에 의한 위협 속에서 드러나는 문제를 '실존의 불안'이라 부르고 이 불안 속에서 비로소 죽음의 의식이 현재의 삶에 대하여 실제로 건설적인 힘으로 변용된다고 하고 있다. 그것은 순수한 존속에 대한 불안이 아니고 잃어져 가는 현존재의 가치에 대한 불안이기 때문이라는 것이다.[87] 김종삼의 경우에도 이와 다르지 않다.

> 자) 내가 죽어가던 아침나절 벌떡 일어나
> 　　날계란 열 개와 우유 두 홉을 한꺼번에 먹어댔다.
> 　　그리고 들로 나가 우물물을 짐승처럼 먹어댔다.
> 　　얕은 지형물들을 굽어보면서 천천히 날아갔다.
> 　　착하게 살다가 죽은 이의 죽음도 빌려보자는
> 　　생각도 하면서 천천히
> 　　더욱 천천히
> 　　　　　　　　　　　　－〈또 한번 날자꾸나〉 전문

---

87) 앞의 책, pp.240~241.

차) 나는 불치의 지병으로 여러번 중태에 빠지곤 했다.
　나는 속으로 치열하게 외친다.
　부인터 공동 묘지를 향하여
　어머니 나는 아직 살아 있다고
　세상에 남길만한
　몇 줄의 글이라도 쓰고 죽는다고
　그러나
　아직도 못 썼다고

— 〈어머니〉 중에서

카) 담배 붙이고 난 성냥개비불이 꺼지지 않는다 불어도 흔
　들어도 꺼지지 않는다 손가락에서 떨어지지 않는다.
　새벽이 되어서 꺼졌다.
　이 時刻까지 무엇을 하며 살아 왔느냐 다 무엇 하나 변
　변한 것도 없다.
　오늘은 찾아가 보리라
　死海로 향한
　아담橋를 지나

　거기서 몇 줄의 글을 감지하리라.

　遼然한 유카리나무 하나.

— 〈詩作노우트〉 전문

위 작품들은 모두 시인이 사경을 헤매다 깨어났다는 것을 작품 속
에서 비유적으로 진술하고 있다. 그리고 깨어난 후에는 생명에의 강
한 의욕을 보인다는 점도 공통된다. 즉 죽음에의 위기를 넘긴 후 시인

은 자신의 존재가치에 대하여 질문하게 되는 것이다. '이 시각까지 무엇하며 살아왔느냐, 무엇하나 변변한 것이 없다'는 인식과 '부인터 공동묘지'를 향해 치열하게 외치는 말이 한가지로 들린다. 지병에 고생하는, 언제 죽을지 모르는 환자로서 김종삼의 이러한 반성적 인식은 삶에 대한 새로운 발견을 가능케 한다. 그것은 다름 아닌 '일상적 세계의 발견'이다.[88] '착하게 살다가 죽은 이의 죽음도 빌려보자'는 발상에서 그는 가난하지만 인정 많은 이웃들의 삶에 대한 관심을 보인다. 타락한 가치의 세계로만 여겼던 현실 속에는 고생되어도 아름답게 살고 있는 이웃들이 있었던 것이다. 이 관심을 계기로 김종삼의 현실인식은 크게 변화하기 시작한다.

3-3. 현실대응의 문제

죽음의 고비를 넘나들면서 김종삼의 현실인식은 변하기 시작한다. 이 변화는 '시가 뭐냐'(〈누군가 나에게 물었다〉)는 근본적인 물음의 차원으로 넘어간다. 시인에게 묻는 '시가 뭐냐'는 질문은 시인의 존재 자체에 대한 물음과 같기 때문이다. 김종삼은 '나는 시인이 못됨으로 잘 모른다'고 대답한다. 이 대답처럼 변화하기 시작한 김종삼의 현실인식은 두 갈래로 나뉘며 상호 모순된 양상을 표출한다. 이 장에서는 현실인식의 변모양상을 삶과 시작(詩作)에 관련된 것들로 나누어 살펴보기로 한다.

　　가) 어제처럼 그제처럼
　　　　목숨이 어어져가고 있음은

---

88) 이승훈, 「일상세계의 시학」, 『문학사상』, 1984, 4월호, pp.256~258.

아무리 생각하여도
시궁창에서 산다 해도
主의 은혜이다

　　　　　　　　　　　　　－〈非詩〉2연

나) 여러 날 동안 사경을 헤매이다가 살아서 퇴원하였다
　　나처럼 가난한 이들도 명랑하게 살고 있음을 다시 볼
수 있음도
익어가는 가을 햇볕과
초겨울의 햇볕을 다시 즐길 수 있음도 반갑게 어른거리는
옛 벗들의 모습을 다시 볼 수 있음도
主의 은총이다.

　　　　　　　　　　　　　　－〈오늘〉 전문

다) 가난하여도 착하게 사는 이들 사이에
떠 오르고 있다
빛나고 있다
이런 때면 인간에게 불멸의 광명이라는
것이 무엇인가를
조그마치라도 알아 낼 수는 없지만
그저, 상쾌하기만 하다.

　　　　　　　　　　　　　　－〈음악〉 중에서

　죽음의 극한 고통 뒤에 찾아오는 것은 먼저 살아있음에 대한 기쁨
이다. 김종삼은 이 기쁨을 '主의 은총'이라 생각한다. 그는 '이 세상이
고맙다 예쁘다'(〈행복〉)고 그 기쁨을 표현하고 있다. 이처럼 삶에 기쁨
을 느낄 때 그는 가난하지만 착하게 사는 이웃들을 발견한다. 이 발견

의 배면에는 이웃들과 시인과의 동질성이 자리하고 있다. 형 종문이 위독하다는 전갈을 받고 길을 나선 시인은 허술한 차람의 사람을 만난다. 그는 연탄가스로 죽은 두 딸을 만나러 부여에서 상경한 사람이다. 가난하고 힘없는 사람들이 혈육의 죽음이라는 동질성을 매개로 만나는 것이다. 이러한 만남을 통하여 김종삼은 그 자신이 죽지 않고 살아있음을 감사할 수 있는 존재로 전환하게 된다. 이웃들에 대한 이러한 인식의 절정은 '그런 사람들이/ 이 세상에서 알파이고/ 고귀한 인류이고/ 영원한 광명이고/ 다름아닌 시인이라고'(〈누군가 나에게 말했다〉) 그 자신에게 대답하는 데서 이루어진다.

그러나 김종삼의 현실인식에는 분명한 한계가 있다. 〈누군가 나에게 말했다〉 이후 쓰여진 많은 작품 중에서 그는 '기구하게 살다가 죽어간/ 내 친구들'을 주께서 기억하시기를 바라거나 작고한 예술가들을 추모하기에 바쁘기 때문이다. 김종삼은 적극적인 생 의지를 갖고 폭넓게 이웃들의 아픔을 자기의 것으로 포용하기 보다는 편린을 거나 추모하기 위해 남은 시간들을 사용하고 있는 것이다. 그래서 김종삼은 '나는 이 세상에/ 계속해온 참상들을 보려고 온 사람이 아니다'(〈무제〉)라고 단언할 수 있었던 것이다. 이미 변해버린 현실인식과 이를 수용하지 못하는 시작태도는 글쓰기 자체를 위험스럽게 한다.

　　라) 그렇다
　　　　非詩일지라도 나의 職場은 詩이다.
　　　　　　　　　　　　　　　　　　－〈詩作〉 중에서

　　마) 해괴한 팔짜이다 또 죽지 않았다
　　　　뭔가 그적거려 보았자 아무 이치도 없는
　　　　　　　　　　　　　　　－〈죽음을 향하여〉 중에서

작품 라)에서는 자신의 시작에 강한 자신감을 보인다. 그러나 마)
에서처럼 곧바로 아무 이치도 소용도 닿지 않는 것이라고 토로하기도
한다. 시인에게 있어 글쓰기란 세계 속에서 그 자신을 지켜나가는 유
일한 방법이라고 할 수 있다. 그러므로 김종삼은 '비시'일지라도 글쓰
기는 나의 '직장'이라고 말할 수 있는 것이다. 그러나 세계는 모순되고
부조리하다. 착하게 사는 이웃들은 시련을 겪고 시인 자신도 지병과
가난에 시달리고 있다. 이때 순수한 가치란 일상의 세계에서 아무런
위안이 되지 못하는 것이다. 이 깨달음 뒤에 시인은 자신의 글쓰기가
아무 이치도 없는 것이라고 말할 수 있었던 것이다.

그러나 세계의 부조리함만을 탓하기 이전에 시인에게도 문제가 내
재되 있었다. 그는 달라진 현실인식을 담아낼만한 언어에 대한 태도
변화를 보이지 않는다. '시는 아름다워야 한다'는 미학주의적 언어관
이 고정되었기 때문이다. 이 아름다움을 깨지 않기 위해서 김종삼의
시는 그대로 소품적 구성을 유지하고 있다. 그래서 삶에 대한 새로운
발견은 마치 잠언처럼 표현되고 마는 것이다.

> 바) 살아온 기적이 살아갈 기적이 된다고
> 사노라면
> 많은 기쁨이 있다고
>
> ―〈漁夫〉 중에서

고통을 감내해내는 의지의 목소리가 아니라 주문을 걸듯 '살아온
기적이 살아갈 기적이 된다고' 시인은 중얼거리고 있다. 이 중얼거림
을 통해 세계는 그 모순과 부조리를 깨치고 '많는 기쁨'이 있는 곳으
로 마법처럼 변화될 수 있는가? 김종삼의 시세계는 이 질문 앞에서

멈춰버리고 말았다.

4. 마무리

앞에서 필자는 김종삼의 시세계를 〈앞날을 향하여〉를 전후로 한 두 시기로 나누어 살펴보았다. 그 결과 전기 시세계에서는 미적가치에 대한 집착이 강하게 드러나고 후기 시세계로 올수록 잠재된 죽음의식이 표면화되면서 일상시의 세계로 발전함을 알 수 있었다. 그러나 전기 시세계에서 보였던 미적가치에 대한 집착이 후기 시세계에서 완전히 사라진 것은 아니었다. 미적가치에 대한 지향성은 김종삼의 시작 전반을 통하여 일관되고 있으나 그 기능이 매우 약화되어 나타난다. 다시 말해 후기 시세계의 중심주제가 아니라 가장 중요한 주제로 대두된 일상성의 세계와 갈등하는 요소로 작용한다는 것이다.

그러한 변화의 요인은 시인에게 계속된 가난과 질병의 체험에 의한 삶의 절박함의 발견, 즉 죽음의식의 성장이라 할 수 있다. 김종삼의 죽음의식은 전기 시세계에서는 잠재의식으로 이른바 '죄의식'의 근원으로 깔려있지만 후기 시세계로 올수록 표면화되어 실존적인 죽음, 나의 죽음으로 시에 등장한다. 이러한 죽음의식의 성장은 세계. 모순과 부조리로 가득 찬 타락한 세계에서도 일상의 폭력을 나날이 견디며 착하고 인정 많게 살고 이웃들에 대한 발견으로 이어진다. 이처럼 이웃과 일상의 발견은 김종삼의 시세계를 획기적으로 전환시킬 수 있는 계기가 될 수도 있었다. 그러나 김종삼은 자신의 미학주의적 발상과 언어관에 갇혀 시름하는 사이 이 계기는 영원히 미제의 문제로 남겨지게 되고 말았다.

사이버시대 현장성과 문제점

디지털 담론의 문학적 수용의 성과와 문제점
불안과 매혹 – 시에 있어서 환상성의 문제
시속의 미국, 비극으로 치닫는 '파르마콘'의 신화
우리 시와 대도시 공간
'시 쓰기'를 위한 몇 개의 단상(斷想)
문화 인프라로서의 시 낭송의 가능성과 문제점

디지털 담론의 문학적 수용의 성과와 문제점

우리들의 미래는 낙원이자 지옥이다. 미래는 욕망의 땅이기
때문에 낙원이고 불만의 가정이기 때문에 지옥이다. ― O. 빠스

1. 우로보로스의 뱀 ― '디지털 담론'의 난점

디지털, 혹은 사이버라는 용어는 이미 광범위하게 일반화되어 사
용되고 있다. 학술서적에서 싸구려 전단지까지, 전쟁에서 점치는 일
까지 디지털이라는 용어는 우리 문화의 구석구석에 스며들어 있다.
현대의 대기는 산소와 질소, 그리고 광고로 이루어졌다고 어느 광고
학자는 무차별적인 광고의 폭력을 표현했지만, 거기에 '디지털, 혹은
사이버'를 덧붙이고 싶은 실정이다. 그럼에도 불구하고 이 문제를 문
학이라는 자장 위에서 분석하고자 할 때, 문제 설정 자체에서 매우
난감해질 수밖에 없다. 최근의 한 잡지의 기획에서 이러한 어려움을
한 평론가[1]는 매우 정확하게 기술하고 있는데, 그에 따르면 "디지털
상상력에 의해 쓰여진 문학의 내용과 형식, 그 분명한 실체는 아직
불투명하다. 디지털 상상력이 과연 무엇인지 말하는 데 주저할 수밖
에 없는 이유도 그것이 여전히 현재진행형이기 때문일 것이다. 하지
만 적어도 '우리 시에 나타난 디지털 상상력'의 문제를 점검하는데 있
어 그것이 디지털 매체의 적극적 활용에 의해 산출된 모든 문학 작품

---

1) 강경희, 「'나'를 찾아가는 존재의 함성」, 『시와반시』, 2004년 봄호, pp.146~147.

이라는 단서는 피해 가야 할 것이다. 가령 통신이나 인터넷, 컴퓨터에 의해 쓰여진 문학작품 전반을 모두 디지털 상상력에 기인한 창작 행위라 규정할 수는 없을 것이다. 상상력의 문제란 도구의 차원을 넘어서, 인간의 체험과 그 체험이 야기한 다양한 형태의 사유 작용이 만들어낸 결과물이기 때문이다. 따라서 '디지털 상상력'이란 명제 속에는 디지털 환경이 파생시킨 변화된 인간의 인식과 관념, 그 속에서 도출된 자아와 세계의 문제가 반영되어야만 한다. 이것은 나와 세계, 이성과 감성, 추상적인 것과 구체적인 것, 보편적인 것과 특수한 것처럼 대립되고 충돌하는 것들을 포괄하고 융합하려는 종합적 능력의 구현 방식을 의미한다. 또한 디지털화된 세계를 살아가는 오늘의 시인들이 어떠한 자기 동일성의 원리와 가치를 찾고 있는가에 대한 성찰이 요구된다." 인용이 좀 길었지만, 그 글은 시를 대상으로 하고 있고, '디지털 상상력'이라는 주제에 집중됨에도 불구하고, '디지털 담론'이 현재진행형이고 그 결과가 종국에는 인간, 또는 우리가 정의하고 있는 '인간성'의 변화에 닿아 있어야 한다는 것을 주장한다는 측면에서 시사하는 바가 매우 크다. 또한 이 글의 문제의식과도 궤를 같이 하고 있다.

문학 분야에서 기왕에 생산되어진 '디지털 담론'은 제 입으로 제 꼬리를 억세게 물고 있는 뱀과 닮았다. 사회, 문화적 변화에 직면해 그 변화를 통해 문학적 활력을 제고하려던 시도가 종국에는 새로운 피로감으로 남은 형국이기 때문이다. 한발 더 나간다면, 위기를 기회로 삼고자 했지만 종국에는 더 큰 위기 앞에 놓인 것과 같다고도 할 수 있다. 이러한 필자의 판단을 논증하기 위해서 이 글은 실제 작품 분석은 생략할 것이다. 대신에 '디지털 담론'의 발생 원인과 전개 방향, 그리고 목표 내지는 지향점, 남은 문제들의 순으로 진행하고자 한다.

2. 위기와 기회의 파동 - '디지털 담론'의 전개 양상

문학이란 근본적으로 당대의 모순에 대한 개인적, 동시대적 기록의 결과물이므로 문학의 시대란 언제나 위기의 시대라고 할 수 있다. 그러나 매시기마다 닥쳐왔던 위기의 원인과 영향은 달랐고, 응전 방식도 새로울 수밖에 없었다. 1990년대 이후 우리 문학이 가장 위협을 느꼈던 것은 무엇일까? 최소한 오늘 우리가 생각하는 의미의 '디지털'은 아니었다. 주지의 사실이지만, 디지털이란 정보의 전송 방식을 일컫는다. '아톰'을 기반으로 한 아날로그 방식에서 '문자'가 상대해야 했던 대상은 '비트'에 기반한 디지털 방식이 아니라 바로 '영상'이었다. 따라서 우리 문학의 위기의식은 최초에는 광범위하게 확산되고 있었던 '영상이미지'에 의한 위협을 인식하면서 비롯되었다고 할 수 있다.

이러한 사실은 여러 평자들에 의해 확인되는데, 박혜경[2]의 경우는 "영화나 텔레비전, 디지털 동영상 등의 출현과 더불어, 시각적 매체의 영역에서 독점적인 지위를 누리던 문자는 폭발적으로 증대되는 이미지에 대한 사회적 수요와 경쟁해야 하는 처지에 놓이게 되었다. 오늘날에 이르러 각종 전자 매체들로부터 쏟아져 나오는 영상이미지들은, 특히 젊은 세대들을 중심으로, 거의 자연과 다름없는 환경적 요인으로 작용하면서 삶의 양상을 폭넓게 변화시켜 나가고 있다. 문자문화의 위기를 불러오는 이미지들의 위력은 아마도 그것이 문자와는 다른 코드로 우리의 삶 속에 수용되는 방식에 있을 것이다. 영상 매체가 화면을 통해 제공하는 이미지들은 기본적으로 인식의 차원보다는 감각의 차원에 더 깊숙이 관여한다고 말할 수 있다."고 위기의식을 드러낸다. 이처럼 박혜경은 문자 매체와 영상 매체의 대립이라는 구도를

---

2) 박혜경, 「문학, 유령의 삶」, 『문학동네』, 2000년 가을호, p.176.

통해서 문학의 위기를 읽고 있으며, 디지털이나 뉴미디어에 대한 관심은 상대적으로 미약한 편이라고 할 수 있다.

이와는 반대로 문학을 둘러싼 환경의 변화를 감지하고 상대적으로 변화된 환경 속에서 문학의 가능성을 찾아보려는 시도도 있었는데, 허혜정[3]의 경우는 "다채로운 테크놀로지를 이용한 문화의 생산은, 이제 활자문명을 과거로 패주시키며, '비트'라는 새로운 전자언어에의 관심을 증대시켰다. 문학의 일차적 매체였던 책은 인쇄문화의 종언을 고하는 은유임과 동시에 새로운 테크놀로지의 은유가 되었으며, 언제든지 정보를 예치하고 인출할 수 있는 '데이터 뱅크'의 관념으로 전환되기 시작했다. 이러한 현상은 우리의 관심을 책이라는 것의 가능성을 실현하는 다양한 매체들로 돌아가게 한다."고 보고 있다. 새로운 디지털 기술—종국에는 미디어의 형태—이 문학의 생산 방식에 중대한 영향을 끼치리라는 전망 아래 문학의 가능성을 탐색하고 있는 것이다. 이러한 글들은 우리 문학이 본격적인 '디지털 담론'의 성격을 갖추게 되었다는 점을 보여준다.

뒤이어 인터넷 사용이 일반화되면서 우리 문학은 두 개의 커다란 혼란을 경험하게 된다. 그 하나는 문학적 담론이 본격적으로 디지털 매체와 관련되면서 생겨난 것이라 할 수 있는데, '사이버 공간'상에서의 문학적 행위가 문제가 되기 시작한 것이다. 이에 대해 전봉관[4]은, "디지털 매체와 문학을 관련시킬 때, 문학의 디지털화와 소위 '사이버 문학'의 구분은 필수적이다. 그리고 그러한 구분을 위해서는 문학의 개념을 재확인할 필요가 있다. 최근 문학과 디지털 매체를 연결시키

---

3) 허혜정, 「현대시와 뉴미디어」, 『문예중앙』, 1999 겨울호, p.135.
4) 전봉관, 「디지털 시대의 문학과 그 정체성 문제」, 『사이버문학론』, 2001년 월인, p.282.

려는 다양한 시도가 있어 왔고, 그 가능성에 대해 지나친 기대를 걸거
나, 맹목적인 거부감을 표시하는 문학인들의 논쟁이 이어졌지만, 그
모든 과정에서 배제된 것은 '문학이란 무엇인가?'라는 더 근본적인 질
문이었다. 예컨대, 우리는 하이퍼텍스트 문학의 기술적·상업적 가능
성을 묻기 이전에 고정되지 않은 휘발성 텍스트가 문학의 영역에 포
함될 수 있을 것인지에 대해 물었어야 했다."고 밝히면서 '사이버 문
학'을 인정하지 않으려는 듯한 태도를 취한다.

다른 하나는 이른바, '저자의 죽음' 또는 작가의 왜소화 현상이 급
속하게 심화된다는 것이었다. 이런 상황은 김병익5)에 따르면, "작가
의 이름이 작아지는 또 하나의 중요한 측면은 뉴미디어로 일구어지는
새로운 문화산업의 발흥이다. 문화산업이란 출판이나 그림 복제, 레
코드의 산업주의 시대적 단계로부터 오디오와 비디오, 또는 컴퓨터와
통신 혹은 그것들이 결합된 멀티미디어 등 전자 문화적 산업들로 옮
겨가고 있고, 그래서 이미, 활자 미디어보다는 영상 미디어, 문자 문
학보다는 영화나 텔레비전 드라마의 영상 문화, 컴퓨터에 의한 각종
메커니즘으로 급진하고 있다. 이때 문학은 이중의 힘에 몰린다. 하나
는 텔레비전과 비디오, 컴퓨터 등 전파 매체들의 거센 힘이 문학을
무력하게 만들어버린다는 점이다. 이것들은 문학 독자들의 시선을 앗
아가며 그 관심과 화제를 자기 쪽으로 바꾸게 할 것이고, 그래서 문자
문학은 점점 밀려나 소외되어버리지 않을 수 없게 된다. 다른 하나는,
그 새로운 전자·전파 문화가 문학을 끌어들여 그 것의 한 부분으로
종속시킨다는 점이다. 이때 작가는 영화나 텔레비전 드라마에서 '스
토리 구성자'로 축소되며 많은 스탭들 사이에 끼여든 하나의 제작 참

---

5) 김병익, 『새로운 글쓰기와 문학의 진정성』, 문학과지성, 1997, pp.113~114.

여자로 예속되어 버린다. 작가는 '창조자'로부터 드디어 '창의자'로 내려앉고 독립적인 지위로부터 감독의 지휘를 받는 전문 동료의 하나로 탈바꿈하지 않을 수 없다."는 것이다.

이상에서 살펴본 것처럼 '디지털 담론'의 출현은 단순하게 말한다면 우리 사회가 급속하게 정보화 사회로 이행하면서 그 환경적 변화에 대한 문학인들의 대응 속에서 출현했다고 볼 수 있지만, 영상 문화의 범람, 저자의 왜소화와 같은 문학의 내재적 위기감이 덧붙여져 보다 복합적이고 다양한 층위로 분출되었다고 보아야 할 것이다.

3. 자살인가, 변신인가 — '디지털 담론'의 심화

휴대폰, PDA의 일반적 사용의 정착, 인터넷 사용 인구의 급증(최근의 뉴스는 현재 우리나라의 인터넷 사용 인구가 3천만 명을 돌파했다고 보도했다) 등등 우리 사회는 급속하게 정보화되었다. 산업 논리에 의해 추진된 결과겠지만 이러한 현상은 문학 담론의 전개 과정과 방향을 바꾸는 데도 충분했다. '디지털 담론'은 그러한 현상이 문학의 위기 내지는 부담이라는 혐의를 가볍게 하면서 새로운 방향으로 정교화될 수 있었다. 거칠게 범주화하면 두 개의 갈래로 나누어볼 수 있는데, 그 중 하나는 당면한 현실, 또는 '현상'으로써 그 자체를 인정하자는 것이었다.

"맥루한이 전기 테크놀로지의 출현과 구술적 인간으로의 변화를 이야기할 때에는 전기 미디어들이 가진 순간적인 내파성을 염두에 둔 것이었지만 이제 인터넷이라는 미디어는 그보다 더욱 진전된 변화를 가져오고 있는 셈이다. 그것은 마치 구어에서 화자와 청자가 상호 관련성과 의존성을 가지고 커뮤니케이션을 완성해 가듯 인터넷이라는 새로운 미디어는 그러한 구어성을 더욱 강화하고 있는 것으로 판단할 수 있다. 따라서 인쇄매체시대의 경우 작가의 절대적 권위와 주체성이 인정될 수 있었지만 결국 인터넷의 쌍방향성, 실시간성이 작가와 독자 사이의 경계를 무너뜨리고 있고 작가의 주체성 상실로 이어지게 된다."6)고 한 논자는 이 새로운 현상을 분석하고 있다. 그에 따르면 문제는 '우리가 그것을 의식하건 의식하지 못하건 간에 이제 인터넷은 우리의 감각기관을 재조정하고 그로 인한 의식의 변화를 가져오고 또한 글쓰기의 방식까지 바꾸어놓음으로써 문학의 변화로 이어지게 하고 있음을 알 수 있다.'는 것이다. 다시 말해, 문학인들은 이 매체의 변화를 외부적 환경의 변화가 아니라 내적인 창작 방법의 변화로 내면화시켜야 한다는 것으로, 이 시점에서 '디지털 담론'은 핵심적인 문제에 접근할 수 있었다고 여겨진다.

　다른 하나는 지금까지 진행되어 왔던 전망이나 그 파급 효과에 대한 논의에서 한걸음 더 나아가 '디지털 담론'들이 함의하고 있는 본질적인 문제들에 대한 논의가 활발해졌다는 점을 들 수 있다. 이는 다시 두 종류로 갈래지을 수 있는데 하나는, 우리가 맞이하게 될 사회가 장밋빛 미래인가 아니면 정보디스토피아인가 하는 데 초점을 맞춘 논의들을 들 수 있다. 이러한 논의들은 대개 문·사·철의 전통이 유효하다고 보는 입장에서 생성된 것들로, 문학이나 예술보다는 미학적 관점에서 그 논의를 시작한다는 특징을 보인다.

　"현대를 커뮤니케이션의 시대라고 이해한다는 것은 사회적 삶의 구조를 지배하고 있는 것이 커뮤니케이션이라는 말이다. 지난 시대를

---

6) 박상천, 「매체의 변화와 문학의 변화」, 『문화변동과 인간 그리고 문화연구』, 깊은 샘, 2001, p.66.

소비의 사회라고 말할 때 그 사회가 자신에 대해 스스로 갖는 이념, 즉 이데올로기가 상품 소비에 근거한 사회적 관계로 이해되는 것처럼, 이 시대를 커뮤니케이션의 시대라고 한다면 이 사회의 이데올로기는 정보의 전달과 유통을 통해 성립되는 사회적 관계로 이해되어야 한다. 그런데 이러한 소비 이데올로기로부터 커뮤니케이션 이데올로기로의 이행을 겪으면서 정보 전달의 상이한 기술 체계들이나 사회 조직상의 변화 등은 분석의 대상이 되었지만, 예술 영역의 경우 전망 변화에 따른 진지한 분석과는 무관한 듯 다루어져 왔다. 실제로 예술은 다른 어떤 영역보다, 예를 들면 교육 체계에 비해서 상대적으로 그 변형의 강도가 심했음에도 불구하고 말이다."[7]는 어느 논자의 지적은 '디지털 담론'이 문학이라는 한 분야에서 단독으로 진행될 수 없다는 점을 개연적으로 잘 보여주고 있고, 이러한 시각은 이후 재현의 문제, 주체의 문제 등과 맞물려 문학 내부의 '디지털 담론'의 다양화에도 많은 영향을 주게 된다.

마지막으로 또 하나는 문학을 독자적인 세계로 보기보다는 멀티미디어 시대에 걸맞게 하나의 문화적 내용물, 다시 말해 '문화 컨텐츠화'하자는 논의들을 들 수 있다. 이러한 시각의 다른 점은 분명하면서도 극명한데, 이를테면 이청준의 '서편제'는 소설이라는 근대적 양식에서 출발해서 영화라는 현대적 양식으로 성공을 거뒀지만, 단순하게 말하면 이제는 다른 미디어로의 모든 문을 열어둔 채 하나의 '소스'로 문학을 생산해보자는 발상이다. 여기서 중요한 점은 '작품'도 아니고 '텍스트'도 아니며, 하나의 '소스'라는 것이다. 이때 '원천'이란 기존의 문학제도가 정교화했던 기법, 수법, 어떤 특징들의 무화를 함의한다. 더

---

7) 박동천, 「미적 경험 조건의 변화」, 『사회비평』, 1998 18호, pp.66~67.

거칠게 말하면 가공은 불필하니 날고기만 제공하라는 식의 사유라 할 수 있다. 물론 이러한 논의들에 대한 반론은 최근에 출판된 이남호의 『문자제국쇠망약사』(생각의 나무, 2004)를 읽어보는 것으로 논거를 확보하기에 충분할 것이다.

4. 생명수의 비밀 - '디지털 담론'의 미래

참 이상한 일들이 벌어지고 있다. 새로 산 PDA의 네비게이션 기능을 통해 자기가 걸어가고 있는 거리와 거리를 확인하면서 끝없이 웃고 즐거워하는 한 제자를 보면서, 삶이, 인생이, 그렇게 방향 지시등처럼 제 때에 깜박여줄 것인지에 대해 우울하고 괴로운 마음으로 지켜보았다. 지금부터 우리가 경험하게 될 변화는 더욱 격렬하고 맹렬할 것이다. 그리고 그러한 변화는 존재의 탈각을 불러일으킨다. 어느 순간 우리는 사라지고 우리가 남았던 흔적마저도 지워지고 말 것이다. 한 철학자는 우리 시대를 이렇게 정의했다. "정보화 시대는 시뮬레이션의 시대이다. 이 시뮬레이션은 어떤 대상에 대한 모방이 스스로 모델을 합성해내는 자기 창조적 과정이다. 이 시뮬레이션에 의해서 산출되는 시뮬라크르는 날이 갈수록 전통적 언어관의 중심에 있던 의미, 지시 대상, 지시 관계의 중요성을 약화시키고 있다. 정보화 사회에서 일어나는 언어학적 전회는 이런 이중적 분리의 사건 속에서, 즉 기호가 음성과 의미 모두로부터 자율화되는 사건 속에서 일어나고 있다."[8]는 것이다.

논의를 정리하기로 하자. 우리가 살아가고 있는 현대는 이른바 '커

---

8) 김상환, 「디지털 혁명은 존재론적 혁명이다」, 『철학과 현실』 40호, 1999, p.190.

뮤니케이션 사회'라는 것이다. 예술이나 문학은 그 한 축에 지나지 않겠지만, 어쨌든 현대사회는 활발하고도 원활한 의사소통을 전제로 규정될 수 있고, 나날의 우리의 행위는 외적으로 규정되는 것 이상으로 그러한 방향성에 충실하다는 것이다. 그렇다면 문학에 있어서 '디지털 담론'이 갖게 되는 중요성은 오히려 쉽게 규정될 수 있다. '무엇보다 최우선적으로 매체가 중요하다'는 논리와 '그것이 함유하고 있는 내용이 우선한다'는 두 논리 사이에서 공존의 길을 모색하는 것이다. 분명하게 경도된 디지털로의 길을 되돌릴 수 없다. 당장은 아니라도 현재의 모든 문학인은 새로운 방식으로 무장된 순도 높은 감수성의 인류와 만나야 한다. 그것은 내일이거나 내년, 아니 이 밤에도 진행되고 있다.

그러므로 중요한 것은 문학인들이 전문인의 자세, 태도에서 스스로 더 나아가는 것이다. 그 발걸음이 영광이 될지 오욕이 될지 모름으로 신중하면서도 경쾌한 행보를 보여주는 것이다. '디지털 담론'은 현재의 담론이기보다는 미래의 담론이다. 생산되는 작품과 유통의 경로, 나아가 우리의 문학적 고민의 깊이를 반성할 때 더더욱 그렇다. 늘 목청만 앞세우는 내 글쓰기의 자세에 다시 한 번 절망하지만, '잊혀지는 것'이 '해결된 것'은 아니며, 미래는 위험이며 동시에 구원이기 때문에 아름답다는 말로 이 글을 맺고 싶다.

불안과 매혹 – 시에 있어서 환상성의 문제

1. 첫 번째 난관 – 접근의 어려움

환상성(fantastic)은 언제나 현실성(realistic)과의 관련 아래서 탐구되어야 한다. 이 첫머리가 글을 시작도 하기 전에 나를 곤혹스럽게 했다. 언젠가 환상성에 대한 내용을 요약했던 적이 있었는데 꺼내보니 그 첫마디가 바로 그랬다. 뿐만 아니라 사실 나는 환상을 상상력(imagination)의 하위범주거나 상상력에서 쫓겨난 공상(fancy)정도로 치부하고 있었기 때문이기도 했다. 그래서 다른 논자들과 중복될 우려가 있기는 하지만, 우선적으로 환상성에 대한 이론적 정리를 하고 시로 들어가야 할 것 같다.

츠베탕 토도로프의 경우에는 '환상문학'을 문학의 한 변종, 장르를 가리킨다고 보았다. 『환상문학서설』에서 토도로프는 '환상'을 '괴기(현실의 법칙으로 해명 가능)'와 '경이(새로운 법칙이 요구됨)'의 경계선상에 놓인 장르로 보았다. 그리고 환상을 초자연과 구별하여, 독자가 초자연이 내재된 텍스트에 접하면서 갖게 되는 특정한 반응인 '망설임'에서 환상적 장르적 기능을 밝히고 있다.

반면 로즈마리 잭슨은 환상은 두 가지 방식으로 욕망을 표현한다고 본다. 욕망을 이야기하거나 표명하며, 문화질서의 교란을 통해서 그러한 욕망을 배출한다. 대부분의 경우 환상문학은 두 가지 기능을 동시에 수행한다. 즉 욕망은 '이야기'됨으로써 '배출'된다. 그것은 작가와 독자가 대리 체험을 할 수 있기 때문이다. 환상문학은 지배적 가치 체계의 바깥에 있는 무질서와 위법을 잠시 동안 개방한다. 그럼으로써 환상은 문화적 질서의 근본 토대를 제시한다. 또한 풍미하고 있으면서도 '부재'했던 문학을 추적한다. 『환상 : 전복의 문학』에서 잭슨은 이데올로기적 차원에서 접근하였는데, 환상은 문화적 신화를 통해 부르주아 문화의 억압적인 모순들을 표출한다고 보았다. 즉 환상을 전복과 저항의 문화양식으로 간주하였다.

끝으로 캐스린 흄의 경우, 환상과 미메시스를 문학 창작의 이면에서 작용하는 한 쌍의 충동으로 보고 있다. 이따금 그것들을 각기 분리해서 다루려고 했지만, 환상과 미메시스는 매우 밀접하게 상호 결합되어 있으며 쉽게 분리될 수 없다. 양자의 힘은 겹쳐지기는 하지만, 경쟁적이기보다는 종종 상호보완적이거나 상승적인 관계에 놓여 있다. 문학이 그 독자에게 의미감을 제공하는 한, 환상과 미메시스가 문학과 현실을 등치적 관계에서 접근하는 방식이라면, 환상은 등치적 관계 너머에서 현실을 접근하는 방식으로 보고 있다. 문학을 폭넓게 이해하기 위해서는, 환상과 미메시스의 상호작용을 간과하지 말아야 한다고 주장한다.

결론적으로 요약하자면 토도로프는 환상을 장르론적 시각에서 접근했고, 잭슨의 경우에는 사회적 기능을 강조했으며, 흄은 환상을 예술적 충동으로 이해하고자 했다. 우리 시에 있어서 환상성의 문제를 다루기 위해서는 잭슨에서 흄으로 위험한 줄타기를 해야만 한다. 그리고 그보다 우선적으로 몇 가지 사회문화적 변화에 주목해야 할 것이다.

2. 환상-통제 불가능한 상상력

지난 세기말 국내는 말할 것도 없고, 전 지구적으로 어떤 일이 벌어졌는가 하는 거대담론을 다시 끄집어낼 필요는 없을 것이다. 다만 이 글의 주제와 관련하여 90년대 중반 우리 시에 나타난 새로운 시쓰기의 경향 하나를 거론하고자 한다. 김준오는 『현대시의 환유성과 메타성』이라는 저서에서 90년대의 시가 언어 선택의 원리가 우세한 은유에서 언어 배열의 원리가 우세한 환유 중심으로 옮겨가고 있다고 지적하고 있다. 또한 그는 환상성보다는 '환상'을 서사체의 중요한 기법으로 보고, 우리시가 묘사 중심에서, 서술 중심으로 그리고 그러한 경향의 핵심에 '환상기법'이 사용되고 있다고 본다.

그가 지적한 서사체의 선호 배경은, 첫째로 현대시가 삶의 과정이나 조건을 시의 제재로 선택하는 현실지향적 경향이 강하며, 둘째로 특이하게 패러디의 부각이 서술시의 부각의 배경이거나 적어도 양자가 맞물려 있는 현상이 나타난다는 것이며, 셋째로 이 패러디의 한 변형일 수도 있는 현상으로서 현대시가 영화, 텔레비전 연속극, 만화, 대중가요, 탐정추리소설, 공상과학소설, 외설물 등 대중예술 또는 대중예술형식들을 채용함으로써 현대시는 서사구조를 지닐 수밖에 없다는 것이다. 요컨대 서사물들은 우리 삶의 구석구석에 파급되어 있고 현대시의 서사체 선호는 이런 시대적 반영이라는 것이다.

이러한 상황과 더불어 또 하나 지적해야 하는 것이 있다면, 이른바 '키치 세대'의 등장을 들 수 있다. 유하식으로 명명하자면 '세운상가 키드'들이 그 이전 세대와는 확연하게 구분되는 영상적 감수성으로 시를 쓰기 시작한 것이다.

　　TV는 나의 눈

　　섹스, 거짓말 그리고
　　사회적 폭력 및 성적 불안을 조성하는 혐의로 체포된
　　통제 불가능한 상상력
　　내 어머니의 자궁 속으로 나는 육십 년간의 여행을 떠난다
　　뒤엉킨 세상으로 나를 돌려주는 것은 암시장에서 사온 불법
비디오테이프
　　　　　　　　　　　－하재봉 〈비디오/TV는 나의 눈〉 전문

　하재봉의 경우 가장 일반화한 대중매체인 텔레비전은 그가 세상을
보는 창이다. 이 작품은 해석하기에 따라서 이성에서 감성으로, 중심
에서 주변으로, 문자에서 영상으로의 이행 등으로 읽힐 수 있다. 하지
만 내가 주목하는 것은, 그 창으로 비춰지는 세상은 '통제 불가능한
상상력'의 세계라는 점이다.

　일반적으로 상상력은 통제가 가능하다고 믿어져왔다. 공상과 상상
력은 주로 이미지의 결합의 기능에서 구분된다. 공상은 우연한 일치
에 의존하여 대상에 아무런 변화도 가져오지 못하며 정신적 가치도
지니지 못하는 기계론적이고 유물론적인 것이며, 대상에 구속을 받는
일정한 크기를 나타낸다. 반면에 상상력은 새로운 변화를 가져오며
단순한 물질적 유사성이 아니라 정신적, 정서적 가치를 띠고 있고, 대
상에 구속되지 않고 자유롭게 활동한다. 나아가 바슐라르는『공간의
시학』에서 '상상력은 외계의 대상의 이미지를 받아들여, 그것을 스스
로 궁극적인 것 즉 이상적인 것으로 삼고 있는 상태로 변화시켜 나가
는데, 그 작용이 우리들의 외적인 삶이나 실용적인 목적이나 생리적

인 욕망과는 전혀 관계없는 것이기에 독자적인 것이다.' 라고 주장하고 있다.

이렇게 본다면, 하재봉의 시는 비록 '상상력'이라는 이름을 내걸고는 있지만, 그것이 '통제 불가능'하고, 그 내용물들이 '섹스, 거짓말, 사회적 폭력, 성적 불안'과 같은 금기시되어 왔던 것들이라는 점에서 '환상성'의 징후를 보여준다고 할 수 있다.

> 할리우드 여배우 이름이나 외우며 사춘기의 전부를 허비했지 저수지의 개, 같은 날들이라고 비웃지 말게 난 모든 종류의 진지함을 경멸했어, (중략) 이발소 그림, 화신극장의 쇼걸, 만화에 나오는 등장인물들, 해적판 레코드 위에서 희미하게 광란하고 있는 기타리스트, 바기나에 난 점이 인상적이었던 배우……폐기물들의 환희……뭐 그딴 것들.
> ─유하 〈드루 배리모어, 장미의 이름으로〉 부분

하재봉의 뒤를 이어 등장하는 유하, 함민복, 함성호 등에게서 두드러져 보이는 점은 앞서 로즈마리 잭슨의 언급처럼, 환상이 지배적 가치체계의 바깥에 있는 무질서와 위법을 잠시 동안 개방해준다는 것을 잘 알고 그 개방상태에서 자유로운 놀이를 전개하고 있다는 것이다. '난 모든 종류의 진지함을 경멸했어'라는 유하의 고백은 차라리 선언으로 해석해야 옳을 것이다. 통제 가능한, 어쩌면 억압적으로 느껴졌던 '상상력'의 굴레에서 벗어나 '환상'(기법의 뜻인지, 개념을 의미하는지는 필자도 여전히 난처하다)의 가치를 인식하고 이를 확대해나갔다고 할 수 있다.

3. 환상―등치적 관계 너머의 현실

프로이트는 1908년 행한 〈문학창조와 백일몽〉이라는 강연에서, 시적활동의 흔적은 유년기에서 어린이가 가장 좋아하고 열심히 하는 '놀이'에 있다고 했다. 그는 작가와 어린이를 놀이와 상상이라는 두 행위로 비교하면서 둘 다 자신만의 세계를 창조하고, 진지하며 열의를 쏟고, 자신들의 행위를 현실과 구분한다는 점에서 같다고 보았다. 아이는 성인으로 자라면서 곧 '놀이'를 그만두고, '놀이'에서 얻었던 즐거움 대신 '공상(백일몽)'을 한다는 것이다. 그렇다면 환상의 경우는 어떠한가? 환상이 가지는 긍정적 가치를 가장 옹호한 논자로 우리는 캐스린 흄을 생각해 볼 수 있다. 흄은 환상을 '사실적이고 정상적인 것들이 갖는 제약에 대한 의도적 일탈'로 정의하고 있다. 앞서 언급한 대로, 그녀는 문학을 끌어온 두 충동으로 미메시스(모방)와 환상을 들고 있는데, 미메시스가 현실을 말 그대로(전통 리얼리즘) 모사한다면 환상은 일탈을 통해 현실의 이면을 경험할 수 있게 한다는 것이다.

최근 우리 시의 경우 이러한 측면, 다시 말해 환상성을 현실성과의 연관 아래서 논의할 수 있는 작품들이 생산되고 있다.

주황색 플라스틱에 까만 글씨를 판 이름표를 달고 나는 매일매일 학교에 간다 비 맞은 구두가 아직 덜 말랐는데 나 오늘 학교 안가면 안돼? 엄마는 송곳처럼 뾰족이 깎은 세 자루의 연필과 면도칼을 세워 내 호주머니 속에 넣어준다 가다가 어김없이 가나안 정육점 앞에서 외팔이 소년을 만난다 외팔이 소년은 제 한 팔을 갈아먹은 고기 써는 기계에 내 한 다리를 쑤셔 넣고는 오늘도 영구 흉내를 내보인다 띠리리리리리 띠리리리리리 바람이 외팔이 소년의 손 없는 팔에 퉁퉁 불린

소매를 달아준다 똑같지? 아니아니 하나도 안 똑같애 외팔이
소년은 불어난 소매 끝에 갈고리를 끼워 내 목둘레를 둘러 긋
기 시작한다 똑같은 거야
　　－김민정 〈나는 안 닮고 나를 닮은 검은 나날들〉 부분

　멈추지 않는 지하철 안에 얼룩말들이 달리고 있었다. 검은
색과 흰색을 좋아 하는 사람들은 움직이는 선명한 색을 잡으
려고 날뛰었다 잡힌 가죽은 흑과 백으로 잘려졌다 좀더 많은
가죽을 차지하려고 사람들이 다투는 동안 벌거벗은 아이들의
얼굴이 증발하고 있었다 가죽이 벗겨진 머리에 회색 시멘트가
부어지고 얼굴 없는 아이들은 알몸으로 자전거를 탔다 아이들
의 살갗에 얼룩무늬가 새겨지고 있었다 자신의 손과 얼굴에서
흐르는 피를 핥아먹던 사람이 자전거를 붙잡으며 결벽증에 걸
린 비누에 칼과 유리가 박혀 있었다고 고함을 질렀다 아이들
이 다른 칸으로 달리고 있었다
　　　　　　　　　　　　　　　　－정재학 〈얼룩말〉 전문

　인용한 두 편의 시는 그로테스크하다. 겨우 기괴함 정도로 번역되
는 그로테스크는 지난날 환상적인 시들을 표현하는 데 주로 동원되곤
하였다. 현실, 또는 현실성의 붕괴나 재현의 위기 등의 담론은 '환상
성'의 문제와 결부되어 제기된 것은 아니다. 그 문제는 오히려 '가상현
실(virtual reality)'을 불러 일으켰다. 그런데 이 '가상현실'로 촉발된 '리
얼리티'문제는 그것이 전복적 에너지를 함축하고 있느냐, 아니냐의
문제로까지 확대되지는 못했다. 그러나 '환상'의 경우는 사정이 좀 다
르다고 할 수 있는데, 엄경희는 『빙벽의 언어』에서 다음과 같은 조심
스런 전망을 내놓고 있다.

최근 들어 실험되고 있는 일군의 환상시는 이러한 공포의 표상물을 통해 현대인의 허위적 삶을 폭로한다. 그것은 모험적이고 도전적인 정신의 소산이라 할 수 있다. 그만그만한 풍광과 적당한 감상을 얼버무려 놓은 엷은 정취의 시들이 여러 지면들을 차지하고 있는 풍토 속에서 김민정과 정재학, 여정의 환상시는 새로운 시적 가능성을 타진해 보게 하는 작품들이라 할 수 있다. 이들은 기존의 미메시스적 문법체계를 거부하고 자신들의 독자적인 언어를 구축하고자 한다는 면에서 비슷함을 지닌다. 초현실적이고 환상적인 기법들이 이들에 의해 처음 시도된 것이라 말할 수는 없지만 이들이 보여주고 있는 환상문법은 현실에 대한 연대의식을 놓치지 않고 있다는 점에서 깊이를 담보해낼 가능성을 지닌다.

말 그대로 전망이고, 환상이 '사실적이고 정상적인 것들이 갖는 제약에 대한 의도적 일탈'로서 현재의 의미를 획득하고 있다면, 그 환상시들 또한 익숙해지고, 진부해지는 것에 대한 경계를 게을리 해서는 안 될 것이다.

4. 두 번째 난관 – 글을 마치며

대체로 우리 문학에서는 '서사'로서의 환상성이 아닌 서정적 환상성에는 의문을 품는 것이 일반적인 현상이다. 변명이지만 나도 환상시라는 좁은 의미의 장르적 개념이 있는지, 아니면 환상이라는 기법만을 지칭해야 하는지, 아니면 상상력과 대등한 창조적 인자로 보아야 하는지, 글을 쓰는 내내 망설이지 않을 수 없었다. 먼저 나의 역량

부족을 탓해야겠지만, 신화, 전설, 동화, 매일같이 벌어지는 기상천외
한 일들, 익숙한 것에서 전혀 낯선 것까지, 소재는 무궁무진한데 환상
적이라 부를 만한 시가 생각보다 많이 생산되지 않고 있는 현실도 안
타깝다. 그야말로 '환상'적인 신세기에……

시속의 미국, 비극으로 치닫는 '파르마콘'의 신화

1. '한국'은 없다

1866년 서만호 사건, 1871년 신미양요(辛未洋擾), 1882년 조미수교, 1945년 해방 후의 미군 진주 등등, 이런 단편적인 역사적 사실로 한 세기가 훌쩍 넘어버린 한반도와 미 대륙의 관계를 설명할 수 있다고 믿는 사람은 아무도 없을 것이다. 또한 여중생 사망사건과 촛불 시위, 이라크 전쟁, 북한 핵 문제 등 최근의 사태들을 통해서도 그 가닥을 잡기에는 수월치 않다. 실제로 한국에서 미국의 존재는 정치, 경제, 사회, 문화, 교육 심지어는 종교에 이르기까지 깊고도 복잡하게 얽혀 있기 때문이다. 따라서 '우리 문화 속에 침윤되어 있는 미국'이라는 이번 호의 특집은 그 시의성에도 불구하고 오히려 '별일이다'라는 반응을 불러일으키기에 충분하다. 그것은 다름 아닌 우리 삶의 의미 자체, 너무나 당연시되어 왔던 삶의 기반을 되묻는 것이 될 것이기 때문이다.

그러나 곧 이 '이상하다'는 느낌은 곧바로 다른 의문을 제기하게 된다. 어찌된 일인지 '우리 안의 미국', 또는 '한국 속의 미국의 의미'를 묻는 글이 우리의 일반적인 생각보다는 매우 적다는 사실 때문이다.

필자가 많이 부족한 탓이라고 자책한다고 해도, 최소한 '시'라는 장르에서는 더욱 그러한 물음과 응답을 찾아볼 수 없었다. '민족문학'이라는 개념 틀을 설정하고 나서야 우리는 '미국'이라는 외부의 세력의 윤곽 정도를 겨우 그려볼 수 있을 뿐이었다.

이러한 현상에 대해서는 몇 가지 원인을 추론해 볼 수 있다. 첫째는 한반도와 미 대륙의 만남이 당시의 세계사적인 맥락에서 제국주의의 약소국 침략이라는 측면이 강할 수밖에 없었다는 점이다. 이 때문에 제1차 세계대전 후, 미국이 세계 제일의 채권국으로 등장했음에도 불구하고 당시 한반도의 문인들, 특히 시인들에게서 미국에 대한 어떠한 인식의 단초를 찾아볼 수 없었다. 미국은 단지 일본과 같은 침략 세력에 불과했던 것이다.

둘째로는(오해의 소지가 없지는 않지만) 미국문학 자체의 문제점을 들 수 있다. 일반적으로 20세기 전반까지 미국문학의 경우 '미국의 꿈'이라는 이데올로기를 고취하는 데 몰두해 있었다고 볼 수 있다. 의식적으로 신대륙을 삶의 근거지로 정복·개척하면서 어떤 강력한 문화적 구심점이 필요했고, 동시에 비록 백인들이라는 공통점이 있었음에도 불구하고 이주민이라는 특성을 희석시키지 않으려는 이중의 고민이 문학 고유의, '인간성'에 대한 탐색으로 나아가지 못했던 특성이 있었다고 할 수 있다. 이러한 것들은 결국 한반도에서의 미국에 대한 이해를 그 직접성 이상으로 정치, 경제, 군사적인 측면으로 기울게 하였다고 볼 수 있다. 다시 말해 비교적 오랜 기간 동안 미국에 대한 문화적 이해, 특히 문학적 이해는 시급하지도 중요하지도 않은 문제로 치부되어 왔다고 할 수 있다.

그러나 21세기로 접어든 지금, 과거에 대한 사적 개관이나 개략적 이해는 이미 그 의미를 상실했다고 해도 과언이 아닐 것이다. 그 단적인 예를 '기러기 아빠'라는 신종 현상을 통해 이해할 수 있다. 한국이 생활을 위한 터전임에는 분명하지만 후세들의 자유롭고, 창조적인 삶을 위한 기반을 마련하기에는 적절치 못한 곳이다. 이런 인식은 그러나 쉽사리 이민의 보따리를 싸게 하기보다는 가족을 이산하는 것으로 결정 난다. 왜냐하면 교육은 미국이 경쟁력 있을지는 몰라도, 이른 바 '아빠'들의 직장이라는 면에서는 무한경쟁의 미국(해고와 재취업이 빈번한)보다는 한국이 안전하기 때문이다. 이처럼 미국은 그 공간상의 거리보다 훨씬 가까이, 우리들 생활에 연결되어 있다.

심층적으로 들어갈 수 있을지 모르겠지만, 이 글에서는 문화적으로' 한국인'이 '세계인'이 되어 가는 과정을 시속에 투영된 '미국문화의 영향'이라는 측면에서 짚어보고자 한다.

2. 가까이 할 수 없는 '서적'(書籍)

한국전쟁이 미국의 위력을 한반도에 깊이 각인시킨 결정적 사건이었다면, 4. 19는 미국을 한국 현대시에 부각시킨 결정적 사건이라 할 수 있다. 미국에 대한 정치, 군사적 이해는 이미 해방 후 미국이 '해방자'라는 우리의 인식과는 달리, '점령군'을 자처하며 진주했을 때부터 예견되었던 것이다. 비록 소박한 어조이기는 하지만 이는 김수영의 시를 통해서도 확인할 수 있다.

이유는 없다――
가다오 너희들의 고장으로 소박하게 가다오
너희들 美國人과 蘇聯人은 하루바삐 가다오
―〈가다오 나가다오〉 부분

한국전쟁 후, 그러니까 1950년대는 이승만 독재와 전쟁의 후 폭풍 탓에 미국에 대한 비판 자체가 이적 행위로 치부되었다. 결국 조향, 송욱 등의 시인이 선택할 수 있는 유일한 방법이 미국의 물질적 위력에 대한 풍자였다면, 이미 1950년대 미국은 한국 현대시에 깊숙이 들어와 있었다고 볼 수 있을 것이다. 그러나 그것은 한반도와 미 대륙의 관계에 대한 진지한 탐색이었다고는 볼 수 없을 것이다. 왜냐하면 그 당시는 정확하게 문화지체 현상이 발생하고 있었기 때문이었다. 따라서 외세, 이는 한국의 입장에서 보면 '미국'으로 대표될 수밖에 없는 외세에 대한 시적 발언은 4. 19 이후에나 가능해졌다고 할 수 있다.

> 그 멀고 어두운 겨울날
> 이방인들이 대포 끌고 와
> 강산의 이마 금그어 놓았을 때도
> 그 벽 핑계삼아 딴 나라 차렸던 건
> 우리가 아니다
> 조국아, 우리는 꽃피는 남북평야에서
> 주림 참으며 말없이
> 밭을 갈고 있지 않은가.
>
> — 〈조국〉 부분

이 시는 신동엽의 1969년도 작품이다. 그는 이미 1960년대 중반에 〈껍데기는 가라〉라는 작품을 통해 직접적으로 미국을 지칭하고 있지는 않지만, 반 외세 자주 통일적인 민족문학의 특성을 구체화한 바 있다. 위의 작품에서는 이러한 민족 문학적 특성이 한결 더 간결하게 드러나고 있다. '미국'을 외세로, 통일의 걸림돌로 보는 이러한 관점은

70년대 민중시를 거쳐, 1980년대에 이르면 김남주, 오봉옥 등에 의하여 한층 더 격렬한 어조를 띠게 된다.

하지만, 1960년대 이후 한국 현대시가 보여준 '미국' 이해가 정치, 경제, 군사적 측면에 몰두해 있었다는 것을 부정하기는 어렵지만, 이른 바 '미국 문화의 힘'에 대한 접근이 맹아(萌芽) 수준에서나마 싹트고 있었다는 것 또한 부인할 수 없다.

> 가까이 할 수 없는 書籍이 있다
> 이것은 먼 바다를 건너온
> 容易하게 찾아갈 수 없는 나라에서 온 것이다
> 주변없는 사람이 만져서는 아니될 册
> 만지면은 죽어버릴 듯 말 듯 되는 册
> 가리포루니아라는 곳에서 온 것만은
> 確實하지만 누가 지은 것인줄도 모르는
> 第二次大戰 以後의
> 긴긴 歷史를 갖춘 것 같은
> 이 奄然한 册이
>
> $\qquad$ —〈가까이 할 수 없는 書籍〉 부분

'문화의 불온성'을 갈파했던 김수영에게 있어서 '가까이 할 수 없는' 책이란 어떤 의미였을까? 그 단서는 '주변 없는 사람이 만져서는 아니될'이라는 표현이 드러내고 있다. 이 '책'은 제법 모양(그 형식과 내용)을 갖춘 것인데 '미국(캘리포니아)'에서 건너 온 것은 확실하다. 내용에 대한 언급은 시 어디에도 없지만, 김수영이 체계를 갖춘 미국 문화에 놀랐음은 미루어 짐작할 수 있다. 만약에 그가, 허슬러의 발행인인 휴 헤프너의 말처럼 '쓰레기의 표현의 자유조차 존중해야만 그 보다 낳

은 표현의 자유도 더 적극적으로 옹호될 수 있다'는 미국의 수정헌법
의 정신을 알았더라면, 그 충격은 지금 상상조차 할 수 없을 것이다.

그러나 1970년대 후반까지도 생생하게 살아있는 현실로서의 미국
이란 1950년대 한국전쟁과 그 이후의 빈곤 속에서 각인된 미국 또는
'미군'의 힘이라는 정치, 경제적 측면이었다.

> 흑판에 밀감을 냅다 던지는
> 메이비, 으깨진 조각을 주우려고
> 아이들은 밀려 닥치고
> 그 뒤에, 허리에 손을 얹고 섰는
> 미군 같은 메이비
>
> —〈메이비〉 부분

1970년대 후반 이른바 '기지촌 문학'의 대표작이랄 수 있는 장영수
의 〈메이비〉는 풍요와 힘의 상징이었던 미국이 과연 우리에게 의미
하는 것은 무엇이었는가를 다시 한 번 진지하게 되돌아보게 한다.

그럼에도 불구하고 시작품들 속에서 명확하게 드러나지는 않지만
최소한 1970년대 말까지 미국 문화가 한국의 대항문화(또는 저항문화)
의 텍스트였음은 자명하다고 볼 수 있다. 장발과 통키타, 생맥주, 미
니스커트와 청바지가 다 미국의 반 권위적 대항문화의 아이콘이었고,
그것이 70년대 한국에서는 가부장적 독재체제에 대한 문화적 저항의
아이콘이었음을 부정할 수 없기 때문이다.

3. 일상적 담론(談論)으로서의 반미(反美)

1980년대는 '5월 광주'로부터 출발했다. 이는 80년대의 시대상황을 함축적으로 표현하고 있는데, 김재홍에 따르면, '우리는 이 연대가 극도의 양극성을 지니고 있음을 알게 된다. 탄압과 저항, 허위와 폭로, 보수와 진보, 한계와 가능 등 우리 사회의 어두운 면과 밝은 면이 함께 엇갈리고 있었던 것이다. 전체적으로 조망할 때, 탄압시대인 5공 시절과 88년 종반기 해금시대로 요약해 볼 수 있는 이 시대는 그만큼 불행하면서도 가능성이 열리기 시작한 전환기적 성격을 지닌다.'(김재홍, 「80년대 한국시의 비평적 성찰」, 『한국현대시의 사적 탐구』, 일지사, 1998)는 것이다.

다시 말해, 1980년대 전반부는 이른바 '민중정신'을 하나의 시대정신으로 강조하는 시들이 주류를 이루었고, 1988년 서울 올림픽과 해금, 연이은 사회주의 권의 몰락 등에 의해 촉발된 탈 이데올로기적 경향으로 양분되었다고 할 수 있다. 따라서 '미국'에 대한 시적인 탐색 또한 그러한 경향과 맥을 같이 하게 된다.

> 너, 민중 없는 민주주의자! 가짜! 냄새 나! 꺼져
> 나는 왜 敵에 대해서 말하지 않고,
> 敵前에서 자꾸 뒤돌아 보는가.
> 1980년대는 막장이냐.
> 최전선이냐.
> 너 살아 넘어갈래, 죽어 돌아올래. 그렇지만,
> 돌아보라. 가장 현실적인 色은 灰色이다. 그대 손은 묻어 있다.
>
> — 〈박쥐〉 부분

황지우의 이 신랄한 작품은 1980년대 시단의 첨예한 갈등이 당대의 젊은 시인들에게 어떻게 받아들여지고 있었는지를 단적으로 보여준다. 우리는 이 시를 통해 리얼리즘과 모더니즘 사이의 팽팽한 접경지대를 감지할 수 있다. 김수영, 김지하 등의 저항성(문화적 맥락에서의)맥을 잇는 황지우가 자신을 '박쥐'로, 가장 현실적인 태도를 '灰色'으로 정의하였다는 것은, 역설적으로 '민중 우선', '반 외세'에 대한 당대 젊은 시인들의 감성적 반발이 결코 작지 않았음을 여실히 보여주고 있다.

1980년대 소위 민족문학의 유산을 내면화 또는 자기부정하면서 출발한 1990년대 문학은 골방의 심리주의 문학을 양산했던 것이 저간의 사정이다. 즉 1989년 소련 붕괴 이후 전개된 세계사적 상황에 걸맞는 새로운 문체와 정신을 미처 계발할 수 있는 여력을 소진했던 터이다. 그리하여 우리 문학에는 미국 주도하의 자본주의의 위력을 절감하면서 파시즘 문학의 대두라는 상황을 맞는다. (중략) 어쨌든 1990년대 우리 문학은 분단체제에 대한 인식적 전환은 물론 반외세에 대한 민족적 정당성을 무화하려는 이른바 탈민족주의 담론의 자장권에서 자유롭지 못했다. (고영직, 「한국반미문학사 서설」, 『전쟁은 신을 생각하게 한다』, 화남, 2003, p.469)

4. 뿌리칠 수 없는 요정(妖精)의 속삭임

미국문화, 필자는 강의시간에 종종 어줍잖은 소리로 미국을 정의하곤 한다. 그들의 종교는 머니(money)교, 받드는 신은 물신(物神), 성전은 슈퍼마켓, 성가는 록, 기도문은 '부자 되세요', 그리고 선교사는 텔레비전. 잠깐 웃자고 하는 객쩍은 소리에 그만 슬퍼지곤 한다. 바로 우리 사회가 추구하는 방향이 바로 그것이 아닌가 하는 염려와 그 속에서 도태되고야 말 초라한 내 운명이 떠오르기 때문이다.

적어도 80년대 이후, 미국의 문화적 영향을 논하려들면 두 가지의 곤란한 상황에 직면하게 된다. 그 하나는 '미국'이야말로 현장에서 몸으로 부딪친 최고의 적이라는 이성적 판단 때문이다. 내 세대에 '해방전후사의 인식' 안 읽어본 사람이 어디 있으랴? 그들은 역사적으로 꼭 한 번은 죄과를 물어야할 대상이었다. 다른 하나는 나 자신이 미국식 교육에 충실하게 길들여진 세대라는 점이다. 기껏 독해할 수 있는 외국어도 영어요, 사 보는 번역본 대부분도 미국에서 출간된 것이다. 이처럼 성장의 자양분이었음을 인정하면서도, 그 영향을 부정해야 한다는 것은 어쩌면 애초부터 거짓말을 하리라 자인하는 것과 다를 바 없을 것이다.

논의의 폭을 최대한 좁혀 '시'에 침윤된 미국문화라는 관점에서 접근한다고 해도, 1980년대 중반 이후 우리 사회 전반에서 급격하게 확산된 대중문화와 문화의 상업성이라는 측면을 간과할 수 없다. 미국문화는 어떤 고유성보다는 바로 대중시대와 함께 성장한 대중문화라는 측면에서 이해하는 것이 더 빠르고 효과적일 것이기 때문이다. 일반적인 이야기가 되겠지만,

어떻게 정의하던 간에 소위 '대중문화'가 제2차 세계대전 후 '팍스 아메리카나' 시기에 대량생산, 대량 공급, 대량 소비라는 자본주의적 변화와 함께 전지구적으로 확산되었음을 부인하기는 매우 어려울 것이다. 따라서 이 글에서는 대중문화라는 보다 넓은 틀 안에서 우리 시속에 스며든 미국문화의 모습을 찾아보고자 한다. 나는 그 프리즘으로 '텔레비전'을 사용하고자 한다.

한국은 1985년 흑백 합해 텔레비전 수상기 대수가 1,000만대를 넘어섰다. 이는 자동차는 물론 전화기나 공중목욕탕의 수를 훨씬 능가하는 것이었다. 게다가 별달리 할 일이 없는 한국 사람들은 평일에는 여가시간의 82.1%, 토요일에는 79.2%, 일요일에는 75.2%를 텔레비전을 시청하는 것으로 보낸다. 이쯤 되면 텔레비전이야말로 한국 사람들의 진정한 스승이 되고도 남는다고 할 수 있을 것이다.

하지만 이러한 통계적 수치가 곧바로 시인들의 감수성에 영향을 끼쳤다고는 보기 어렵다. 이해를 위해서는 약간의 우회로가 필요한데, 평론가 이광호는 이에 대해서 '그들은 젊음의 초반에 광주 이후의 억압적인 분위기를 경험했으나, 20대 후반, 30대 초반에 6월 항쟁과 7, 8월 노동자 대 투쟁을 경험했고, 동구의 대변혁을 목격했다. 이러한 일련의 역사적 사건들이 갖는 의미의 엄청난 간격은 그 사이의 참된 관계를 묻는 노력을 무력하게 했고, 그들을 전망 없는 세대로 몰아갔다.'(이광호, 「세대론의 지평」, 『오늘의 시』, 1991년 상반기. 통권 6호)고 이른바 90년대 시인들의 문화적 불안의 원인을 적고 있다.

결국, 우리 시가 걸어 온 오랜 이념 지향적 세계에서 탈출하게 된 것이 어쩌면 순수하게 문화적 산물로서의 '시'를 가능하게 했다고 볼 수 있다. 이어서 그는 90년대 시인들을 '이제 이들에게 현실이란 목표 없는 변화이며, 분명한 것은 인간의 이성적 의지가 아니라 차라리 욕망의 진실이었다.'고 단언하고 있다. 이제 하나의 질문을 던질 수 있는 시점에 이르렀다. 왜, 우리는 그토록 시속에 침윤된 '미국문화'라는 테마에 민감하지 못했을까? 또는 상대적으로 젊은 시인들이 추구했던 그 '욕망'의 오브제는 무엇일까? 하는 것 말이다.

> TV는 나의 눈
> 섹스 거짓말 그리고
> 사회적 폭력 및 성적 불안을 조성하는 혐의로 체포된
> 통제 불가능한 상상력
> 　　　　　　　　　　－〈비디오/TV는 나의 눈〉 부분

일단 앞에서 언급된 욕망의 열어제침의 선구자 격이라 할 수 있는 하재봉의 경우, TV는 '통제 불가능한 상상력'이라고 인정하는데서 그 의의를 찾아볼 수 있다. 언제나 통제가 가능했던 사회에서 통제 불가능한 상상력을 갖는다는 것은 그 자체로 하나의 이슈가 될 수밖에 없기 때문이다. 그러나 이 시에서는 그 상상력의 형질, 규모, 방향성, 지향, 아무 것도 드러나지 않는다.

> 그렇다 매스컴의 화려한 유혹은 시청자인 나를 티브
> 이 속의 세계로 유혹한다 하여 내가 매스컴 속에 깊이
> 빨려들어갔을 때 매스컴 속에 깊이 잠식되었음을 깨달
> 고 바깥으로 나오려고 할 때 매스컴은 나를 가둔 채
> OFF할 것이다
> 　　　　　　　　　　－〈엑설런트 시네마 티브이·1〉 부분

함민복의 앞의 시는 비록 '매체'라는 이름으로 장식되어 있지만, 어떤 감당키 어려운 문화적 조류가 한 인간의 정신에 밀물져오는 것에 대한 자기인식이 잘 드러나 있다. 물론 그 내용에 대한 직접적 진술은 찾아볼 수 없다. 어떻게 이 두 작품이 '미국문화'와 결부될 수 있는가? 일반적으로 그 대답은 자명하다고 생각한다. 새로운 욕망이라는 이름 아래 감춘 매체, 혹은 문화라는 이름의 가면, 그 아래 '미국 문화 =

미국적 대중문화'라는 알맹이가 숨어있기 때문이다. 불행하게도 '콘텐츠'에 대한 불안과 그것을 전파하는 매체에 대한 불안이 없다. 우리는 모두 우리 시대를 산다. 그 시대의 패션, 트렌드, 유머, 심지어는 삶의 목표까지도. 그러나 아무도 묻지 않는다. 그것이 어떻게, 어떤 모습으로 주어졌는지에 관하여.

비교적 솔직하게 그 자신이 '미국문화'(그 에게는 그저 대중문화거나 기호가 맞는 정도이겠지만)가 제공한 '콘텐츠'에 관한 호감과 매료를 밝힌 것은 유하가 처음이라고 할 수 있다.

> 여동생이 머리에 스프레를 뿌리며 비아냥거린다
> 그러는 오빠 왜 맨날 쎅시한 여자만 소개시켜 달래?
> 히힛, 내가 서부영화에 나오는
> 전형적인 악당오빠?
> 웬만한 여자만 보면 저건 내 거야 무조건 젖을 만지면서
> 여동생에게 찝적대는 자에겐 어떤 놈이야 눈을 부라리며
> 무조건 총을 갈기는,
>
> ─〈배드룸 윈도우〉 부분

이 시는 대중문화 콘텐츠의 양상을 잘 보여준다. 나는 영화나 광고에서 보여주는 하나의 존재로써 위치될 뿐이다. 그러므로 기존의 모든 가치는 실제로 내게서는 무화(無化) 된다. 바로 이러한 시적 현상이 80년대 말 이후 우리시의 많은 상상력을 추동 해 왔다.

시에 있어서 이러한 대중 문화적 콘텐츠에 대한 탐닉은 필연적으로 '미국문화'에 대한 탐닉에 다름 아니다. 왜냐하면 실제로 우리가 느끼는 대중문화라는 것은 미국의 대중문화 콘텐츠를 상업적 이익에 따

라 조금씩 변형한 것에 지나지 않기 때문이다. 그러나 우리는 그러한 문화적 변형에 대하여 이해를 가질 수 없었다. 그것은 우리가 너무도 절실하게 '미국'을 정치, 경제적으로 바라보는데 익숙해 있었기 때문이었다.

미국에 대한 문화적 이해는 필연적으로 '미국적 문화'의 변동성과 그 궤를 같이한다. 이때 미국문화의 변동성이란 대중문화의 유동성, 혹은 유연성과 다른 이름이 아닐 것이다. 그렇다면 오늘날 우리에게 있어서 미국적인 것이 아닌 것이 무엇이 남아 있겠는가? 그러므로 문화부에서 애써 외친 '한국적인 것이 세계적인 것이다.' 라는 표현은 거짓말이다.

나는 미국문화가 영상의 가공할 위력과 함께 한반도의 상륙했다고 믿는다. 그 첫 번째 사제는 오해의 소지가 없지는 않지만, 1980년대 후반 이후 이데올로기의 상처 입은 젊은 시인들의 자기 위안적 시 쓰기에 있었다고 본다. 그러나 앞에서 언급했듯이, 김수영의 짧은 시처럼 '주변 없는 사람이 만져서는 아니 될' 책처럼, 미국문화는 진정으로 어려운 문제를 남겨주고 있는 것은 아닌지, 그 해답 없음이 안타까울 뿐이다

5. '미국'은 없다

이제 더 이상 미국은 없다. 어느 한 철학자의 가슴 아픈 한 마디 '미국은 자신의 좋은 점은 가장 늦게 보여주고, 자신의 나쁜 점은 가장 빨리 세상에 퍼트린다.'라는 말처럼 이 땅에서 미국문화의 가치와 장단점을 따지는 것 자체가 무의미한 일일지도 모른다. 그것은 앞에

서 이야기 한 것처럼, '미국문화'는 더 이상 외부에서 주어지는 하나의 자극이 아니라, 내적 필요에 의해 형성된 삶의 기본적인 조건이기 때문이다. 과연 이 시점에서 '우리에게 미국은 무엇인가?'라는 질문을 던지기 위해서 우리는 반드시 먼저 우리들 삶(문화)의 기본적인 조건들을 점검해 보아야만 하는 지경에 이른 것이다.

　　TV를 켰습니다 저울에 올려진 고기가 클로즈업되자마자 인접성의 코드 체계가 즉시 작동됩니다.
　　안심/도마/식칼/프라이팬/올리브유/적포도주/간장/육수/다진양파/다진토마토/다진마늘/청주/버터/녹말물/설탕/다진파/참기름/통깨/소금/후춧가루/피클/접시/포크/나이프/냅킨/파슬리/파프리카/안초비……………………
　　채널을 바꿉니다. TV 속은 온통 사막이 펼쳐져 있습니다. 열려 있던 인접성의 코드 체계가 자동적으로 데이터를 전송하기 시작합니다.
　　　　　　－〈사이보그 2 － 정비용 데이터 A〉 부분

　위의 인용시(이원, 『야후!의 강물에 천 개의 달이 뜬다』, 문학과지성사, 2001)는 최근 우리 시에서 나타나고 있는 최신의 젊은 감각을 보여주고 있다. 그것은 이른바 디지털과 사이버네틱스라는 말로 요약할 수 있을 것이다. 이들이 꿈꾸는 세계인은 더 이상 휴머니즘으로 무장한 코스모폴리탄(사해동포주의자)이 아니다. 그들은 모든 경계를 넘나드는 유목민, 이른바 네티즌이 되고자 한다. 이 정보의 유목민들에게는 고정된 의미의 자문화(自文化)나 타문화(他文化)가 없다. 그들에게 중요한 것은 코드(code)가 접속(access)되느냐, 그렇지 안느냐의 차이만 있을 뿐이다.

'사이버(cyber)'라는 접두사 아닌 접두사가 붙는 어떤 현상들이 최근의 문화적 지형에서 단연 돋보인다. 그것은 마치 협소한 민족문화나 지역문화의 틀을 완전히 극복해버린, 심지어는 기존의 '인간'이라는 관념을 완전히 바꾸어버릴 듯이 위세를 떨치고 있다. 그리고 이러한 문화적 환경은 곧바로 젊은 시인들의 상상력에도 영향을 미쳐, 적잖은 작품들이 조심스럽게 지면에 등장하고 있다. 바로 이러한 현상의 이면을 조금만 주의 깊게 들여다보면, 바로 이것이 '대중문화' 이후에 새롭게 뒤집어 쓴 '미국문화'의 가면이라는 사실을 금새 알 수 있다.

'그것이 컴퓨터 통신망이건, 가상현실이건 사이버공간은 기술적 허구를 실제로 받아들이는 인간의 인지경험을 요구한다는 점에서 하나의 심리적 사실이라고 할 수 있다. 이 점에서 사이버공간이란 결국 '사이코공간'이다. 따라서 물리적으로 보자면 사이버공간이란 은유적 공간이며, 여기서 중요한 것은 공간의 은유와 은유의 정치경제가 맺고 있는 연관관계이다.'(홍성태 엮음, 『사이보그, 사이버컬처』, 문화과학사, 2000)

이때 공간의 은유가 지시하는 물리적 실체는 거대 통신망과 첨단 컴퓨터 장치이다. 그리고 이 은유의 정치 경제적 실체는 갈수록 거대화하는 멀티미디어 복합체와 갈수록 강화되는 지구적 정보·문화권력이다. 이 권력이 행사하는 내용이 '한국적'일 수 있는가? 아닐 것이다. 굳이 '세계화'라는 표어를 끌어다 붙일 필요도 없이 그것은 '미국적'인 것이다. 그러므로 오늘날, 고유한 미국적 특성을 순수하게 드러내는 문화라는 의미에서 '미국'은 없다. '미국적인 세계문화'만이 가능할 뿐이다.

이처럼 한국의 시인은 민족에서 민중으로, 다시 시민에서 대중으로 그 정체성을 이동해 왔다. 이제 그 모습은 이른바 '사이버' 세계의 시민인 네티즌으로 바뀌고 있다. 그러나 이 또한 '세계화'라는 미명 아래 '문화적 권력'을 더욱 공고화하려는 미국의 세계 전략에 자연스럽게 포섭되고 있는 것은 아닌지? 의문을 쉽게 떨쳐버릴 수가 없다.

미국적 대중 문화와 그 상업성에 절망하여 '서서히 사라져 버리는 것보다 불타 버리는 것이 낫다'고 절규하며 자살해버릴 수밖에 없었던, 저항 그룹 '너바나(nirvana)'의 리더 커트 코베인의 죽음마저도 다시 상업적 이슈로 만들어버리는 미국 문화, 그 유연성과 교활함을 우리는 어떻게 감당할 수 있을 것인가?

우리 시와 대도시 공간

―'다양화'를 통한 '상징적 풍요로움'은 가능한가?―

산업혁명과 도시로의 인구 집중, 전쟁으로 인한 도시의 황폐화와 계획적인 도시의 재건, 도시 내에서의 유동성의 증가와 그에 따른 재개발의 증가 등, 대도시의 발생과 그 발전과정에 대한 역사적 배경 설명은 전적으로 서구의 대도시들을 대상으로 한 것임에도 불구하고, '서울'의 경우에도 어느 정도는 들어맞는다고 할 수 있다. 어느 정도라고 한정할 수밖에 없는 것은 서울이 가지고 있는 그 역사성과 고유성을 고려할 때는 전적으로 맞는다고 할 수 없기 때문이다. 왜냐하면 서울은 그 태동부터가 당시(14세기)로서는 세계적으로 유래를 찾아보기 힘들 정도로 잘 계획된 거의 완벽한 수준의 계획 신도시였기 때문이다. 그러나 일제 강점기 이후의 서울은 앞에서 언급한 대도시의 발전과정과 일치한다. 이 두 사실 사이의 간극은 '서울'을 문화적 층위에서 바라보게 될 때 하나의 난점으로 작용한다.

어쨌든 지금 한국 사회의 거의 모든 문화적 역량이 총집결되어 있는 공간으로서의 '서울'에서 획기적인 사건이 벌어지고 있다. 그것은 다름 아닌 '청계천 복원 공사'와 그 부대사업이다. 사업의 계획에서부터, 시행, 완료 이후의 모습에 이르기까지 적지 않은 논란과 갈등이 있었음은 주지의 사실이다. 그러나 이 글은 전적으로 '청계천 복원 공사'가 '시'라는 장르에(비록 시인들이 현재 서울에 거주하느냐, 하지 않느냐의 문제를 차지하고)끼칠, 혹은 미치기를 바라는 '상상력의 원천'으로서의 기능이라는 문제에만 초점을 맞출 것이다.

1. 우리 시에 있어서 대도시 공간의 등장

공간은 일반적으로 명확하게 포착되지는 않지만, 우리 일상의 삶에 깊숙하게 파고들어 잠재적, 심리적인 영향력을 행사한다. 그래서 우리는 우리가 갖게 되는 삶의 조건으로서의 공간을 무의식적으로 당연시하게 된다. 사실 오늘의 대도시의 온갖 구조물과 인위적 사물들이 채 백년도 되지 않았지만, 우리는 그것을 예전부터 겪었던 것으로 느끼게 된다는 것이다. 그러므로 시에서 '대도시'라는 공간이 언제, 어떻게 자리잡게 되었는가를 따져보는 작업은 생각보다 훨씬 중요하다고 할 수 있다.

대도시에서 인간은 변화된 지각 조건을 갖게 된다. 짐멜의 사회학적 분석에 따르면 "인간은 상이한 현상에 대해 상이하게 반응하는 존재이다. 인간의 의식은 순간적인 인상의 상이함에 의하여―앞서서 지나간 인상은 밀쳐버린 채―자극 받는 것이다. 지속적으로 굳어져 있는 인상들, 굳은 인상들이 보이는 차이점과 사소함, 이것들의 자연스런 흐름과 대립들에서 나타나는 통상적인 규칙성은, 이것들은 지각하는 의식의 소모라는 면에서 보면 많은 의식을 요구하지는 않는다. 그러나 수시로 변화하는 형사들이 급작스레 밀려들어오는 것, 우리가 한눈에 포착하는 것 내에 존재하는 급격한 간격, 선명하게 각인되어 인간의 내면에 파고 들어오는 인상을 지각하는 것은 훨씬 많은 의식의 소모를 필요로 한다. 대도시는 바로 이러한 심리학적 조건들을 창출하면서ー도로 위에서 움직이는 모든 발걸음, 속도, 그리고 경제적이며 직업에 따른 사회적 생활의 다양함과 더불어ー소도시라든가 농촌 생활과는 전혀 다른 대립적 현상을 야기 시킨다. 대도시는 이런 대립적 현상을 이미 내적 생활의 감각적 기초에서, 상이한 현상에 대해 상이하게 반응하는 인간의 본성이 유도하는 의식의 조직화가 인간에게 요구하는 의식의 질량에서 유발시키는 것이다. 이에 반해 소도시나 농촌 생활에서는 심리학적 조건들의 감각적, 정신적인 생활상이 훨씬 느리고, 익숙하며, 항상 비슷하게 흐르는 리듬에 맞춰져 있다." (문병호, 『서정시와 문명비판』, 문학과지성사)고 한다.

다시 말해, 대도시는 그것이 형성되기 이전의 농촌이나 소도시에서와는 다른 인식의 조건을 형성하고, 따라서 대도시의 형성은 그 이전과는 전혀 다른 상상력, 또는 미학을 산출할 수 있는 기반이 된다는 것이다.

우리 시의 경우 이러한 미학의 출발은 이승훈에 따르면 1930년대 모더니즘 미학으로부터 출발한다. "모더니즘은 도시의 미학이고, 도시는 자본주의가 생산한다. 그 동안 1930년대 우리 모더니즘 문학이 비판된 것은 주로 물적 기반과 괴리된 상태에서 나타난 문화 현상이라는 점 때문이었고, 그것은 서구 자본주의 사회와 달리 우리의 상황은 일제 식민지였음을 의미한다. 따라서 서구를 모델로 하는 모더니즘 미학이 설자리가 빈약한 실정이다. 서구의 경우 모더니즘은 일반적으로 자본주의 발단 단계에 상응한다. 그런 점에서 우리 모더니즘은 왜곡된 모더니즘, 독점 자본주의에 대한 미적 반응이 아니라 일제로 표상 되는 독점 자본주의의 식민지 모더니즘이라는 특수성을 보여준다.

이런 특수성은 두 가지 문제를 제기한다. 하나는 당시의 수도 경성(서울)이 자생적 도시가 아니라 일제의 식민 정책과 관련된 타생적 도시의 혐의가 크다는 점이고, 다른 하나는 우리 모더니즘이 당대의 일본 모더니즘을 모방한다는 것이다."(이승훈, 『한국현대시의 이해』, 집문당)

이러한 지적에서 이 글을 쓰는 이가 주목하는 것은 일제 강점기에도 여전히 서울은 계획적인 도시의 면모를 가지고 있었다는 점이다. 자생적이 아니라 타생적이라는 지적은 앞서 언급한 서울의 태동기부터 적용될 수 있고, 오늘날에도 역시 유효하다고 할 수 있다. 결국 서울은 봉건적 계획에서 식민 정책을 거쳐, 산업화를 위한 계획이라는 과정을 밟아왔고, 그 와중에 탄생한 한 상징물이 바로 '청계천 복개와 고가도로'라 할 수 있을 것이다. 그러나 이 '타생적'이라는 인식, 다시 말해 자율적으로 형성한 공동체가 아니라는 인식이 '서울'이라는 공간 그 자체보다, 그 공간으로부터 소외당하는 사람들 쪽으로 시인들의 관심을 집중시켰고, 따라서 '서울'을 다룬 대부분의 시들이 문명 비판적 성격을 가지게 되었다는 것은 너무나 자연스러운 결과라 할 수 있을 것이다.

이 글은 프랑스의 기호학자 R. 바르트의 말처럼 '도시가 담론이고, 그 담론이 하나의 실제 언어'라면 '무엇이 얘기되고 있는지'에 관심을 가져야 한다는 관점을 충실히 따르고자 한다.

2. 전신이 무감각화된 공간 - 서울

우리가 영위해야 할 공간으로서의 '서울'은 너무나 매력이 없다. 삶의 터전이라는 말은 말 그대로 경제적 기반을 조성하는 곳이라는 의

미로 사용되고, 문화적 중심이라는 말은 가장 많은 개봉관과 대학이
집중된 곳이라는 의미로 들린다. 이 글을 쓰는 이는 서울을 고향이라
고 말하며 눈물 글썽이는 추억에 잠기는 사람들, 특히 시인을 만나
본 적이 없다. 어쩌면 시인들에게 서울이라는 공간은 무언가 비판하
고, 들쑤셔야만 하는 한 마디로 심기가 불편한 그런 곳에 불과할 뿐인
지도 모른다.

"지금 여기에 살고 있는 우리들이 원하지 않음에도 불구하고 진행
되는 모든 사업들은 중지되어야 한다. 미래가 아니라 지금 현재 누가
서울에서 살고 있는가를 돌이켜 보아야 한다. 앞으로가 아니라 지금
문제가 되고 있는 것에 대한 분석을, 그리고 이에 대한 대안으로서
개발과 통제가 아니라 보완과 수정을 통한 보전과 보존을 생각해야
할 시기가 되었는지도 모른다"(정수진, 〈미완의 도시, 서울〉)는 한 건축
학자의 말처럼 이제 우리는 우리의 삶의 필수조건으로서의 공간, '서
울'을 다시 생각해 볼 가장 적절한 때를 맞이하고 있는지도 모른다.
그렇다면 과연 시인들에게 이 공간, '서울'은 어떤 얼굴로 각인되어 있
을까? 이러한 의문은 본격적인 산업화, 우리 식으로 말한다면 '근대화
(청계고가도로는 아현고가도로에 이은 두 번째 작품으로서 3·1빌딩과 함께
근대화의 상징적 조형물이었다.)'가 무르익은 1970년대부터 그 대체적인
윤곽을 그려볼 수 있을 것이다.

> 산자락에 매달린 바라크 몇 채는 트럭에 실려가고, 어디서
> 불볕에 닳은 매미들 울음소리가 간간이 흘러왔다
> 　다시 몸 한 채로 집이 된 사람들은 거기, 꿈을 이어 담 치던
> 집 폐허에서 못을 줍고 있었다
> 　　　　　　　　　　　　　─감태준, 〈몸 바뀐 사람들〉 중에서

이 작품은 산자락에 매달린 집들이 산업화 과정에서 철거되는 풍경을 묘사한다. '몸 하나로 집'이 될 수밖에 없는 사람들, 이들은 서울이라는, 보다 정확하게 말해서 서울이 상징하는 자본주의라는 이름의 위세 앞에서, 그 폐허에서 겨우 '못'을 줍는다. 그러나 이 못을 박을 곳은 자신의 마음 외에는 그 어디에도 없다. 단언컨대 이 '상실감'이야말로 지난 6, 70년대 '서울'이 아무렇게나 파헤쳐지거나 잘려나가도 거의 모든 시인들이 뒷짐진 채로 침이나 뱉은 진정한 이유라고 생각한다. 다시 말해 '서울'이라는 공간은 그것이 유토피아냐, 디스토피아냐의 문제가 아니라, 그 자체로는 실제적인 삶의 조건은 아니었던 것이다. 그러나 이러한 사정은 1980년대를 통과하면서 조금은 다른 모습, 보다 현실적인 모습으로 그려진다.

> 서울로 나와 살면서 시간의 덫에 치어 발목부터
> 썩어오고
> 애초에 삶이 그리 된 것을 알고 보더라도
> 뱃속에 차오르는 복수는 결단코 이해할 수 없다.
> …(중략)…
> 북한산 기슭이 파헤쳐지고 있는 현장을
> 조간에서 보고 답사하여 오는 시각
> 서울은 들끓는 쓰레기더미들.
> ─윤성근, 〈너희들은 모두 좀비족이다〉 중에서

언제부터인가 시인들은 말 그대로 '서울로 나와 살기 시작한다. 그들에게 서울은 가장 좋은 교육의 기회와 그를 통한 취업의 기회를 제공하는 공간이기 때문이다. 그러나 이러한 물적 기반에 대한 욕구가 충족되었을 때, 서울은 그저 '들끓는 쓰레기더미들'의 공간으로 인식되어질 뿐이다. '좀비'란 1960년대 소비에만 만족하는 뉴요커들을 지칭하는 속어에서 출발한다. 그들이 하는 일이란 다른 사람들을 '좀비'로 만드는 것뿐이다. 이처럼 의미도 목표도 없는 소비에 골몰하는, 골몰하게 하는 공간으로서 '서울'은 부정적으로만 인식될 뿐이었다. 시의 기능이 사회 문화적 비판에 있다고 믿는 이러한 믿음은 손쉽게 나/너희를 가름한다. 그 내용과 소재가 이러저러한 말로 치장되어도 속내는 한결같을 뿐이다.

> 서울의 클리스토리 남산
> 거대한 주사기처럼 스포이트처럼
> 발광하며 문명을 주사하는 타워
> 어둠이 내리면 연꽃처럼 피어나는 광고
> 여관 개업식 날 만국기를 다는 곳
> 서서히 사람들을 처형하는 독가스
> 합법적으로 내 뿜으며 질주하는 자동차
> 현재의 인구와 작금의 교통사고 현황과
> 환경오염도와, 일기예보와, 활자뉴스와······
> 순간적 인식과 찰나적 망각을 종용하는
> 슬픔과 아픔이 숙성될 수 없는
> 정서의 겉절이 시대
> 적당량의 희망과 고통과 죽음을 투여 받아
> 전신이 무감각화된 서울,
> 　　　　－함민복, 〈백신의 도시, 백신의 서울〉 중에서

서울 올림픽, 단군이래 최대의 민족적 행사라는 요란스러움과 몇

몇 대중가수들의 '예찬송', 그리고 민선시장의 등장 등등, 서울이 아무
리 변화를 갈망해도 시인들에게 그 공간은 '여관 개업식 날 만국기'를
다는 우스꽝스러움으로 읽힐 뿐이다. 여기서 필자는 과연 우리 시인
들에게 '공간'(함성호 시인처럼 '건축학'이 전공인 시인을 제외하고)에 대한
현대적 인식이 있는지 의문이 든다. 현대적 삶의 조건이란 '시간'이
'공간'속으로 함몰한다는 것인데, 이 쉬우면서도 무거운 명제를 과연
오늘의 시인들은 존재 조건으로, 또는 한계상황으로 체험하고 있기는
있는 것일까? 어쨌든 서울이라는 공간은 식모살이, 날품팔이로 시작
해서 왠지 주눅들게 하는 공간, 그러면서도 저 자신도 '전신이 무감각
화된' 공간이라는 인식에는 변함이 없다. '파리'를 예찬하면서 '서울'을
비판하는 이러한 아이러니가 각종 고상한 이름으로 횡행했다는 것을
어떻게 부인할 수 있는가

3. 씁쓸한 등장과 화려한 퇴장 - 청계천

서울을 중심으로 하는 대도시 경험이 우리 시에서 그린 궤적을 간
략하게 요약해보면, '1950년대 전후 도시에서는 폐허의식과 실존의
불안이 극명하게 노출되었고, 1960년대 이후에는 도시화에 대한 비판
적 시선과 탈향 경험이, 그리고 1980년대 이후에는 이미 일상화된,
그래서 이제는 어떤 충격적인 변수가 아니라 상수(常數)로서 삶의 조
건이 된 도시 경험이 시편들 속에 잘 나타나고 있다. 이러한 시사적
맥락 속에서 1990년대 이후 씌어지는 우리 시대의 서정시들은, 근대
문학사의 문맥에서 말해지는 도시화의 충격이 완전히 가시고, 이미
면역이 된 상태에서 나타나는 도시 경험의 내밀성을 형상화하고 있

다.'(유성호, 『침묵의 파문』, 창작과비평사)는 것이다. 실제로 1990년대 이후의 도시시의 경향은 다분히 생태주의적인 측면을 드러낸다.

> 내려다보면 발밑은, 아찔한 서울, 폭격에 폐허가 된 집터에서, 밥 짓는 연기가 모락모락 솟고 있다. 아이들은 시궁창에서 목을 놓아 길게도 운다. 왜 나를 낙태시켰느냐고 떼를 쓰는 것이다. 어떤 녀석은 머리가 터진 채, 누런 양변기에 들어앉아, 두루마리 휴지를 씹으며 운다. 또 어떤 녀석은 똥오줌투성이 탯줄을 질질질 끌고 돌아다니며, 젖을 달라고 운다.
>
> ─최승호, 〈시간 없는 서울〉 중에서

위의 시에서 드러나는 것처럼 도시는 생명의 탄생과 성장, 그 모두에 있어서 환멸적인 분위기를 강하게 풍긴다. 그러나 이러한 시들 속에서도 구체적인 서울의 모습이 그려지고 있지는 못하다. 오히려 서울의 구체적인 모습이 드러나는 곳에서는 새로운 상상력의 가능성의 일말도 확인할 수 있다. 바로 이러한 변화의 한 가운데 청계천이 자리 잡고 있다.

우리는 모두 무능하거나 무감각했다. 온 몸이 콘크리트로 감 쌓이는 데도 말이다. 1978년 복개가 마장동까지 확장되면서 박태원의 〈천변풍경〉에 등장하는 아낙들의 빨래터로서의 청계천은 사라졌다. 그리고 그 자리에 들어선 "청계고가도로는 야심이었다. 아현고가도로에 이은 두 번째 고가도로였다. 첫 번째 도시고속도로이기도 했다. 우리도 미국처럼 자동차를 타고 바람처럼 도시를 질주한다는 도시 고속도로는 가슴 벅찬 계획이었다. 허공을 질주하는 도시의 초현실이었다. 그러나 도심으로 자동차를 불러들이는 일이 마약임은 미처 깨닫지 못했다. 도시의 주위를 순환하는 고속도로는 필요해도 관통하는 고속도로는 위험하기만 한 발상이다. 어깨동무를 하고 사진을 찍은 3·1빌딩에는 주차장도 없는데 자동차를 불러들이기만 했다."(서현, 『그대가 본 이 거리를 말하라』, 효형출판사)는 한 건축가의 말처럼, 우리는 삶의 여유 대신 야심을 택했던 것이다. 그리고 쓰레기 밭에서 장미가 피어오르듯 복개된 청계천과 고가도로를 둘러싸고 새로운 도시적 감수성의 싹이 돋아날 수 있었다.

> 회색 하늘의 단단한 베니아판 속에는
> 지나간 날의 자유의 숨결이 무늬져 있다.
> 그리고 그 아래 청계천엔
> 내 허망의 밑바닥이 지하 도로처럼 펼쳐져 있다.
> 내가 밥먹고 사는 사무실과
> 헌책방들과 뒷골목의 밥집과 술집,
> 낡은 기억들이 고장난 엔진처럼 털털거리는 이 거리
> 내 온 하루를 꿰고 있는 의식의 카타콤.
> ─최승자, 〈청계천 엘레지〉 중에서

좀 비약이기는 해도 드디어 우리는 '의식의 카타콤'을 갖게 되었다. 한강의 수면 위로 흘려보내야만 했던(실제로 우리 시에서 마포나 뚝섬, 잠실은 얼마나 자주 등장하는가?) 어두운 기억들을 이제 비로소 복개된 청계천, 그 비좁고 칙칙한 공간 아래 꽁꽁 숨길 수 있게 된 것이다. 서울이라는 공간이 제 무덤(카타콤)을 만들고 나서야 비로소 '헌책방', '술집', '밥집' 등의 정겨운 장소로 되살아날 수 있었다는 것은 아이러니가 아니라 할 수 없다.

나는 세운상가 키드, 종로 3가와 청계천의
아황산 가스가 팔 할의 나를 키웠다
청계천 구루마의 거리, 마도의 향불 아래
마성기와 견질녀, 꿀단지, 여신봉, 면도사 미스 리
아메리칸 타부, 애니멀, 뱀장어쑈, 포주, 레지, 차력사……

고담市 뒷골목에 뒹구는 쓰레기들의 환희, 유혹
나의 뇌수는 온통 세상이 버린 쓰레기의 즙.
몽상의 청계천으로 출렁대고
쓸모 없는 영혼이여, 썩은 저수지의 입술로
너에게 무지개의 사랑을 들려주리
난 구정물의 수력발전소
난지도를 몽땅 불사른 후의 에너지
　　　　　　　—유하, 〈세운상가 키드의 사랑〉 중에서

　이 시에서는 청계천, 또는 청계천 주변에서 공급한 저급문화(나는 개인적으로 이 문화를 '키치', 또는 진정한 의미에서의 '정크'라고 부르고 싶다.)에 대한 시인의 탐닉이 잘 드러나고 있다. 이처럼 복개된 이후의 청계천은 나름대로의 문화를 형성했다. 서울에서 나고 자란 필자는 기억한다. 참고서비를 뻥치기 위해서 청계 7가 헌 책방을 헤매던 시절을. 그 시절은 나름대로 성장의 과정에 있는 내게 얼마나 유쾌한 모험이고 탐험이었는가를. 결국 그것의 내용물의 가치는 논외로 하고, 복개된 청계천과 고가도로는 삶의 일상적 조건으로서 시의 영역으로 투사되기에 족한 것이었다.

4. '상징적 풍요로움'으로 가득 할 미래

서울시는 청계천을 복원하면서 그 사업의 의의를 다음과 같이 밝히고 있다. "청계천 복원은 서울시의 문제만이 아니라 국가적인 문제이며 청계천복원사업은 21세기를 시작하는 시점에서 매우 중요한 역사적 과업이다. 청계천 복원이 이루어지면 서울은 친환경적, 인간중심적 도시 공간으로 바뀔 것이다. 이것은 서울이 21세기 도시관리의 새로운 패러다임을 선도하고, 서울의 이미지를 일신하는 계기가 될 것이다. 우리 문화 유적이 복원되면서 서울은 600년 역사성이 회복되고, 전통과 현대가 어우러진 문화도시로 자리 매김을 하며, 청계천은 국내외 관광객이 즐겨 찾는 휴식처이자 관광명소가 될 것이다. 청계천 복원으로 주변환경이 개선되고, 서울은 동북아의 중심도시, 국제적인 상업도시, 금융거점도시로 발전하게 될 것이다. 이 같은 환경 복원사업은 서울의 얼굴을 바꾸고 서울시민들에게 미래의 꿈과 희망을 줄 있다."(청계천복원추진본부)는 것이다.

그러나 이러한 거창한 의의의 그 이면에 최소한 21세기의 도시 공간은 그 어떠한 전반적 사회목표와도 필연적 연관이 없는 심미적 목적이나 원리들에 따라 형성된다는 의식을 찾아볼 수 없다. 공간을 사회목표에 따라 계획적으로 분할할 수 있다는 생각이 결국에는 청계천 복개와 고가도로라는 흉측한 괴물을 탄생시켰음에 대한 반성이 결여되어 있는 것이다.

복원되는 공간에 대한 구상을 살펴보면 약 2km씩 나눠 '열린 박물관', 전시 문화의 공간, 식물 군락지 등을 만들겠다는 야심 찬 의욕이 엿보인다. 이른바 '반생태적' 도시 패턴을 되풀이하지 않겠다는 각오가 드러난다. 크라이어에 따르면 '반생태적' 도시 패턴은 '당대 건축 및 도시경관의 상징적 빈곤(symbolic poverty)은 기능적 조닝 형태로부터 비롯된 기능주의적 단조로움의 직접적 결과이자 그 표현이다. 마천루나 저층건물, 중심업무지구, 상업지구, 사무소단지, 교외주거지 따위의 기본적인 모던 건물 유형 및 계획모델들은 한 도시지역이나 간 건설프로그램 안에, 또는 하나의 지붕 아래에 그저 한 가지 용도만 수직, 수평으로 과잉직접시'킨다는 것이다. 그는 이에 반하여 '총제적인 도시 기능들'이 '유쾌하게 걸어다닐 만한 거리 범위'안에서 제공되는 '적정도시(good city)'를 '상징적 풍요로움(symbolic richness)'이 가능한 도시로 제안하고 있다.(데이비드 하비 저, 구동회 역, 『포스트모더니티의 조건』, 한울)

청계천 복원사업에 있어 그 최초의 각오가 꼭 관철되기를 바라마지 않는다. 또 하나, 무릇 문화란 형식이면서 동시에 내용이고, 내용이 형식을 만들어가며, 그 형식이 내용의 테두리를 다시 만들어간다는 평범한 진리를 잊지 말아야 할 것이다. 전통문화의 거리 인사동에 양담배를 팔지 않는 상인들과 '스타벅스'에서 커피를 마시는 사람들이 혼재해 있고, 이름도 무색한 '대학로'에 왜 밤이면 밤마다 취객들로 넘쳐 나는지 우리는 심각하게 반성할 시점에 도달하고도 한참을 더 나왔다.

그러므로 청계천복원사업은 서울의 경제적 거점의 재조정이나 멈춰버린 성장 엔진에 다시 연료를 주입하는 식의 사고로부터 벗어나야 한다. 나는 묻고 싶다. 당신들이 그토록 사랑하는 '고향'을 서울에 옮겨놓을 수는 없는가, 서울에서 그 이미지를 느끼고, 눈물 글썽이며 내 유년은 청계천 맑은 물과 함께 흘러갔다고 되 뇌일 수는 정녕 없는가 고.

'시 쓰기'를 위한 몇 개의 단상(斷想)

1. '시 쓰기의 괴로움'에 관하여

개인적인 경험으로 '시 쓰기의 괴로움'은 '무엇을'에서 '왜'로 괴로움의 정체가 바뀌었다. 등단 15년, 그러니까 대체로 재작년 말부터 이런 변화가 감지되기 시작했다. 아마도 연륜이 주는 지혜의 그늘, 어둠의 일면이라고 할 수 있지 않을까 싶다. 비록 많지 않은 경험이지만 이런 저런 이유로 '시 창작'을 강의(?)하게 되었을 때, 가장 흔하게 접하게 되는 질문 중에 하나가 '시가 너무 어렵다', '무엇부터 시작해야 할지 모르겠다,' 대략 이런 부류의 질문이었다. 말 그대로, 시 쓰기나 배움 모두에서 일천하고 알량한 밑천 밖에는 없지만, 이 글은 그런 질문에 대한 내 나름의 소박한 대답을 마련해 보기 위해서 기획되었다.

시는 언어 예술이다. 이 분명한 사실에 이의를 제기할 사람은 없을 것이다. 따라서 '시의 이해'는 더 넓게는 '예술의 이해 방식'으로부터 비롯해야만 한다. 이 이해의 제한 조건은 물론 '언어'가 그 사용자들만의 역사적, 사회 문화적 요인을 내포하고 있다는 점이다. 하지만 순전히 같은 언어를 모국어로 사용하고 있는 사람들을 대상으로 했을 때, 위의 명제는 너무도 타당하고 당연하기까지 하다. 그럼에도 불구하고

'시가 이해가 안돼요'라는 푸념을 듣게 되는 까닭은 위 명제에 대한 인식의 불철저에서 비롯된다고 생각한다. 어쩌면 내가 만나게 된 수강생들이 그런 교육의 기회(지금도 여전히 의문이지만)를 갖지 못한 탓일지도 모른다. 내 '시 창작' 강의는 항상 이 부분을 출발점으로 하고 있다.

시는 이해될 수 있는가? 물론 있다. 게다가 신속하게 이해될 수 있다. 왜냐하면, '이해'의 가장 빠른 길은 '오해'이기 때문이다. 시의 생명은 시인에게서 비롯되지만, 그 생명의 지속은 오직 '독자'에 의해서만 가능하다. 이처럼 '독자'를 시 이해의 중심축으로 설정하면, 위에서 제기된 문제는 간단하게 해결된다. 효용론이나 수용자 중심에서 시를 바라본다면 독자의 성실성 외에는 별로 문제될 것이 없기 때문이다. 그러나 아무도 이 말을 신뢰하지 않는다. 이 글을 쓰는 사람도 조심스럽기는 마찬가지다. 결국 독자가 얼마나 주체적이고 능동적이냐 하는 문제에 가닿기도 전에 문제는 다시 원점으로 되돌아오고 만다. 하는 수 없이 다시 시작하는 수밖에 없다. 시는 '이해'되어야 할 대상이라기보다는 보다 폭넓게 '감상'되어야 할 대상이라는 것이다. 결국, 시의 이해는 시의 감상에 다름 아니라는 말이다.

'감상'은 '感傷(sentimental)'과 '鑑賞(aesthetic dialog)' 둘 다를 포괄하는 개념이어야 한다. 정서적 반응과 인식적 반응이 동시에 촉발되어야 한다는 것이다. 그런데 실상은 '感傷'만이 전부인양 왜곡되어 일반적으로 확산되어 있다. 대학에서도 문화센터에서도 마찬가지 현상이 벌어진다. 인식적 수고 없이 '이해'를 구하고 있는 것이다. 그러므로 한 학기 내내 '감상'을 해도 시의 이해는 고사하고 두고두고 암송할 작품 하나도 제대로 건지지 못하는 상황이 되풀이 된다. 결국 이런 문제의 해결은 '鑑賞', '미적 대화'에 대한 재인식, 또는 깊은 이해에서 출발해야만 한다.

미적 대화란 인간의 정신 속에서 일어나는 객체(작품)와 주체(독자)의 자리 바꾸기 놀이이다. 대화 상황이 원칙적으로 발화자와 청자의 동시적 참여를 요구하면서, 동시에 청자와 발화자의 끊임없는 역할 변경으로 지속되듯이, 미적 대화 또한 이러한 경과를 따른다. 그 과정은 먼저 '접촉(contact)'이 이루어져야 한다. 시집과 독자가 살을 맞대야 한다는 것이다. 책가방에 일 년 내내 그럴듯한 시집을 넣어 다녀봐야 아무 소용이 없다. 접촉은 촉각과 시각 등등의 감각기관을 통해 이루어져야 한다. 그런 면에서 본다면, '똥구멍으로 시를 읽다'(『악어』, 실천문학사)고 쓴 고영민 시인 접촉의 탁월한 경지를 보여준다고 할 수 있다. 이 접촉은 수시로, 아무 곳에서나 제약 없이 이루어지는 것이 바람직하다. 기발한 착상이 의식의 무방비 상태에서 가장 빈번하게 발생하듯이, 시집은 잘 모셔야 할 책(정전)이라기보다는 구겨지고 더럽혀질 수 있는 휴지묶음이라고 생각하라고 권유하고 싶다.

이 접촉의 과정은 독자의 정신 속에서 자연스럽게 '느끼고(feeling)－생각하고(thinking)－이해하(understanding)'는 과정으로 전이되어야 한다. 이 전이의 과정은 예술 감상이라는 측면에서 체계적이고 반복적으로 훈련되어야 한다. 최소한 고등학교를 졸업한 학력과 연령이라면 이러한 기대를 충족시켜야 한다. 그러나 실상은 그렇지 못하다. 그래서 결국 '시가 너무 어렵다'는 볼 멘 소리가 되풀이되고 있는 것이다. 각 단계를 '전이'라고 한 것은 이 과정이 의식적으로 전개된다기보다는 독자의 정신 속에서 거의 무의식적으로 진행될 수 있다는 의미를 함축한다. '느낌'과 '생각', '이해'가 왜 의식, 의도에 기반해야 하는가? 우리가 숲에서 나무를 보거나 강에서 시원스레 날아가는 새떼를 볼 때, 도대체 무슨 의도와 의식이 작용하는가? 그냥 '풍경'이 드러내

는 모습을 보고, 느끼고, 이해할 수 있지 않았던가? 이 말은 예술 감
상이 인지적 노력을 요구한다는 말과 모순처럼 보인다. 하지만 모순
은 아니다. 왜냐하면 앞서 언급한 과정의 필수적인 전제는 그 앞에
'스스로'라는 조건이 붙는다는 점이다. '스스로 느끼고', '스스로 생각
하고', '스스로 이해해'야 한다. 이 '스스로'라는 조건을 오늘의 수강생
들은 힘들어하고 있는 것이다. 그러나 '스스로'하지 않는다면 누가, 왜
내 대신 느끼고, 생각하고, 이해할 것이며 그것이 가능하기는 한 것인
가 되묻지 않을 수 없다. 강의자가 개입할 수 있는 단계는 고작 감상
의 마지막 단계인 '스스로 판단하라(judging)'에 지나지 않는다. '판단'
은 그 결과가 개인적인 차원을 넘어 동시대의 사회, 문화적 부분까지
영향이 확대되기 때문이다. 어쩌면 오늘의 시 감상은 이런 사적(史的)
위협 앞에 위축될 대로 위축되어 있는 것인지도 모른다.

'시 쓰기'는 일종의 창조 행위다. 이때 '창조(創造)'는 이제까지 없었
던 것을 새로 만들어내는 일이며, 창의(創意)는 이러한 일의 속성을
말하는 것으로 다분히 형이상학적 개념이다. 창조 혹은 창의는 기존
의 요소 혹은 소재의 독창적인 편성에 의한 새로운 타입의 사물의 산
출에서부터 완전 무에서 세계 그 자체의 창출을 이르는 넓은 범위에
쓰이는 말이다.9)라고 규정할 수 있다. 이런 무거운 규정이 시의 '감상'
에서 '창작'으로 나아가고자 하는 여러 사람들 어깨를 짓누르고 있는
경우를 종종 본다. 창작은 위대한 작업이기는 하지만, 생산이라는 측
면에서는 밥을 하고, 자동차를 만들고, 집을 짓는 것과 무엇이 다른
가? 시를 바라보는 위치를 바꾸자. 낮은 곳에서 시를 보면 더 넓게,
자세히 보일지도 모른다.

---

9) 김중신, 「개인의 성장을 위한 문학교육 방법 탐색」, 『문학교수·학습방법론 연구』,
  삼지원, 1998.

2. '상상력'에 관하여

시를 이해하거나 감상하거나 간에 '상상력'이 문제가 된다는 것을 듣고 배운 것은 직장 생활을 끝내고 박사과정에 입학한 다음이었다. 그 전의 나는 나름대로 한국 현대시의 충실한 독자였으며 건실한 생산자라고 자부했지만, 그때의 '시'는 '즐거움' 그 자체였을 뿐이었다. 사실 그 시절로 돌아갈 수 있다면 얼마나 좋겠는가? '시간의 화살'을 되돌릴 수 없듯이 지금은 '상상력'의 정체를 향해 나아가는 수밖에 도리가 없다. 어떤 시론, 시작법 책을 들춰봐도 상상력에 관해서는 반드시 한 장 이상이 할애되어 있다. 그만큼 시작에 있어서 상상력이 중요하다는 말이겠지만 이 글에서는 '시 쓰기' 과정에서의 필요성에 관해서만 간략하게 생각해 보고자 한다.

'시 쓰기'에 있어서 체험이 중요한가, 상상력이 더 중요한가? 하는 쉽게 대답할 수 없는 질문에 맞닥뜨리곤 한다. 이러한 질문의 배후에는 직접체험은 그 누구도 부정할 수 없는 구체성을 가지고 있으므로 그 자체로 일정한 진실을 확보하고 있지만, 경험 없이 골방에서 제작된(상상력에만 의지한) 작품은 아무리 교묘한 작품일지라도 인위적인, 즉 가짜의 냄새가 날 수밖에 없다는 무지의 확신이 깔려있다. 하지만 이처럼 위험한 생각이 공공연히 널리 퍼져나가고 의심 없이 받아들여지게 된 데에는 다 까닭이 있다. 가령, "시는 사람들이 생각하는 것처럼 감정이 아니다. 시가 감정이라면 젊은 나이에 이미 봇물처럼 넘쳐흐를 정도로 많이 썼을 것이 아닌가, 시란 정말로 체험인 것이다."라는 릴케의 말에서 '감정' 대신에 '상상력'을 '상상력'의 의미 대신에 이른바 '제작된 시'를 슬며시 끼워 넣기만 되는 것이다. 불행하게도 이러한 어처구니없는 일들이 지금 이 순간에도 지속되고 있다.

만약에 내게 '체험'과 '상상력' 중에서 하나를 고르라면 나는 단연코 '상상력'을 고를 것이다. 상상력이란 인간의 경험과 생각과 감정이 인간의 정신 속에 용해되어 조직화된 것이기 때문이다. 따라서 '체험'이란 '상상력'의 도움 없이는 그 자체로 시가 될 수 없다. 그렇지 않은가, 일상에서 습관적으로 되풀이 되는 체험은 아예 논외로 하고, 너무나 충격적이고 생생한 체험의 순간에 우리는 무슨 말을 할 수 있는가, 어떤 언어가 그 체험의 광휘를 뚫고 나올 수 있었던가? 외마디 감탄사 말고는 거의 없었을 것이다.

체험은 분명히 시의 중요한 자산이다. 그러나 그것은 그 자체로는 아무 의미도 생성하지 못한다. 체험은 시간의 담금질을 견뎌야 하고, 그때는 고치 속의 애벌레처럼 기억의 형태로 머물러 있어야 한다. "우리가 알고 있지 않은 것으로써 우리가 상상해 보는 것이란 있을 수 없으며, 우리가 상상하는 능력이란 우리가 이미 과거에 경험하였던 일을 기억하며, 그것을 또 다른 상황에 적용하는 능력"이라는 스펜더의 말이 그래서 중요하다. 체험 없이 기억은 생겨나지 않으며, 기억 없이는 상상력 또한 불가능하기 때문이다. 나아가 그 체험의 기억을 오늘의 되살리는 것은 언제나 '현재의 필요'라는 것을 부기하고 싶다. 바람이 없다면 바람은 결코 불지 않는다. 더욱이 그때의 바람은 그 흔적조차 남기지 않을 것이다.

　'시적 상상력의 개진 방식들은 기실 추상화되어 있다. 한 편의 시는 모름지기 단 하나의 주도적인 상상력만으로 이루어져 있지 않기 때문이다. 섬세한 발견과 날카롭게 대상의 본질을 길어 올리는 투사와 유추, 분리된 것을 결합하는 연상과 현실을 부정의 눈으로 확인하는 전복의 상상력들은 기실 한 편의 시에 긴밀하게 습합되고 용해된 채, 하나의 시적 세계를 튼실하게 엮어 나가고 있는 것이다. 그럼에도 이러한 분리는 상상력의 실체를 더욱 선명하게 들여다보기 위한 장치라는 점에서 놓칠 수 없는 이점을 갖는다. 더욱이 상상력들은 동일한 깊이로 시적 세계를 구성하는 것이 아니라, 주도적인 상상력이 전면에 배치된 채 여타의 상상력들은 후경에서 마치 삼각형의 꼭지점을 위한 밑면과 옆면을 형성하는 것처럼 이루어져 있기 때문이다.'10)

인용 글은 창조자로서 시인의 상상력의 운용 방식을 나름대로 잘 설명하고 있다. 상상력에도 층위가 있으며, 주도적 상상력과 배경이 되는 상상력이 함께 운용될 수 있다는 것이다. 선택이란 언제나 배제의 다른 이름에 지나지 않는다. 그러므로 시인에게 절실하게 요구되는 상상력의 실체는 이런저런 개념이 아니고, 포괄하면서도 배제되는 부분들, 힘겹게 배제하면서도 끌어안게 되는 자투리, 변방에 놓인 것들에 대한 사랑이 아닐까 자문해본다.

3. '시 쓰기의 괴로움'을 견디며

시의 자산으로서 '체험'이 강조되는 것은 지극히 일반적인 현상이다. 우리 일생이란 체험의 연속이며 그 총화에 지나지 않기 때문이다. 그러나 아무리 성실하고 뛰어난 여행자라 할지라도 끝내 소멸할 수밖에 없는 인생에서 세계의 모든 곳을 탐사하고, 모든 사람을 만나고

---

10) 김상욱, 『시의 숲에서 세상을 읽다』, 푸른나무, 1996.

그 경험들을 생생하게 기록할 수는 없다. 따라서 '간접체험'의 중요성이 다시 한 번 강조된다. 추체험의 형식들이야 다양하겠지만, 내 경우는 인문학도로서의 한계와 천성인 게으름 때문에 '독서체험'이 거의 전부라 해도 과언이 아니다. 어쩌면 내 '상상력'의 빈곤을 드러내는 치기(稚氣)일지도 모르겠지만 내 '시 쓰기'에 도움이 되었던 몇 개의 아포리아와 구절, 그리고 시 작품을 묶어 소개하고자 한다.

    1) 누가 무엇이라 비웃든 나는 나의 길을 가야만 한다.
                                     -김수영, 〈일기초〉에서

    어떤 사람이 자기의 또래들과 보조를 맞추지 않는다면, 그것은 아마 그가 그들과는 다른 고수(鼓手)의 북소리를 듣고 있기 때문일 것이다. 그 사람으로 하여금 자신이 듣는 음악에 맞추어 걸어가도록 내버려 두라. 그 북소리의 음률이 어떻든, 또 그 소리가 얼마나 먼 곳에서 들리든 말이다. 그가 꼭 사과나무나 떡갈나무와 같은 속도로 성숙해야 한다는 법칙은 없다. 그가 남과 보조를 맞추기 위해 자신의 봄을 여름으로 바꾸어야 한단 말인가?
                          -H. D. 소로우(『월든』, 이레)

    내가 으스러지게 설움에 몸을 태우는 것은 내가 바라는 것이 있기 때문이다.

    그러나 나는 그 으스러진 설움의 풍경마저 싫어진다.

    나는 너무나 자주 설움과 입을 맞추었기 때문에

가을바람에 늙어가는 거미처럼 몸이 까맣게 타버렸다.
　　　　　－김수영, 〈거미〉(『김수영전집·1 시』, 민음사)

　'시 쓰기'는 언제나 개인적 행위이지만 시를 발표하고 나아가 시인
으로 살아간다는 것은 어쩔 수 없이 '제도'에 속할 수밖에 없다는 사
실을 명심해야 한다. '시인'이 되는 것은 나의 의지의 결과이겠지만,
그 다음은 순전히 '의지'만으로 해결되지 않는 문제가 너무 많다. 그러
므로 시류에, 심지어 다른 시인에게서 상처 받게 되는 것을 두려워해
야 한다. 왜냐하면 그 상처나 고통은 완전히 무의미하고 무익한 것이
기 때문이다.

　　2) 네가 너를 알기 위해 오는 곳, 내 마음을 나는 사랑해야
　한다
　　　　　　　　　－P. 발레리 〈해변의 묘지〉 중에서

　인간은 자연의 아주 연약한 갈대이다. 그러나 그는 생각하
는 갈대이다. 그를 없애기 위하여 온 우주가 동원될 필요는 없
다. 약간의 증기, 한 방울의 물이면 그를 죽이기에 족하다. 그
러나 우주가 인간을 없앨 때 인간은 우주보다 더 고귀한 것으
로 된다. 왜냐하면 그는 자기가 죽는다는 것을 알고 있기 때문
이다.
　　　　　　　　　　　－파스칼(〈팡세〉 삼성당)

　슬픔의 파수꾼들처럼 유리창에 이마를 대고
　내가 그 밤을 넘어서 온 하늘
　내미는 내 손길 안에 담긴 들판

생기도 잃고 무감각해진 그 들판의 지평 안에서
슬픔의 파수꾼들처럼 유리창에 이마를 대고
나는 너를 찾아 헤맨다. 기다림을 넘어서서
나 자신을 넘어서서
그리고 알 수 없을 만큼 그대를 그토록 사랑하는데
우리 둘 중에서 떠나 있는 그대를.
　　　　　　　 −P. 엘뤼아르, 〈유리창에 이마를 대고〉,
　　　　　　　　　 (『이곳에 살기 위하여』 민음사)

　예언자로서, 또는 시대정신의 첨병으로서의 역할도 이미 잃어버린
오늘날 시인으로 살아가기란 한 순간의 '잉잉거림', 제 자신의 죽음과
병듦을 통해 베르나로스의 말처럼 '어쩔 수 없는 자기', '나라는 타인'
들의 아픔을 노래하는 방식만이 유효하지 않을까? 신유마주의를 주
장할 수는 없지만, 행복한 곳의 노래는 이 가락이 아니리라는 걸 믿
는다.

　3) 허무를 발견한 다음 미(美)를 발견하였다
　　　　−S. 말라르메, 『프랑스 문학사상의 이해』에서

　인간은 자신이 나왔던 침묵의 세계와 자신이 들어갈 또 하
나의 침묵의 세계−죽음의 세계−사이에서 살고 있다. 인간의
언어 또한 이 두 침묵의 세계 사이에서 살고 있고, 이 두 세계
에 의해 유지되고 있다. 그 때문에 말은 이중의 반향을 가지고
있다. 말이 나왔던 그곳으로부터의 반향과 죽음이 있는 그곳
으로부터의 반향을
　　　　　　　 −M. 피카르트(〈침묵의 세계〉 까치)

그러니까 그 나이였어……시가
나를 찾아왔어. 몰라, 그게 어디서 왔는지,
모르겠어, 겨울에서인지 강에서인지,
언제 어떻게 왔는지 모르겠어,
아냐, 그건 목소리도 아니었고, 말도
아니었으며, 침묵도 아니었어,
하여간 어떤 길거리에서 나를 부르더군,
밤의 가지에서,
갑자기 다른 것들로부터,
격렬한 불 속에서 불렀어,
또는 혼자 돌아오는데 말야
그렇게 얼굴 없이 있는 나를
그건 건드리더군.
　　―P. 파블루 네루다, 『시』, (『스무 편의 사랑의 시와
　　　　　　　　　　　한 편의 절망의 노래』 민음사)

　모든 '시편'이 끝없는 떨림 속에, 단 한 순간도 안정된 자세로 머물
지 말아야 할 이유를 생각한다. 혼돈만이 세계를 조이고, 그 힘으로
세계를 허물 수 있으리라.

　4) 우리의 영혼(靈魂)은 일생을 살지 않아도 될 만큼 충분하다
　　　　　―H. 블품, 『시적영향에 대한 불안』에서

　이제 나에게는 고향이 없다. 고향을 잃은 일은 없으나 이 세
계 깊은 심연으로의 탐닉이 나를 고향 없게 하고 있는 것이다.
이 세상의 가장 원초적인 체험으로 되돌아가고 싶은 것이다.
그것은 이 황망한 세상이 지닌 훤소(喧騷) 속에서 고향 잃은

외로운 사내의 감정에 걸맞는 일이다.

　　　　　　　－R. M. 릴케, 『검은 고양이』, 민음사

　……그때 어떤 소리가 말했다. 오늘의 시의 운명은 그럼에
도 불구하고 시의 쪽박으로 구걸하는 거지 자기의 명성의 쪽
박으로 구걸하는 건 아니다. 죽음으로 구걸하는 거지 살아남
음으로 구걸하는 건 아니다. 명성 등은 그대의 이름을 쭉정이
화하는데 기여하는 것임을 그대는 그야말로 그대의 명성을 위
해 알아두어라, 사람은 각자 자기가 사랑받아야 한다고 생각
하고 느끼는 것 이상의 사랑을 (　　)로부터 항상 받아야 하지
만 그러나 그가 삶의 현상들을 어떻게 사랑하고 있는지가 두
루 궁금할 따름이다. 사랑받아야 한다는 욕망은 사랑 자체와
는 아무 상관이 없고 사랑받음과도 아무 상관이 없고 항상 그
대는 어떻게 사랑하고 있으면 된다. 그대는 그대의 모든 詩에
서 그대의 이름을 지우고 그 자리에 고통과 자신의 죽음을, 문
화를, 방법적 사랑을 놓지 않으려느냐, 슬픔 多謝.

　　　　　　　－정현종, 『사랑사설 하나－자기 자신에게』

　　　　　　　　　　　(『고통의 축제』, 민음사)

　시는 욕망하는 순간에만 발생한다. 지속을 꿈꾸는 것은 바람을 얼
려 책장에 가두려는 욕망과 같다. 시는 쓰는, 쓰여 지는 순간에만 발
생한다. 시인으로 산다는 것은 그 순간, 미분불가능한 극한의 순간을
연속적으로 발생시키려 제 생의 심지를 양 어금니로 갉아대는 것에
불과하다. 그러므로 불행할수록 그 불꽃은 더욱 거세어지는 것이다.

문화 인프라로서의 시 낭송의 가능성과 문제점

1. 들머리

전 지구적인 축제와 함께 문화의 세기가 개막되었다. 어느덧 3년여의 시간이 흘러버렸지만 말이다. 새로운 세기에 대한 흥분과 열광이 가라앉자마자 과연 지금이 '문화의 세기', 다시 말해 '문화'가 삶의 중심적인 '가치'로 자리잡았는가에 대한 격렬한 의문이 제기되고 있다. 거시적인 차원에서 세계는 지금 문화 융합을 통한 상호이해를 넓혀가기는커녕, 알 수 없는 증오에 더욱 휩싸여 대규모 전쟁의 목전에 와 있고, 국내에서는 대통령 선거를 전후로 세대간의 문화적 충돌 내지는 갈등의 조짐까지 보이고 있다.

이러한 사실은 최소한 우리에게 두 방향의 반성을 촉구하고 있다. 하나는 이른바 매스미디어, 주류 대중매체들이 지난 세기말 그토록 떠들어댔던 '문화'11)가 그 개념이나 용어 사용에 있어서 인문학, 혹은 문학계에서 생각하는 '문화'와 너무나 달랐다는 점이다. 그 이면에는

---

11) 이러한 발언은 '문화'라는 개념의 패러다임이 자연과의 대립보다는 '비인간적'인 것들과의 대립이라는 쪽으로 바뀌었음에도 불구하고, 이러한 패러다임의 전환보다는 '상업적, 경제적' 이윤의 창출이라는 측면을 강조한 매스 미디어들에 대해 적절히 대응하지 못하지 않은 것이 아닐까 하는 의문에서 비롯되었다.

대중을 배경으로 한 매체들의 공세적 논의에 상대적으로 대중으로부터 유리되었다고 생각하는 문학계의 심리적 위축이 한 요인이 되었을 것이다. 그러나 더 큰 요인은 인문학, 혹은 문학의 담당자들이 자신들이 생각하는 미래지향적 '문화관'을 확고하게 정립하지 못했다는 데 있다. 다시 말해 그들의 대다수는 도래한 대중사회에서 주변인이나 아웃사이더에 머물며 엘리트적 문화관을 계속 유지하기를 내심 갈망했다고 볼 수 있다.

다른 하나는 앞에서 보인 심리적 위축이나 소극적 대응 태도로 인해 '문화' 자체에 대한 논의에 있어서 발언권을 완전히 잃어버릴지도 모른다는 위기의 시점에 봉착해 있다는 점이다. 논의의 범위를 좁혀 시를 예로 들어보면, '시의 위기'나 '시의 죽음'에 관련한 논의가 매우 심도 있게 진행되었고, 그 위기감이 여전히 남아있지만 '시인' 이외의 계층에서는 아무도 그 위기감을 느끼지 못하고 있다. 왜냐하면 시는 여전히 양적으로 팽창하고 있으며, 끊임없이 대중적 주목을 끌 수 있는 이색 시인[12]들이 등장하고 있기 때문이다. '문화'의 한 축으로서의 시의 기능이나 역할은 제대로 논의되지도 않은 채 말이다.

바로 이러한 이유들 때문에 우리는 이 시점에서 '문화'의 개념을 재정립하고, 그것의 '가치'를 적극적으로 전파하며, '문화'가 일정한 유, 무형의 틀에 갇히는 것을 경계하면서 일상적인 '삶' 속에 뿌리내릴 수 있도록, 아니 일상적 생활 자체가 '문화'라는 큰 '장(場)'을 형성할 수 있도록 준비해야 한다. 이번 특집의 기획의도가 여기에 있다고 믿는다.

---

12) '이색 시인'이란 엘리트와 아마츄어와 같은 이분법적 분류를 염두에 두지 않았다. 오히려 모 방송국의 오락 프로에서 진행되었던 '○○○ 시인되다'와 같은 이벤트적 요소가 시인 내부에서가 아닌 외부에서 시도되고 있다는 점을 지적한 것이다.

2. 오늘의 시 : '위기'와 '기회'의 겹침

시의 위기는 넓게는 인문학의 위기, 나아가 활자문화 전체의 위기와 맞물려 있다고 해도 과언이 아닐 것이다. 영상 매체의 약진과 그로 인한 감수성의 변화는 비단 시 분야에서만 긴장과 갈등을 빚어내는 것이 아니기 때문이다. 그럼에도 불구하고 시의 위기가 두드러지게 보이게 된 데에는 여러 가지 이유를 생각해 볼 수 있다. 그러나 그것은 논의의 장을 달리해서 다룰 문제이므로 차후로 미루기로 한다.

다만 한 가지 분명하게 짚어보고자 하는 것은 시의 위기는 다름 아닌 시 읽기의 위기라는 점이다. 이는 달리 말해 시 쓰기의 위기는 없다는 것이다. 창작의 과정은 지금도 개인적인 차원에 머무르고 있고, 그 환경은 오히려 낳아졌다고까지 할 수 있다. 시인이 고독한 영혼의 소유자라고 믿는다면, 대중사회보다 개인이 더 고독해질 수 있는 사회가 언제 존재했었던가. 대중사회에서 개인은 파편화 된 고독한 편린에 불과하지 않는가. 또한 시인이 외로운 방랑자라고 믿는다면 인터넷의 익명성 뒤에서 유목민처럼 유랑하는 것보다 더 황량하고 쓸쓸한 일이 어디에 있는가. 또한 대중사회가 견인해온 문화민주주의라는 미덕에 힘입어 이젠 누구나 시를 읽는 데 머무르지 않고 용감하게 자신의 시를 쓰고, 발표할 수 있는 이런 자유로운 시대가 언제 있었던가. 따라서 지금의 시의 위기는 '시 읽기'의 위기라고 할 수밖에 없다.

이러한 시의 위기는 결국 독자가 시를 외면한다는 데 있고, 외면의 핵심은 시가 재미없다는 데 있다. 물론 시와 다른 오락물들의 재미를 직접 비교할 수는 없다. 대부분의 독자들의 경우, 시를 읽고 그것이 무슨 의미인지 모르겠다는 것이 시를 외면하는 주요 요인이라 할 수 있다. 시가 말하기의 한 예술적 형태라는 점을 인정할 때 소통의 부재는 재고해야 할 문제가 아니라 할 수 없다.

시를 통한 소통의 부재 내지는 곤란을 해소할 수 있는 방안은 다각도에서 모색되어야 한다. 제도로서의 시 자체의 문제, 문학 교육의 문제, 시인들의 인식의 문제 등등 여기에는 가능한 모든 층위에서의 점검이 선행되어야 할 것이다. 그러나 이 글에서는 읽을거리로서의 시가 그 재미를 다했다면 그것을 보완하고 새롭게 갱신시켜 이미 우리 눈앞에 놓여있는 시들에 대중들의 관심을 유발할 수 있는 방안이 무엇인가에 대해서만 생각해보고자 한다.

시를 독자와 가깝게 하려는 시도는 시의 역사와 그 맥락을 함께 한다. 거칠게 인용해보자면, '시가 낭송이나 실연(實演)되는 경우－시가 어떤 구체적 환경 속에 놓여 있었을 때,－ 수용자들은 보다 가까이 시를 느끼고 이해할 수 있었다. 시가 창작된 맥락을 이해함으로써, 우리는 그 시가 무엇을 말하고 있는 지를 확연히 알게 되기 때문이다. 그러나 시가 책을 통해 문자적으로 전승되자, 시는 포괄했던 많은 것을 읽어버리게 되었다. (…) 이른바 시는 문자화되면서 들을 수 있고 느낄 수 있는 모든 사람에게 속하는 것이 아니라, 무엇인가를 전문적으로 아는 소수에게 속하게 되었다. 그것은 대중적인 장르였던 시의 역사에 지각변동을 일으키는 계기가 된다. 그런 상황에서, 사람들은 시의 활용도를 높이려는 시도를 하게된다.'(김양희, 「매체의 변화와 시 체험의 변화」, 『문화변동과 인간 그리고 문화연구』, 깊은샘, 2001, p.109)는 것이다.

이러한 노력의 한 방향은 시를 노래 등에 실어 전파력을 높이려는 시도를 들 수 있다. 또한 최근에는 시의 이미지를 여타 영상 장르의 이미지와 결합시킴으로써 그 효용성을 극대화하려는 시도도 나타나고 있다. 그러나 이러한 시도들은 자칫하면 그 과정에서 시의 의미나 주제 등을 탈각시키거나 희석하는 등의 문제점이 발생할 수 있다. 다시 말해, 하나의 작품이 내포하고 있는 고유성이 불가피하게 훼손될 수 있다는 것이다. 그럼에도 불구하고 이러한 시도들은 지속되어야 한다고 본다. 다만 여기서는 논의의 범위를 좁혀 시 낭송이라는 시의 전달방식과 관련된 부분만을 살펴보고자 한다.

3. 시 낭송의 문화적 기반과 역할

시가, 나아가 문학이 어느 문화권을 막론하고 구비전승의 전통을 지녔음을 감안한다면 시가 낭송된다는 사실은 그다지 새로울 것이 없는 시도라 할 수 있다. 그래서 먼저 시 읽기와 시 낭송의 차이에 대한 분명한 인식이 요구된다. '시 낭송'의 사전적 의미는 '시를 소리 높여 외는 것'이다. 그러나 이러한 정의는 너무 소박하다고 볼 수 있다. 좀 더 자세하게 ''시 읽기'란 글자 그대로 시를 단지 읽는 것을 말한다. 시 읽기는, 소리를 내지 않고 눈으로 읽는 경우와 소리를 내면서 읽는 경우로 나눌 수 있다. 소리를 내어서 시를 읽는 것을 시 낭독이라고 한다. 그런데 '시 낭송'이란 시를 소리내어서 읽되, 시가 지니고 있는 의미를 청중에게 전달하기 위하여, 시적 감동이 묻어나게 읽어 시의 음악성을 극대화하는 것을 말한다.'(송현, 「시 낭송에 문제 있다」, 『현대문학』, 1986, 7월호, p.81)고 구분해 볼 수 있다.

이처럼 시 낭송은 시를 독자들에게 알리는 방법 중에서 대단히 적극적인 방법의 하나라 할 수 있다. 그럼에도 불구하고 시 낭송은 '시'가 정위(定位) 되는 역사적 변화에 따라 그 위치가 달라져 왔다. 따라서 현대, 다시 말해 오늘의 문화적 현상을 이해하는 것은 시 낭송의 가능성을 가늠하는데 있어서 그 첫 번째 단초가 된다고 할 수 있을 것이다. 더욱이 한국 현대사는 일반론적인 역사적 발전과 궤적을 달리 함으로써 필연적으로 문학사에 있어서도 새로운 패러다임을 요구하고 있다. 이에 관하여는 이미 많은 논의가 심도 깊게 진행되었으므로 여기서는 시의 창작자와 수용자의 기본적인 역할의 변화와 그에 따른 심리적 변화의 한 양상만을 살펴보고자 한다.

먼저 문화가 대중적 기호에 의존하는 정도가 급격하게 늘어났다는 점을 인정한다면, 우리는 그러한 현상 속에서 새로운 가능성을 찾아야만 한다. '문화적 대중주의의 개념 가운데는 문화의 주체와 객체를 표나게 구분 짓지 않는다는 특성이 포함되어 있다. 즉, 문화의 생산자와 소비자의 구분을 어렵게 하는 측면이 내포되어 있음을 뜻한다. 이는 한편으로 문화를 소수의 생산자의 손에서 다수의 소비자 계층으로 이동시켰다는 의미를 가진다. 이러한 문화적 맥락은 가볍게 볼 수 있는 측면이 아니다. 앞 시기의 문화적 특성들과 비교할 때 문화의 민주적 공급과 수혜를 특징으로 하는 대중주의는 큰 의미를 갖는다. 되풀이해서 말하자면, 그것은 문화의 공급 방식이 일방통행식 공급에서 쌍방향식 공급으로 전환되었음을 의미한다. 대중주의가 가지는 이러한 의미는 매우 중요한 것으로 문화소비자에 불과했던 대중들에게 문화의 주체가 될 수 있다는 자신감을 안겨주었다는 점에서 그 의의는 실로 크다. 대중들을 문화의 수동태에서 능동태로 바꾸어 놓은 대중주의는 현상적으로 문화의 흐름을 역전시켜놓았다.'(박남철, 「시낭송의 문화적 기능」, 『한국언어문화학회』 21집, 2002, p.180)는 지적은 이러한 점을 여실히 보여주고 있다.

'시 낭송'이 대중사회에 걸 맞는 새로운 형태(이미지의 장르적 혼융이나 전파력의 확장을 위한 CD, TV, 라디오 같은 타 매체를 이용한 경우)의 시의 활로를 개척하기 위한 한 방법으로 고려될 수 있다면, 그것은 현대적으로 전환된 시인, 혹은 시 낭송자의 낭송에 대한 인식의 전환에서 찾아질 수 있을 것이다, 그 배경에는 시의 생산과 유통에 대한 철저한 자기 인식이 뒷받침되어야 한다. 그러나 시가 대중사회의 중요한 문화적 산물이 되어야 한다는 것에는 아주 강력한 비판이 대두되었다.

한 예로 '80년대에 〈접시꽃 당신〉과 〈홀로서기〉 같은 시집들이 100만대의 초 베스트 셀러가 된 일을 들 수 있다. 시집은 어느 나라에서나, 경제적으로 선진국이든 문화적으로 대국이든, 그러니까 가장 많이 책을 발행하는 미국에서나 가장 독서를 많이 한다는 일본 또는 문학에 대한 열정이 가장 높은 프랑스에서나, 결코 베스트 셀러가 된 적도 없고 될 수도 없는 장르이다. 시는 대중적으로 유행되기를 가장 완강히 거부하는 예술이고 그만큼 시장 논리에 굴복하지 않으며 일반 독자들의 소비를 좀처럼 허용하지 않는 까다로운 창작이기 때문이다.'(김병익, 「문학은 이제 어떻게 생산·소비되는가」, 『새로운 글쓰기와 문학의 진정성』, 문학과지성사, 1997, pp.72~73)라는 견해를 대표적으로 들 수 있다.[13]

이처럼 시 낭송이 시의 독자들을 향한 하나의 적극적 소통방식으로 자리하기 위해서는 그 문화적 여건 내지는 기반이 너무 취약하다고 할 수 있다. 이 때 문화적 흐름의 변화나 시인들의 인식의 변화 못지 않게 중요하게 언급되는 것이 시 낭송 전문가들의 부재이다. 다시 말해 인적 요소가 너무나 빈약하다는 것이다. 이러한 논의는 기존

---

13) 김성곤, 「한국문학의 진정한 위기」, 조선일보, 2002. 6. 1(토)에서 필자는 한국문학의 위기를 시대의 변화에 둔감하고 인식의 변화를 거부하며, 문학을 권력과 헤게모니의 수단으로 생각하고 있는 우리의 진부한 사고방식으로부터 기인한다고 진단하며 문학인들의 인식과 패러다임의 변화 수용을 요구하고 있다.

의 시 낭송의 방식, 이를 테면, 시인 자신이 직접 낭송하거나 성우나 탤런트, 또는 독자가 시를 낭독하는 수준에서 벗어나 앞서 지적된 것처럼 시의 의미와 감동을 제대로 살릴 줄 아는 전문가 집단의 양성이 필요하다는 지적이다.

이러한 지적은 이미 오래 전에 제기 되었던 바, '마지막으로 들고 싶은 것은 시낭송은 전문 시낭송자가 해야 한다는 점이다. 따라서 전문 시낭송자가 많이 육성, 배출되어야겠다는 점을 지적할 수 있다. 시낭송 전문가는 시낭송 선진국이라 할 프랑스에서도 그 숫자를 헤아릴 정도로 많지 않다고 하는데 우선 시를 잘 안다고 믿는 사람들 중에서라도 전문적인 시낭송자가 많이 나와서 시는 시인이 짓고 낭송은 낭송 전문가라는 토양이 마련되어야 하겠다.'(윤성근, 「시 낭송 실태 분석과 그 전망」, 『문학예술』, 1986, 9월호)는 지적이 시 낭송가의 전문적 육성이 얼마나 등한시 되어왔는가를 뒷받침하고 있다.

그렇다면 이렇게 열악한 사회, 문화적 기반에도 불구하고 우리가 시 낭송이라는 방법을 통하여 이른바 시의 위기의 극복을 모색하거나 소통의 부재라는 문화적 문제의 해결에 한 가닥 기대를 거는 것은 어떤 이유에서인가. 그것은 시 낭송이 말 그대로의 시 읽기보다는 현재의 문화적 상황에 걸 맞는 새로운 역할을 할 수 있을 것이라는 기대 때문이다. 이를 간략하게 요약해 보면 다음과 같다.

첫째, 시 낭송은 새롭게 대두된 시민사회의 문화적 욕구를 충족시킬 수 있다는 점이다. 현대는 이윽고 시민사회, 이를 문화적으로 번역한다면 다양한 취향이 공존하는 사회로 전환했다. 시 낭송은 이러한 변화에 있어서 획일적인 읽기를 대체할 다양한 듣기, 또는 대화하기의 가능성을 열 수 있다.

둘째, 시 낭송은 인접문화와의 교섭이 불가피하다는 것이다. 기존의 시 읽기는 공간에 대한 배려를 필요로 하지 않았다. 그러나 현대적 의미의 시 낭송은 야콥슨적 의미의 '접촉'을 심화하기 위하여 단순히 시의 주제나 의미의 강조가 아닌 그 시가 낭송되고, 감상되는 공간에 대한 배려를 불가피하게 요구하게 된다. 이러한 요구는 공간을 주요한 매재로 하는 여타 예술 장르와의 자연스러운 결합을 가능케 한다.

셋째, 시 낭송은 의도적이든, 의도하지 않든 문학의 독자를 창출할 수 있다. 듣기를 통한 감동이 읽기에 대한 열망으로 이어질 수 있다는 것이다. 오늘날의 대중은 슈퍼 개인으로서 매우 개성적이면서도 정보의 교환에 있어서 개방적이라는 점을 고려할 때, 이해할 수 없는 시작품을 계속해서 읽게 하는 것보다 시 낭송의 이라는 방식을 통한 감동의 전파가 보다 효과적인 적극적 독자의 창출 방안이 될 수 있을 것이다.

4. 시 낭송의 현황과 문제점

시에 있어서 낭송이란 불가피한 것처럼 보이기도 한다. 현재의 문화적 상황뿐만 아니라 발생론적 기원에 있어서도 그러하기 때문이다. 이러한 사실은 아주 작은 통계를 확인하는 데서도 곧 드러난다. 2000년 한국문화예술진흥원이 집계한 문학 행사 현황이 그것이다. 각종 문학관련 행사 중에서 '문학 강연이 건수로는 53건, 비율 23.5%를 차지하였고, 뒤이어 심포지엄 및 세미나가 건수 42건 18.7%를 점유하였고, 시 낭송 회가 건수 37건, 비율 16.4%로 세 번째로 비중이 높은 문학관련 행사로 집계되었다.14)

---

14) 2000년 문예연감, 한국문화예술진흥원, 2001년 참조.

그러나 이러한 통계는 문화적 내용물, 다시 말해 콘텐츠의 유통과 소비가 대부분 인터넷이라는 새로운 경로를 채택하고 있음에 비추어 보아 이른바 오프 라인 상의 통계에 지나지 않는다는 혐의를 지울 수 없다. 다시 말해, 문학 관련 강연이나 세미나보다는 시 낭송 회 등이 소규모로 보다 적극적으로 이루어졌을 것이라는 짐작을 가능케 한다는 것이다. 따라서 시 낭송의 현황에 관해서는 오프 라인과 온 라인으로 나누어 살펴보고자 한다.

오프 라인에서의 시 낭송을 주도하는 것은 전문적인 시 관련 잡지와 시인 단체다. 이들은 자신들의 시 낭송을 CD로 굽거나, 문학 잡지에 지상 연재하거나, 인터넷 잡지인 웹진을 통해 알리는 등 적극적인 활동에 나서고 있다. 특히, 이러한 경우에는 기타 사회 유관 단체와 결합하여 정기적인 시 낭송을 지속하고 있는 경우도 있다.

예1) 시의숨결시낭송회 : 문학과지성사—금호재단 주최 시낭송회

'시의 숨결'을 되찾자. 일반인은 물론 독서대중으로부터도 점점 멀어지고 있는 한국시(詩)의 부흥을 위한 문학계의 움직임이 조용히, 그러나 힘있게 일고 있다. 최근 계획되고 있는 일련의 규모와 깊이를 갖춘 낭송회 개최 움직임은 문학인 공통의 위기의식과 자성에서 비롯된 것으로 보인다.

"우리의 현대시가 노래로서의 성격과 기능을 상실한 지가 오래 됐습니다. '인류와 함께 하는 가장 오래된 문화양식'인 시의 바른 자리매김을 위해 이제 적극적 노력이 필요한 시점이 아닌가 합니다." 이 달부터 '시의 숨결'이란 이름으로 매월 낭송회를 열기로 한 문학과지성사 대표 채호기 시인은 이렇게 말했다.

'시의 숨결'은 매월 세 번째 월요일 저녁 서울 종로구 사간동 금호미술관(02_720_5114) 뮤직홀에서 문학과지성사 및 금호문화재단, 우경문화재단의 공동 주최로 열린다. 2000년 4월 황동규 시인을 시작으로, 정현종 오규원 최하림 김명인 김광규 김혜순 김정환 황지우 이성복 시인 등이 차례로 내년 1월까지 낭송회를 열기로 확정됐다.

이 낭송회는 시인의 자작시 낭송과 평론가와의 대담, 시인의 지인을 중심으로 타 장르 공연예술인 초청공연, 시인이 토로하는 시와 삶에 대한 이야기, 전문 낭송가와 연극배우 동료시인 및 일반독자의 시 낭송, 관객과의 대화 등 다채로운 내용으로 꾸며진다. 특히 문학과지성사는 행사현장의 모습을 처음부터 끝까지 녹음·녹화해 후세에 한국문학의 자료로 전하는 한편 테이프를 일반에 실비로 판매할 계획이다.

채호기 시인은 "'시의 숨결'은 시인의 육성과 실제 모습을 통해 날것의 이미지로 드러나는 시와 독자가 직접적으로 만나는 축제의 자리가 될 것"이라며 "시를 생활에 되돌려주고 다른 문화 분야와의 소통을 위한 통로 마련을 위해 이번 행사를 기획했다"고 말했다. 그는 "국민의 관심에서 점차 멀어지는 우리 시문학의 대중화를 위해서는 시인은 물론 출판사와 공연관계자, 문화운동가 내지는 문학 애호가와 언론 모두의 노력이 필요하다"고 강조했다.

이와는 달리 온 라인, 이른바 통신상에서의 시 낭송은 기존 시인들보다는 시를 좋아하는 동호인의 형태로 운영되면서 나름대로의 프로그램과 시 읽기, 시 생각하기를 기획하는 방향으로 전개됨으로써 새로운 가능성을 제시하고 있다. 그 대표적인 모임과 활동을 살펴보면 다음과 같다.

예2) 시사랑문화인협회 시낭송회, http://www.poemq.or.kr/sisa
rang/

주요 활동 상황 | 시사랑 문화인 협의회 (2000년 7월 현재)

시낭송 페스티발

목 적 : 민족정신과 얼의 정화인 우리 시를 일반 대중이 생활 속
에서 가까이하고 사랑할 수 있는 계기를 만들기 위함.

방 법 : 매회 10~15명의 시인들을 섭외 하여 참가 시인들이 자작
시를 직접 낭송하는 것을 중심으로 하되, 공연 당일 일반
방청객 가운데에서도 자발적 의사가 있는 경우 3~4명을
참가시킴.

행사 내역 :

-서울 시낭송사랑회 제2회 시낭송회
  일   시 : 1999. 6. 5(토), 18:30
  장   소 : 대학로 알과핵 소극장
  낭송시인 : 김명인, 최영철, 나희덕, 이성선, 박형준, 오탁
          번, 김정란, 장석남,유안진, 원구식, 오세영, 최
          정례, 고재종, 정호승, 위승희

-진해 시사랑 청소년 시낭송 대회
  일   시 : 1999. 9. 11(토), 16:00
  장   소 : 진해 문화의집 문화관람관

심 사 : 이성선(시인), 김종회(문학평론가, 경희대 교수)

－광주『시와사람』시회 시연(2) : 시와 음악의 밤

일 시 : 1999. 10. 29(금), 19:00

장 소 : 드맹아트홀

낭송시인 : 최동호, 서정춘, 최창균, 김용재, 윤석주, 조용
환, 이수행, 원구식, 김성오, 정일근, 원은희, 정
영주, 박태일, 안도현, 박주택, 박찬, 서종규, 이
미숙, 김동찬, 위승희

－경남 시사랑문화인협의회 시낭송 : 1999년 크리스마스 시낭송회

일 시 : 1999. 12. 20, 19:00

장 소 : 마산 양덕성당

－제3회 서울 시사랑 시낭송 페스티발

일 시 : 2000. 5. 3, 오후 7시

장 소 : 선재아트센터(안국동)

낭송시인 : 정진규, 유안진, 허형만, 박세희, 원구식, 김남
조, 신달자, 나태주, 문정희, 박주택, 이성선, 김
영탁, 김행숙, 안덕상, 정끝별 (낭송順)

－제4회 시사랑 시낭송 페스티발

일 시 : 2000년 9월 2일(토) 오후 4시－9시30분

주 최 : (사) 시사랑문화인협의회, 두루뫼 박물관

장 소 : 경기도 파주시 법원읍 두루뫼 박물관(031－958－
6101/7433)

협 찬 : 농민신문사

행사내용

-무속극 : 오우열(무속인, 시인), 이지묵(무속인)

-살풀이 춤 : 이철진(무용가, 명지대, 우리춤 연구회 대표)

-시낭송 : 유안진, 성찬경, 이근배, 박이도, 허영자, 김종해, 이수
　　　　　익, 이가림, 이건청, 김정웅, 한영옥, 최문자, 양만규,
　　　　　김부희, 정끝별, 성희모, 권혁웅, 신해욱

-낭송시 초대 : 한인수/고두심(탤런트)

-승무 공연 : 박재희(승무 전수자, 청주대 교수)

-한국의 가곡 : 박윤진(소프라노), 하재완(테너), 한상식(바리톤)

-판소리 공연 : 오양심(국악인, 시인), 김승덕(국악인)

-지구 사랑 노래 : 이기영(환경 노래 운동가, 호서대 교수)

　한편 앞장에서 지적되었던 시 낭송의 활성화를 위한 인적 요소, 다시 말해 시 낭송 전문가의 육성을 위한 움직임 또한 시작되고 있어 그 전망을 밝게 하고 있다. 월간 〈현대시〉 등이 시 낭송가를 정식으로 데뷔시키고 있으며, 1991년부터 시 낭송 대회를 개최해 온 〈재능 시낭송협회〉의 경우, 시 낭송 대회의 심사 원칙까지 인터넷을 통해 공개하고 있다.

　예3) 재능시낭송협회 : http://www.jei-sisarang.org/contest/m1.asp
◆ 심사 기준

가. 시의 선택

-문학적인 격조와 수준이 잇는 시의 선택

-진부하고 유행성이 있는 시보다는 참신하고 새로운 시의 발굴

-낭송자의 연령, 성별, 음성에 어울리는 시 선택

-낭송에 적합한 길이의 시

나. 시의 이해

−시의 의미를 이해하여 시어의 리듬을 잘 살리고 있는가?

−시를 자기 것으로 만들어 새로운 표현, 발성, 해석을 담고 있는
 가?

−적당한 감정처리(힘참, 고요함, 평화로움, 기쁨, 그리움, 잔잔
 함 등)를 하고 있는가?

다. 시의 낭송 Skill

−시 전문을 정확히 암송하는가?

−적절한 낭송 속도(강·약 조절)로 시의 분위기를 나타내고 있
 는가?

−정확한 발음(음의 고저, 장단, 경음과 격음 등)으로 시의 뜻이
 잘 전달되는가?

−적절한 호흡 조절 및 리듬 호흡을 통해 시의 맛을 살리고 있는
 가?

−낭송자의 음성과 음색은 적당한가?

 (감정을 잘 살리는지, 음성이 탁하거나 가늘지는 않은지, 울림
 의 폭이 있는지, 목에서 내지는 않는지 등)

−마이크를 적절하게 사용할 줄 아는가?

라. 태도

−자연스럽고 당당한가?

−무대 매너 및 예의가 있는가? (자세, 의상, 무대 오르내리기, 인
 사법, 시선처리 등)

−손짓과 몸짓은 자연스러운가? (과잉·과소 표현 지양)

−청중을 이끄는 힘이 있는가?

이밖에도 시 낭송과 관련하여 주목을 요하는 것은 지역, 또는 동인들로 이루어진 정기적인 시 낭송 관련 움직임이라 할 수 있다. 비록 통계상에는 잘 잡히지 않으나 이러한 소규모 모임들이 문화 인프라로서의 시 낭송의 가능성을 문제시 할 수 있는 기틀을 마련한다고 할 수 있다.

5. 전망과 발전적 대안을 위하여

시는 정말 위기에 처해 있는가, 또는 그 위기는 시의 내적인 요소에서 비롯되었는가 아니면 순전히 외적인 요인에 의한 것인가 하는 등등의 문제는 지금의 시점에서는 그다지 적절치 못한 것으로 보인다. 그 이유는 현재 우리가 발 딛고 서 있는 삶의 조건들이 거의 무한에 가까운 자기 홍보와 소통의 열망으로 가득 차 있기 때문이다. 이러한 시대적 조류에서 시 또한 자유로울 수 없지만, 나아가 오늘날의 문화적 변화의 핵심에서 문학이 한 발짝 비켜 서 있을 수밖에 없다는 점을 생각하면 더욱 그러하다.

그러나 시 낭송이 대중의 기호에 영합하는 이른바 팬시적 상품의 생산이 아닌 이미 그 가치를 인정받은 기존의 시들을 적극적으로 전파할 수 있는 한 방법임이 분명한 것으로 인식되었음에도 불구하고, 이와 관련한 체계적인 통계 조사나 학술적 논문 하나 없는 것은 우리 문화계의 인프라에 대한 인식을 단적으로 보여주는 것 같아 아쉬움을 금할 수 없었다.

앞장에서 언급된 것처럼 시 낭송을 고전적인 형태에서 대중적인 문화적 흐름과 부합하는 것으로 바꾸기 위해서는 시인들의 인식적 전환 못지 않게 '이벤트'로서의 시 낭송을 진지하게 검토해 보는 작업이 우선되어야 한다. 이때 중요한 것은 낭송 형태와 연출력이다.

필자의 개인적인 경험을 되살려 시 낭송의 발전을 위한 대안을 생각해본다면, 무엇보다도 독자에게 다가가려는 시인들의 인식적 전환이 우선되어야 한다고 본다. 그것은 몇 사람이냐, 어느 공간이냐를 떠나 얼마나 시에 귀 기울여주느냐에 따라 자신의 영혼의 비밀을 꺼내어 놓을 수 있느냐는 용기와 관련된 문제라 할 수 있다. 시인과 시인들, 결국 시인들만을 위한 시 낭송이야말로 하루 빨리 종식되어야 할 것이다. 그래야만 진정한 의미의 독자가 들어 설 빈틈이 생겨날 것이기 때문이다.

참고문헌

1. 자료

김　참, 『시간이 멈추자 나는 날았다』, 문학세계사, 1999.

김언희, 『트렁크』, 세계사, 1995.

김혜수, 『404호』, 민음사, 1991.

박남철, 『반시대적 고찰』, 세계사, 1999.

배용제, 『시와 사상』, 2002, 봄호.

배용제, 『현대시학』, 1999, 3월호.

변종태, 『니체와 함께 간 선술집에서』, 다층, 1999.

서정학, 『모험의 왕과 코코넛의 귀족들』, 문학과지성사, 1998.

성기완, 『쇼핑 갔다 오십니까?』, 문학과지성사, 1998.

안현미, 『문학동네』, 2002, 봄호.

여　정, 『현대시』, 2002, 9월호.

연왕모, 『개들의 예감』, 문학과지성사, 1997.

이　원, 『야후!의 강물에 천 개의 달이 뜬다』, 문학과지성사, 2001.

이만식, 『시론』, 세계사, 1994.

이선영, 『평범에 바치다』, 문학과지성사, 1999.

이철성, 『식탁 위의 얼굴들』, 문학과지성사, 1998.

최리율, 『세계의 문학』, 2002, 봄호.

하재봉, 『비디오/천국』, 문학과지성사, 1990.

한명희, 『두 번 쓸쓸한 전화』, 천년의시작, 2002

함기석, 『국어선생은 달팽이』, 세계사, 1998.

함민복, 『자본주의의 약속』, 세계사, 1993.

함성호, 『56억 7천만 년의 고독』, 문학과지성사, 1992.

『미당시선집』, 민음사, 1994.

『사랑을 위한 되풀이』, 혜진서관, 1985.
『천년의 바람』, 민음사, 1974.

2. 단행본 및 기타

강경희, 「나를 찾아가는 존재의 함성」, 『시와반시』, 2004 봄호.

김 현, 『한국문학사』, 민음사, 1973.

김 규 편저, 『텔레비젼환경론』, 나남, 1989.

김병익, 『새로운 글쓰기와 문학의 진정성』, 문학과지성, 1997, pp.77~73.

김상욱, 『시의 숲에서 세상을 읽다』, 푸른나무, 1996.

김상환, 「디지털 혁명은 존재론적 혁명이다」, 『철학과 현실』 40호, 1999.

김수영, 『전집 1·시』, 민음사, 1991.

김승희, 「순수·초월의 서정시와 불순·대항의 열린 시」, 『창작과 비평』, 2001, 겨울호.

김시태, 『한국현대시연구』, 민음사, 1987.

김양희, 「매체의 변화와 시체험의 변화」, 『문화변동과 인간 그리고 문화연구』, 한국미래문화연구소, 깊은샘, 2001.

김영훈, 「영상시대로의 전환 : 성격규명과 함의」, 『사회비평』 18호, 1998.

김용직, 『문예비평용어사전』, 탐구당, 1985.

김은하, 「문학 속의 섹슈얼리티, 사랑, 포르노그라피」, 『현대사회와 문학적 상상력』, 거름, 1998.

김종삼 외, 『김종삼전집』, 청하, 1988.

김주연, 『천년의 바람』해설, 민음사, 1974.

김주환, 「정보양식의 변화와 문화변동」, 『황해문화』, 1996, 여름호.

김재홍, 『한국현대시의 사적 탐구』, 일지사, 1998.

김준오, 『시론』, 문장사, 1986.

――――, 『현대시의 환유성과 메타성』, 살림, 1997.

김중신, 「개인의 성장을 위한 문학교육 방법 탐색」, 『문학교수·학습방법론 연구』, 삼지원, 1998.

김춘수, 『김춘수전집·2 시론』, 문장, 1982.

김현옥, 「심상과 영상」, 『외국문학』 봄호, 열음사, 1993.

김현자, 『한국 현대시 작품 연구』, 민음사, 1989.

─────,『한국시의 감각과 미적 거리』, 문학과지성사, 1997.

김혜순, 「90년대의 시적 현실, 어디에 있었는가」,『문학동네』가을호, 문학동네,
1999.

도정일, 「영상세대의 출현과 인식론의 혁명 - 토론」,『세계의 문학』여름호, 세계
사, 1993.

마이클 하임/여명숙 역,『가상현실의 철학적 의미』, 책세상, 1997.

마크 포스터/김준기, 이미옥 역,『제2미디어 시대』, 민음사, 1998.

멜빈 레이더/김광명 역,『예술과 인간가치』, 이론과 실천, 1988.

문병호,『서정시와 문명비판』, 민음사, 1995.

문현병, 「정보통신문화와 주체성」,『기술문명에 대한 철학적 반성』, 철학과현실
사, 1998.

문혜원,『한국현대시와 모더니즘』, 신구문화사, 1996.

박남철, 「시낭송의 문화적 기능」,『한국언어문화학회』21집, 2002, p.180.

박상준, 「사이보그」,『21세기 지식키워드100』, 한국출판마케팅연구소, 2003.

박상천, 「매체의 변화와 문학의 변화」,『문화변동과 인간 그리고 문화연구』, 깊은
샘, 2001.

박이문 외,『시의 이해』, 민음사, 1984.

박주택, 「현대시의 가상매체 체험과 그 비판」,『사이버 문학론』, 월인, 2001.

박혜경, 「문학, 유령의 삶」,『문학동네』, 2000, 가을호.

백인덕, 「90년대 시에 나타난 서정 인식의 변모 양상」,『한국언어문화』18집, 한
국언어문화학회, 2000.

─────, 「시적 현실로서의 가상체험의 가능성 문제」,『한민족문화연구』9집,
2001.

─────, 「영상 체험의 심화와 시의 불안」,『문화변동과 인간 그리고 문화연구』,
한국미래문화연구소, 깊은샘, 2001.

변정수, 「사이버문학의 매체와 공간 그리고 주체」,『버전업』, 1996, 창간호.

설성경 외,『한국문학연구방법론』, 민족문화사, 1983.

송 현, 「시 낭송에 문제 있다」,『현대문학』, 1986, 7월호, p.81.

수잔 K. 랭거 저, 이승훈 역,『예술이란 무엇인가』, 고려원, 1985.

알렌 스윈지우드 지음, 박성봉 편역,『대중예술의 이론들』, 동연, 1995.

앨빈 커넌 지음. 최인자 옮김,『문학의 죽음』, 문학동네, 1999.

오세영,『상상력과 논리』, 민음사, 1991.

오형엽, 「전복적 상상력, 탈주체의 시적 전략」, 『문학과사회』 가을호, 문학과지성
　　　사, 1998.
유성호, 「서정시의 모반, 그 반어적 가능성」, 『침묵의 파문』, 창작과비평사, 2002.
──── , 「운명에 대한 추인과 맞섬」, 『현대시학』, 2001, 11월호.
윤성근, 「시 낭송 실태 분석과 그 전망」, 『문학예술』, 1986, 9월호.
윤재근, 『시론』, 둥지, 1990.
이상호, 「자아추구의 시학 : 김수영의 초기시를 중심으로」, 『1950년대 한국문학』,
　　　보고사, 1997.
이수자, 「몸의 여성주의적 의미확장」, 『한국여성학』, 15권 2호, 1999.
이숭원, 『근대시의 내면구조』, 새문사, 1988.
이승훈, 『모더니즘 시론』, 문예출판사, 1995.
──── , 『문학상징사전』, 고려원, 1995.
──── , 『시론』, 고려원, 1984.
──── , 『포스트모더니즘 시론』, 문예출판사, 1995.
이승훈 외, 『미당연구』, 민음사, 1994.
이은미 외, 『매스 미디어와 수용자』, 커뮤니케이션북스, 1999.
장 보드리야르 지음, 하태환 옮김, 『시뮬라시옹』, 민음사, 1992.
장영란 외, 『성과 사랑, 그리고 욕망에 관한 철학적 성찰』, 서광사, 2001.
전봉관, 「디지털 시대의 문학과 그 정체성 문제」, 『사이버 문학론』, 월인, 2001.
정근원, 「영상세대의 출현과 인식론의 혁명」, 『세계의 문학』 여름호, 세계사,
　　　1993.
정끝별, 「대중을 향해 쏴라」, 『문학동네』 가을호, 문학동네, 1999.
정대현/한국기호학회 편, 『영상문화와 기호학』, 문학과지성사, 2000.
정동호 외편, 『죽음의 철학』, 청람, 1985.
조동일, 『우리문학과의 만남』, 홍성사, 1978.
존 버거/강명구 역, 『영상커뮤니케이션과 사회』, 나남, 1987.
존 피스크, 존 하틀리/이익성, 이은호 옮김, 『TV읽기』, 현대미학사, 1997.
주창윤, 「영상언어의 이해」, 『현대사회와 매스커뮤니케이션』, 한울아카데미, 2000.
──── , 「현대사회의 영상이미지와 문학」, 『문학정신』 4월호, 열음사, 1991.
줄리안 스탤러브라스, 「사이버스페이스의 탐험」, 『창작과비평』, 1996 봄호.
진 영 블러드 지음, 권중운 편역, 『뉴미디어 영상미학』, 민음사, 1994.
천이두, 『한의 구조 연구』, 문학과지성사, 1993.

최혜실, 『디지털 시대의 문화 읽기』, 소명출판, 2001.

클라우디아 스프링거, 정준영 역, 『사이버에로스』, 한나래, 1998.

편집부 편, 『미학사전』, 논장, 1988.

하현식, 『한국시인론』, 백산출판사, 1990.

──, 『한국시인론』, 백산출판사, 1992.

한국철학사상연구회 편, 『문화와 철학』, 동녘, 2000.

허혜정, 「현대시와 뉴미디어」, 『문예중앙』, 1999, 겨울호.

홍성욱, 「몸과 기술」, 『생산력과 문화로서의 과학기술』, 문학과지성사, 1999.

홍성태 엮음, 『사이보그, 사이버컬처』, 문화과학사, 2000.

──, 「병사, 사이보그, 시민」, 『사이보그, 사이버컬처』, 문화과학사, 2000.

황성민, 한규석 편저, 『사이버 공간의 심리』, 박영사, 1999.

찾아보기

ㄱ

가상 주체 32
가상주체 35
가상체험 57, 69, 70, 73, 76
가상현실(virtual reality) 33, 34, 70,
　　71, 74, 92, 97, 98, 103, 110, 239
鑑賞(aesthetic dialog) 272
感傷(sentimental) 272
감태준 262
강경희 98, 223
객관적 거리 24
거래선 125
거리의 서정적 결핍(lyric lack of
　　distance) 61
거미 279
고영직 249
고현정 110
그로테스크 239
김규 53
김남조 149
김민정 239
김병익 227, 289
김상욱 277
김상환 34, 71, 231

김성례 85
김성춘 176
김소월 125, 147
김수영 30, 60, 153, 159, 160, 244,
　　246, 278, 279
김승희 62
김시태 196
김양희 74, 286
김언희 85
김영랑 125, 131
김영훈 16
김우정 134
김은하 102
김재홍 128, 248
김주연 139, 143, 151, 175
김주환 69
김준기 73
김준오 39, 57, 63, 65, 117, 121,
　　235
김중신 274
김참 29, 83
김춘수 148
김현 175, 197
김현승 163

김현옥 26
김현자 132, 148
김형술 45
김혜수 49
김혜순 19, 37, 60
김화영 130

ㄴ

난해성 150, 185, 187
낭만주의 60
낮은 정서적 관여 26

ㄷ

데이비드 하비 270
도나 해러웨이 79
도정일 16
동화적 성격 193, 196
드 로레티스 110
디지털 74, 75, 223
디지털 담론 97

ㄹ

러셀 202
로즈마리 잭슨 233
리듬 162, 165
리얼리즘 60, 62

ㅁ

마이클 하임 70, 103
마크 포스터 73
말라르메 200

모더니즘 60, 62, 147
몽타주 31
문병호 39, 260
문자 이미지 31
문현병 98
문혜원 152
문혜진 109
문화 인프라 283, 298
미적가치 178, 191, 220

ㅂ

바슐라르 236
박남철 45, 288
박동천 230
박상준 98
박상천 229
박성봉 40
박이문 186
박재삼 117, 126, 137
박주택 69
박태원 266
박혜경 16, 58, 225
배용제 41, 54, 56, 88
백인덕 63, 66, 86
베르그송 202
벡터(vector) 25
변정수 58
변종태 54
병치의 기법 177
보편적 선유경향(predispositions) 18
비디오 영역(videosphere) 40, 41

ㅅ

사실의 재현 19
사이버 공간 68, 76, 85, 99, 226
사이버(cyber) 256
사이버스페이스 100
사이버에로스 99, 100, 102
사이보그(cyborg) 79, 80, 86, 87,
   88, 89, 90, 91, 93, 96, 98
상상적 관계 24
서우석 162, 165
서정 인식 38, 39, 41, 55
서정주 116, 120, 124, 125, 147
서정학 25, 34, 35, 41, 49, 52, 56,
   68, 72, 73, 87, 89, 90
선택의 과정 22
설성경 117, 119
성 정체성(sexual identity) 105, 106
성기완 66, 67
소구효과 29
송현 287
수사적 목적 123
스피어즈 181
시간의 화살(time's arrow) 98
시니피앙 67, 72, 84
시니피에 84
시뮬레이션 33, 106, 231
시선의 문제 20
시적 모티프 139
시적 상상력 79, 90
시적 자아 122
시적 주체 81

시적 태도 147
시적 현실 17, 57, 59, 60, 61, 62,
   63, 69, 76
시적 화자 64, 121, 145
신규호 175
신동엽 245
실존적 자각 210
심상(mental image) 27

ㅇ

아날로그 74, 75
안현미 94
알렌 스윈지우드 40
엄경희 239
여명숙 70, 103
여정 91
연왕모 41, 51, 56
영상 매체 48, 62
영상 이미지 21, 26, 27, 28, 30, 31,
   58
영상 테크놀로지 32, 34, 69
영상세대 18
영상소통 테크놀로지 20
영상이미지 24, 32, 225
예술의 자율성 61
오규원 175
오세영 119, 135
오형엽 24, 35
유성호 62, 79, 81
유하 66, 237, 253, 268
윤병로 175

윤성근 263, 290
윤홍로 119
융 122
음악적인 이미지 190
이경수 175
이남호 231
이만식 49
이미옥 73
이상 147
이상호 151
이선영 82
이수자 110
이숭원 175
이승하 105
이승훈 49, 131, 148, 175, 260
이원 71, 74, 89, 92, 255
이원성의 세계 22
이은미 47
이철성 22, 23
이해인 149

ㅈ

자기 동일성의 원리 224
장영란 108
장영수 247
전도된 시선 20, 23
전봉건 117, 131
전봉관 60, 226
정근원 19, 22, 28
정끝별 20, 30, 65, 80
정대현 27

정수진 262
정재학 239
정준영 104
정현종 157, 282
조동일 118
존 버거 15
주창윤 21, 24, 27, 28, 30, 88
채호기 293

ㅊ

천이두 117, 141
초월성 139, 141
최리율 91
최승자 267
최승호 266
최영미 101
최혜실 65
츠베탕 토도로프 233

ㅋ

카메라(camera eye) 24
카타르시스 137, 144
캐스린 흄 234, 238
크리스테바 108
클라우디아 스프링거 104, 112
클로즈업 32
키치 20, 63, 65, 78, 80, 235

ㅌ

탈, persona 121
토니 슈월츠 53

ㅍ

파스칼 279
판소리 118
패러다임의 전환(paradigm shift) 16,
　17, 20
펀(pun) 67
프로이트 238

ㅎ

하재봉 41, 42, 45, 55, 66, 236, 252
하현식 126, 134, 139, 140, 175, 201
한규석 99
한명희 93, 107
함기석 31, 32
함민복 41, 46, 52, 55, 64, 66, 84,
　252, 264
함성호 49, 265
함축적 159
허혜정 62, 70, 226
혼효의 기법 68, 76
홍성욱 79
홍성태 87, 92, 104
환상성(fantastic) 233
황동규 150, 163, 175
황성민 99
황지우 249
회화적 이미지 189

A/Z

H. 블품 281
H. D. 소로우 278

M. 피카르트 280
P. 발레리 279
P. 엘뤼아르 280
P. 파블루 네루다 281
R. M. 릴케 282
S. 말라르메 280

백인덕 시인

1964년 서울에서 태어나 성장했으며,
한양대 국문학과 및 동대학원 박사과정을 수료하였다.
1991년 『현대시학』에 〈성년의 봄〉 외 8편을 발표하며 등단하였고,
시집으로 『끝을 찾아서』, 『한밤의 못질』, 『오래된 약』 등이 있다.

현재 한양여대에 출강중이며,
계간 『리토피아』의 편집위원으로 활동하고 있다.

사이버시대의 시적 현실과 상상력

초판 1쇄 발행 _ 2006년 10월 26일

저 자 _ 백인덕
발행인 _ 김흥국
펴낸곳 _ 도서출판 보고사
등 록 _ 제6-0429
주 소 _ 서울시 성북구 보문동7가 11번지 2층
　　　　전화 929-0804(편집) 922-2246(영업)
　　　　팩스 922-6990
　　　　메일 kanapub3@chol.com
　　　　www.bogosabooks.co.kr

정 가 _ 12,000원
ISBN _ 89-8433-471-5(03810)